행복은
당신

행복은 당신 2

초판 1쇄 찍은 날 § 2010년 1월 22일
초판 1쇄 펴낸 날 § 2010년 1월 29일

지은이 § 김랑
펴낸이 § 서경석

편집장 § 문혜영
편집책임 § 유경화
편집 § 조수희

펴낸곳 § 도서출판 청어람
등록번호 § 제1081-1-89호
등록일자 § 1999. 5. 31
어람번호 § 제5-0249호

주소 § 경기도 부천시 원미구 심곡 2동 163-2 서경B/D 3F (우) 420-822
전화 § 032-656-4452 팩스 § 032-656-4453
http://www.chungeoram.com
E-mail § chungeoram@chungeoram.com

ⓒ 김랑, 2010

ISBN 978-89-251-2069-0 04810
ISBN 978-89-251-2067-6 (SET)

Chungeoram romance novel

행복은 당신

김랑 지음

2

도서출판 책과람

3막
사랑은, 달콤하고 쌉싸래한 초콜릿

1 장

행복은
당신

✱ 1번째 메일

보낸 이 : dongan@javer.co.kr

받는 이 : ooksoo@wahoo.com

제목 : 보고 싶다, 수안아.

아까 통화했다시피 잘 도착했어. 짐도 다 풀었고.

동생이 이제야 돌아가서 편지 쓰는 거야.

통화할 때 말했듯이 메일 주소 만들었겠지?

그런 주소 없다고 메일이 돌아오면 혼날 줄 알아.

영욱이가 여자친구를 데려왔는데 여자친구하고 같이 있는 모습을 보니까 갑자기 막 질투가 나더라고. 그리고 후회했어. 무조건 널 데려왔어야 했는데 하고.

아무리 생각해도 데려왔어야 했던 것 같아.

아! 과외는 그만뒀어? 그만뒀어야 해. 무조건.

벌써 네가 너무 그리워.

✱ 1번째 답장

보낸 이 : ooksoo@wahoo.com

받는 이 : dongan@javer.co.kr

제목 : 당연히 메일 주소 만들었죠.

처음엔 굉장히 유치한 것 같더니 생각할수록 재밌고 기발한 것 같아요.

동욱 수안에서 '동' 자와 '안' 자를 따서 '동안 dongan' '욱' 자와 '수' 자를 따서 '욱수 ooksoo'.

비행기 안에서 메일 주소 만드느라 고생했어요. 토닥토닥.

나 데려가지 않은 것에 대해서 후회하지 말아요. 몇 번이나 말했다시피 난 아나운서할 거니까.

그런데…… 이 집은 혼자 살기에는 너무 커요. 솔직히 밤엔 좀 무서워요.

익숙해지려면 시간이 좀 걸릴 것 같아요.

틈만 나면 편지할게요.

선배도 틈만 나면 전화해 줘요.

그리고 3차 합격 발표가 날 때까지는 과외는 할 거예요. 아직 발표도 나지 않았는데 과외까지 그만둘 수는 없어요. 방학이라 늦게 다니지 않을 테니까 무조건 그만두라는 말은 하지 말아요.

나도 그리워요.

무척.

✽ 14번째 메일

보낸 이 : ooksoo@wahoo.com

받는 이 : dongan@javer.co.kr

제목 : 빙고!

윤수안 HBS 아나운서 최종 합격!

철호 선배도 합격!

내일 자축 파티할 예정임.

✽ 14번째 답장

보낸 이 : dongan@javer.co.kr

받는 이 : ooksoo@wahoo.com

제목 : 야호!

기본이지.

내가 직접 가서 축하해 줘야 하는데 안타까워 미치겠다.

보낸 이 : ooksoo@wahoo.com
받는 이 : dongan@javer.co.kr
제목 : 첫 출근.

방송국 정문 통과할 때만 하더라도 굉장히 설레고 세상을 다 얻은 듯하더니 딱 두 시간 만에 세상을 얻기 위한 전쟁이 시작됐다는 것을 깨달았어요.

똑똑하고 잘생기고 예쁘고 멋진 사람들이 어디 숨어 있다가 동시에 나타났는지. 으윽…… 물론 그중에 내가 제일 예쁘고 똑똑하고 멋지다고 우기고 있는 중이지만요.

어떻게든 잘해낼 거라고 1분마다 다짐하지만 신입 아나운서 중에 윤수안이라는 사람이 있다는 것을 나조차도 잊어버릴 만큼 존재감을 드러내지 못하니 1분마다 좌절.

하지만 걱정 말아요. 내일부터는 존재감 제대로 드러내고 훌륭하게 버텨낼 테니까.

오늘은 제법 따뜻했고 감기도 떨어진 듯하고……. 거긴 어때요? 선배는 어때요?

아 참, 이제 선배라 부르지 말라고 했었지…….

그것 때문에 계속 고민 중인데 선배라는 호칭 말고 혹시 듣고 싶은 호칭 있으면 말해줘요. 불러달라는 대로 부를 테니까.

'자기야~', '허니~' 뭐 이런 뻔한 호칭 말고 기발한 것으로 생각해 봐요.

아! 낯간지러운 것도 사절.

편하지 않을 줄은 알았지만 첫날부터 숙제가 엄청 많아요. 내일 제출해야 하는 과제물 때문에 편지 길게 못 써요. 숙제 끝내고 되도록 짧게라도 편지 쓸게요.

건강해야 해요. 바람도 절대 피지 말고.

쪽. 쪽. 쪽.

❋ 22번째 답장

보낸 이 : dongan@javer.co.kr

받는 이 : ooksoo@wahoo.com

제목 : 뻔한 게 제일 좋아. 자기야~

내가 듣고 싶은 호칭이야. 내가 정해줬으니까 앞으론 절대 선배라고 부르지마.

그리고 존재감 드러내는 것에 대해서는 걱정할 필요 없어.

가만히 있어도 자체발광이니까.

그런데 한 가지 걸리는 게 있네.

잘생기고 멋진 사람이 많다고? 젠장!

한눈팔다가 걸리면 그땐 내가 무슨 짓을 할지 모르니까 조심하도록.

❋ 37번째 메일

보낸 이 : ooksoo@wahoo.com

받는 이 : dongan@javer.co.kr

제목 : 옷 방 중간 장롱 두 번째 서랍에요…….

거기 있는 거금은 선배가 일부러 숨겨놓고 간 비자금이에요?

얼마나 놀랐는지 몰라요. 하여튼 오늘은 하루 종일 놀랐어요.

쉬는 날이라서 하루 종일 집을 수색했거든요.

아직도 집에 익숙해지지 않아서 어디에 뭐가 있는지 잘 몰라서요.

정말 없는 게 없더군요. 침실 3단 서랍장에 있는 생리대 보고 기절하는 줄 알았어요. 그거 선배가 사다 놓은 거예요? 하긴 생리대는 놀란 것도 아니에요.

그렇거나 큰돈을 서랍장에 넣어두고 한마디도 하지 않으면 어떻게 해요.

그 돈 때문에 오늘 한 발자국도 밖에 못 나갔고 내일부터 집을 비우는 문제로 골머리를 앓고 있어요.

어떻게 해야 할지 알려줘요. 은행에 맡기라면 은행에 맡기고……. 그것도 힘들겠어요. 저 많은 돈을 은행에 들고 갈 용기가 없어요. 돈 냄새 맡은 강도들이 떼로 몰려올까 봐.

분명한 건 다른 장소가 필요해요. 저 돈 때문에 겁나서 아무것도 못하겠어요.

✳ 37번째 답장

보낸 이 : dongan@javer.co.kr

받는 이 : ooksoo@wahoo.com

제목 : 네 용돈이야.

너 생활비로 쓰라고 두고 온 돈이야.

고작 그런 돈으로 벌벌 떨지 말고 필요할 때마다 꺼내 써.

다달이 세금도 내야 하고 아나운서 합격하면 봄옷도 사야 하잖아.

내가 가서 사주고 싶은데 약속할 수 없으니까.

분명히 거절할 것 같아서 아무 말 않고 거기 두고 왔어.

그런데 이제야 발견한 거야?

석 달이나 지나서야 발견하다니.

정말 무디군.

그렇게나 돈 냄새를 못 맡아서야.

추신: 그런데 그 생리대 내가 산 거 아니야. 아가씨한테 필요한 물건은 한 가지도 빠뜨리지 말고 완벽하게 구비하라고 지시만 했을 뿐이야.

✽ 47번째 메일

보낸 이 : dongan@javer.co.kr

받는 이 : ooksoo@wahoo.com

제목 : 고마워.

생일 선물 받았어.

생일에 딱 맞춰서 내 손에 안전하게 들어왔어.

네가 보내준 지갑에 몽땅 다 옮겨놓고 쓰던 지갑은 버렸어.

잘했지?

지갑 볼 때마다 네 생각 할게.

사랑해, 수안아.

✱ 60번째 메일

보낸 이 : ooksoo@wahoo.com

받는 이 : dongan@javer.co.kr

제목 : 선배의 정체를 밝혔어요.

이사했다는 얘긴 벌써 했는데 정현이가 이제야 다녀갔어요.

그런데…… 정현이가 어찌나 몰아세우는지 할 수 없이 선배가 누군지 말해 줬어요.

집을 보더니 아무래도 수상하다고…… 돈 많은 늙은이한테 붙어서 첩 노릇 하는 거냐고, 첩 노릇 하면서 이런 집 얻어 사는 거냐고요.

만약 그런 거라면 나도 죽이고 늙은이도 죽여 버린다고 난리를 치는 통에 어쩔 수 없이 정체를 밝혔어요.

그런데 늙은이가 아니건 다행스러운 모양인데 정현이도 퍽 반가워하진 않 더라구요.

부잣집 남자 만나서 호강하고 살길 늘 기도했다는데 부자도 너무 급이 높은 부자라면서……. 선배 믿을 만한 사람이냐고 몇 번이나 묻더라구요. 혹시 나중 에 문제 생기면 구접스럽게 매달리지 말고 뒤도 돌아보지 말고 놓아주라는 말 도 하고.

하여튼 오늘은 좀 기분이 이상해요.

✤ 60번째 답장

보낸 이 : dongan@javer.co.kr

받는 이 : ooksoo@wahoo.com

제목 : 하마터면 내가 돈 많은 늙은이가 될 뻔했네.

난 틀림없이 믿을 만한 사람이고 나중에 문제가 생긴다면 내가 구접스럽게 붙잡을 거야. 네가 뒤도 돌아보지 않고 도망가게 놔두지 않을 거야.

절대!

✤ 65번째 메일

보낸 이 : dongan@javer.co.kr

받는 이 : ooksoo@wahoo.com

제목 : 너 지금 열흘이나 바쁜 척하고 있어.

열흘 동안 전화도 받지 않고 편지도 없고 뭐 하는 짓이야?

벌써부터 이러기야?

떨어져 지낸 지 겨우 5개월 만에 관심이 멀어지다니.

신경질나고 있어, 나.

✤ 65번째 답장

보낸 이 : ooksoo@wahoo.com

받는 이 : dongan@javer.co.kr

제목 : 출장 갔다 왔어요.

이유가 뭔지 알 수가 없는데 하여튼 선배 한 사람한테 완전 찍혔어요.

정당한 이유 없이 6개월째 괴롭힘을 당하고 있는데 어찌나 교묘한지 하소연할 곳도 없어요. 내가 은근히 괴롭힘을 당한다는 것을 안 남자 선배 한 분이 사람을 그런 식으로 갈구지 말라고 한소리 했는데 그 후로 더 심해졌어요.

성질 같아선 왜 이유없이 사람을 갈구냐고 쏴붙이고 싶은데…….

내 별명 사포였던 것 맞아요?

나보다 더 심한 사포들이 사방에 널렸어요.

하여튼 이번 출장도 찍히는 바람에 내가 걸렸고 다녀와서 보니 여자 아나운서는 갈 필요도 없었던 출장을 억지로 떠밀려 갔다 온 거였어요. 물론 한마디도 불평하진 못했지만.

오늘 회식이라서 늦었는데 출장도 다녀오고 이래저래 피곤해서 일찍 빠져나오고 싶었지만 그마저도 내 마음대로 할 수가 없었어요. 선배들이 두 눈 시퍼렇게 뜨고 있는데 어디서 제일 막내가 도망갈 생각을 하냐고 욕먹을까 봐 반은 졸면서 버텼어요.

겨우 5개월 만에 관심이 멀어졌다는 말을 하다니.

짜증난 목소리로 녹음된 협박 메시지 열다섯 번째 돌려서 듣고 있는 중.

✻ **66번째 답장**

보낸 이 : dongan@javer.co.kr

받는 이 : ooksoo@wahoo.com
제목 : 그런 재수없는 것은……

주리를 틀어야 해.
아니, 곤장이 좋겠다.
어디서 감히 우리 수안일!
그 싸가지없는 것 못생겼지?

✱ 67번째 답장
보낸 이 : ooksoo@wahoo.com
받는 이 : dongan@javer.co.kr
제목 : 안타깝게도 미모가 출중해요.

완전.

✱ 68번째 답장
보낸 이 : dongan@javer.co.kr
받는 이 : ooksoo@wahoo.com
제목 : 대박!

그 싸가지없는 것이 예쁘기까지 하단 말이야?
수안아……

그럼 그냥 버텨.

사회 생활이 다 그런 거야. 이겨내야 해. 알지?

✽ 69번째 답장

보낸 이 : ooksoo@wahoo.com

받는 이 : dongan@javer.co.kr

제목 : 뭐야…….

주리 틀고 곤장 쳐준다더니

예쁘다니까 그냥 버티라구요?

치사해!

두고 봐요. 이 악물고 버틸 거니까.

✽ 70번째 답장

보낸 이 : dongan@javer.co.kr

받는 이 : ooksoo@wahoo.com

제목 : 훌륭해!

역시!

사랑해!

✽ 77번째 메일

보낸 이 : ooksoo@wahoo.com

받는 이 : dongan@javer.co.kr

제목 : 열받을 준비됐어요?

분명히 신경 쓰여 할 것 같아서 숨기려다가 열받게 하는 한이 있더라도 밝혀 두는 편이 좋을 것 같아 말하는 거예요.

아나운서 선배 중에 나한테 지대한 관심을 드러내는 사람이 있어요. 물론 총각이구요, 인물도 괜찮아요.

하여튼…… 본격적으로 눈에 띄게 관심을 드러낸 건 한 달쯤 됐구요, 그 사람 말로는 입사하던 날부터 관심을 가졌다네요.

하늘을 우러러 한 점 부끄럼 없이 있는 그대로 고백하자면 진지하게 사귀어 보자는 말을 들었고 나는 물론 남자친구가 있다는 것을 밝히면서 거절했어요.

남자친구가 있다는 말에 그쪽에서도 더는 몰아붙이지 않았구요. 몹시 서운 해한 것은 분명하지만(요건 약 올리려고 안 해도 되는 소릴 하는 거예요).

부디…… 열받아서 펄펄 뛰고 있지 않길 바라며.

✻ 77번째 답장

보낸 이 : dongan@javer.co.kr

받는 이 : ooksoo@wahoo.com

제목 : 그 새끼 누구야!

이름이 뭐야? 몇 살이야?

이 편지 읽자마자 그 빌어먹을 자식에 대해 머리부터 발끝까지 소상하게 밝혀!

✱ 78번째 답장

보낸 이 : ooksoo@wahoo.com

받는 이 : dongan@javer.co.kr

제목 : 웁스~

이러면 다음부터는 모든 일을 철저하게 비밀에 붙일 거예요.

남자친구 있는 줄 모르고 사귀자고 말했다는 이유로 자기가 테러할까 봐 이름은 절대 밝힐 수 없구요, 나이는 서른한 살이에요. 키는 대충 175㎝ 정도? 몸무게는 알 도리가 없고 외모는 동기 중에 소영이가 말한 대로 잘생긴 얼굴은 아니지만 얼굴 자체가 웃는 상이라 호감형이에요. 가족 관계는 알고 싶지도 않구요. 이 정도면 됐어요? 여전히 열받아 있는 중이에요?

✱ 79번째 답장

보낸 이 : dongan@javer.co.kr

받는 이 : ooksoo@wahoo.com

제목 : 다 필요없어.

걸리면 죽는 거야.

✽80번째 답장

보낸 이 : ooksoo@wahoo.com

받는 이 : dongan@javer.co.kr

제목 : 어제 찍은 사진.

어제 방송국 정원에서 찍은 사진 보낼 테니까 사진 보면서 화 푸세요.

지금 방송국 정원이 얼마나 예쁜지 몰라요. 오색으로 물든 단풍나무 아래에서 한 컷.

사랑해요~

울려대는 벨소리에 수안이 잠이 덜 깬 상태에서 손을 뻗어 수화기를 집어 들었다.

"여보세요?"

[수안아, 자고 있지?]

"동욱 씨? 이 시간에…… 무슨 일 있어요?"

수안은 시간부터 확인했다. 아직 아침 6시도 안 된 시간이었다.

시간이 몇 신데 어째서 이 시간에 동욱이 전화를 했을까 반가움보다는 걱정이 앞섰다. 걱정 때문에 나른하게 달라붙어 있던 잠이 순식간에 달아났다.

"무슨 일이에요?"

[일어나 봐.]

"일어났어요."

[옷 방으로 가.]

"옷…… 방요?"

[응. 옷 방.]

"옷 방엔 왜요?"

수안이 침대에서 내려와 옷 방으로 향하며 물었다.

[옷 방에 가면 말해.]

"왔어요."

[불 켰어?]

"켰어요."

[그 방에 서랍장 있지? 서랍장 맨 밑에 서랍 완전히 빼내봐.]

서랍장 맨 밑에 서랍을 완전히 빼라니. 새벽에 전화해서는 이 무슨 엉뚱한 소린가 싶었다.

"서랍장은 왜요?"

[빨리.]

동욱이 묻지 말고 시키는 대로 하라는 듯 재촉했고 수안은 '잠깐 기다려요' 하고 말한 후 무선전화기를 바닥에 내려놓고 동욱이 시키는 대로 서랍장 맨 아래 서랍을 완전히 빼냈다.

자다가 일어나서 훤한 대낮도 아니고 새벽에 이게 무슨 짓인가 싶지만 이 시간에 전화를 걸어 엉뚱한 일을 시키는 사람이 동욱이니 하라는 대로 해야 했다.

서랍장을 완전히 빼낸 후 수안은 바닥에 내려놓았던 무선전화기를 다시 집어 들었다.

"꺼냈어요."

[안에 손 넣어봐.]

"어디 안요? 서랍요?"

[아니. 서랍 빼낸 자리. 그 안에 깊숙하게.]

"거기 뭐가 있다고⋯⋯."

지난번 장롱 서랍장에 용돈 숨겨놓은 것처럼 또 다른 용돈을 숨겨놓은 모양이라고 생각하며 손을 깊숙이 집어넣는데 손끝에 뭔가가 잡혔다. 수안은 조심스레 더듬어 손에 잡힌 것을 꺼냈다. 두껍지 않은 편지 봉투 크기의 상자였다.

"상자가 있어요."

[열어.]

수안은 전화기를 한쪽 귀와 어깨 사이에 끼워놓고 상자를 열었다.

상자에는 카드가 들어 있었고 카드를 집어 들자 그 아래 팔찌가 있었다.

"카드하고⋯⋯ 팔찌예요."

[카드 읽어봐.]

수안은 동욱이 시키는 대로 재빨리 카드를 열어보았다.

카드에는 동욱이 직접 쓴 짧은 글이 적혀 있었다.

오늘은 우리 수안이의 스물네 번째 생일.

내가 곁에 있어야 하는데 혼자 생일을 지내게 해서 미안하다.

내가 있었다면 훨씬 더 근사한 선물을 했을 텐데.

내가 있었다면 훨씬 더 행복한 생일이 되게 해줬을 텐데.

스물다섯 번째 생일엔 꼭 네 곁에 있을게.

그 어떤 날보다 행복한 날이 되게 해줄게.

세상에서 제일 행복한 여자로 만들어줄게.

1년만 참아줘.

내 마음 다 바쳐 온몸으로 사랑한다, 수안아.

카드를 다 읽었을 때 수안은 자신도 모르게 뚝 하고 눈물을 떨어뜨리고 말았다.

올해도 생일을 잊었었는데, 오늘이 생일이라는 걸 또 잊었었는데 생일을 맞은 당사자인 수안이 잊어버린 생일을 동욱이 챙겨준 것이다.

어떻게 감격하지 않을 수 있을까. 어떻게 감동받지 않을 수 있을까.

수안은 목이 메어 카드와 수화기를 든 채 아무 말도 못하고 눈물을 흘리고 있었다.

[카드 봤어?]

"네……."

수안이 울먹거리며 대답했다.

[울어?]

"고마워서요. 감동받아서."

[미안해. 멀리 있어서.]

"고마워요······ 너무 고마워요. 생일인 거 또 잊어먹었었는데······."

[그럴 줄 알았어. 팔찌 했어?]

"아직요."

[해봐.]

수안은 카드를 내려놓고 얼른 팔찌를 꺼내 손목에 채웠다.

스물네 개의 하트 문양 위에 투명한 보석이 박힌 너무 아름답고 시리도록 아름다운 팔찌였다.

[하트 스물네 개, 박혀 있는 보석도 스물네 개씩이야. 심심할 때 확인해 봐.]

정말 살뜰한 사람이었다. 최동욱이라는 사람은 정말 놀랍도록 살뜰한 사람이었다. 스물네 번째 생일이라서 하트도 스물네 개, 스물네 개의 하트에 박힌 보석도 스물네 개씩.

행복했다. 행복하다고 소리치고 미친 듯이 웃고 엉엉 울고 싶을 만큼 행복했다.

불행하고 또 불행하고 또 불행했던 윤수안이라는 여자가 정말 이런 사랑을 받아도 되는 것인지, 이런 사랑을 받을 자격이 있는 사람인지 두려울 만큼 너무 행복했다.

"동욱 씨."

[응?]

"사랑해요."

[동감.]

"사랑해요."

[동감.]

"사랑해요."

수안은 동욱에게 스물네 번 사랑한다고 말했고 동욱은 수안에게 스물네 번 동감이라 대답했다.

✱ 126번째 메일

보낸 이 : dongan@javer.co.kr

받는 이 : ooksoo@wahoo.com

제목 : 잠을 못 자.

도저히 잠을 잘 수가 없어.

✱ 126번째 답장

보낸 이 : ooksoo@wahoo.com

받는 이 : dongan@javer.co.kr

제목 : 왜 그래요?

안 좋은 일 있었어요?

공부가 힘들어요?

갑자기 왜요?

나한테 말해요.

무슨 일인데 그래요?

✽ 127번째 답장

보낸 이 : dongan@javer.co.kr

받는 이 : ooksoo@wahoo.com

제목 : 불만이야.

불만이라고.

✽ 128번째 답장

보낸 이 : ooksoo@wahoo.com

받는 이 : dongan@javer.co.kr

제목 : 무슨 불만요?

걱정되니까 무슨 일인지 말해줘요.

✽ 129번째 답장

보낸 이 : dongan@javer.co.kr

받는 이 : ooksoo@wahoo.com

제목 : 욕구불만

도저히 견딜 수 없는 지경까지 온 것이 분명해.

낮이나 밤이나 네 생각밖엔 안 나.

밤엔 더 심해져.

맹세코 널 안지 않으면 난 이 치밀어 오르는 욕구를 주체 못해서 말라 죽을 거야.

일주일 동안 쉬지 않고 너하고 사랑을 나누어야만 비로소 잠들 수 있을 거야.

제발.

내가 돌아버려서 지나가는 여자를 윤수안으로 착각해 강간하는 사건을 일으키지 않게 기도해 줘.

❋ 130번째 답장

보낸 이 : ooksoo@wahoo.com

받는 이 : dongan@javer.co.kr

제목 : 그…… 셀프서비스…….

……로는 안 되겠어요?

❋ 131번째 답장

보낸 이 : dongan@javer.co.kr

받는 이 : ooksoo@wahoo.com

제목 : 분명한 건!

셀프도 약발 떨어진 지 오래됐다는 거야.

✽ 132번째 답장
보낸 이 : ooksoo@wahoo.com
받는 이 : dongan@javer.co.kr
제목 : 오우~

큰일이네요. 그런데……
어른들도 셀프를 하는 거예요?
그거 정상이죠?

✽ 133번째 답장
보낸 이 : dongan@javer.co.kr
받는 이 : ooksoo@wahoo.com
제목 : 어쩌면 셀프 때문에.

그나마 성폭행 사건이 그 정도일 거라고 믿어.
나 좀 살려줘.

✽ 134번째 답장

보낸 이 : ooksoo@wahoo.com

받는 이 : dongan@javer.co.kr

제목 : 방법을 찾아볼게요.

기대하진 말아요.

윤수안 대체품을 찾는 건 어려울 듯하니까.

하지만 어떻게든 강간은 참아봐요.

미국에서 강간범으로 체포되면 쪽팔리니까.

✱ 148번째 메일

보낸 이 : ooksoo@wahoo.com

받는 이 : dongan@javer.co.kr

제목 : 생일 선물 보냈어요.

날짜에 꼭 맞춰서 동욱 씨 손에 들어가야 할 텐데…….

동욱이 아파트로 들어오는데 로비에서 기다리던 흑인 경비가 동욱에게 카드를 건네주었다. 국제우편 소인이 찍힌 수안의 카드였다. 흐뭇하게 웃으며 엘리베이터에 올라 카드 봉투에서 카드를 꺼내 펼쳤던 동욱은 깜짝 놀라고 말았다.

저녁 8시 30분 00공항 도착.

엘리베이터가 멈추자마자 다시 1층 버튼을 누른 동욱은 초조한 얼굴로 시간을 확인했다. 8시 10분. 쉬지 않고 달린다고 해도 8시 30분까지 공항에 도착하기는 불가능했다.

이렇게나 엉뚱하고 대범한 여자 같으니라고.

서울에서 부산에 가는 것도 아니고 미국에 오면서 한마디 말도 없이 무작정 날아오다니.

동욱은 아파트를 빠져나와 차에 오르자마자 공항을 향해 달렸다.

수안을 낯선 나라 낯선 공항에 오래 기다리게 할 수는 없었다. 그리고 제발 수안이 더 이상 대범한 척하지 말고 소심하게 공항에서 기다리고 있어주길 기도했다. 너무 대범한 바람에 택시를 잡아타고 동욱의 아파트로 올까 봐, 그래서 길이 엇갈릴까 봐 걱정됐기 때문이었다.

비행기 도착 시간보다 1시간이나 지난 시간에야 공항에 도착한 동욱은 공항청사 안으로 뛰어들어 가며 까만 머리 색깔에 작고 아담한 체구 그리고 세상에서 제일 예쁜 수안을 찾기 위해 정신없이 두리번거렸다.

아무리 둘러봐도 세상에서 제일 예쁜 수안이 보이질 않았다. 동욱이 나와 있지 않아 아무래도 수안이 혼자 택시를 타고 동욱의 아파트로 간 모양이라고, 길이 엇갈린 모양이라고 생각하며 공항 직원에게 9시에 한국발 비행기가 제시간에 도착했는지를 묻고 제시간에 도착했고 승객들은 모두 떠났다는 대답을 듣고 나서 1분이라도 빨리 집으로 돌아가기 위해 돌아서는데 다섯 걸음 앞에서 수안이 빨간 여행 가방을 옆에 세워놓고 동욱을 향해 미소 짓고 있었다.

"수안아."

동욱이 다섯 걸음을 달려가 수안을 끌어안았다.

"얼마나 걱정했는지 알아? 말도 없이 오면 어떻게 해, 자식아."

"말하면 김새잖아요."

"길이 엇갈린 줄 알고 놀랐단 말이야."

"길 엇갈릴 것 같아서 올 때까지 기다리려고 했어요."

"미치겠다."

"왜요?"

"좋아서!"

동욱이 고함치듯 말한 후 수안을 으스러져라 끌어안았다.

"집에 빨리 가요. 이 가방 안에 김치만 잔뜩 들었어요."

"김치 가져왔어?"

"내가 둘이 먹다가 다섯이 죽는 김치찜 비법을 전수받았거든요. 꼴딱 넘어가게끔 맛나게 해줄 테니까 기대해요."

수안의 말에 동욱이 다시 한 번 수안을 으스러져라 안았다.

"어떻게 올 생각을 했어?"

수안을 데리고 아파트로 온 동욱이 수안을 품에서 놓아주지 못하며 물었다.

"내가 고파서 잠을 못 잔다면서요. 자게 해주려고 왔죠. 방법을 찾아보겠다고 했잖아요."

"맞아. 네가 고파서 잠을 못 잤어."

"내가 재워줄게요."

"김치찜도 먹고 너도 먹는 거야?"

동욱이 짐승처럼 눈빛을 빛내며 말하자 수안이 눈을 흘겼다.

"밝히긴."

"나 굶주렸어. 굶주린 짐승이야."

동욱의 과장된 표정에 수안이 깔깔거리고 웃었다.

"혹시 배고파?"

"아뇨. 기내식 몽땅 다 먹어서 배불러요."

"그럼 지금 당장은 아무것도 안 먹어도 되는 거지?"

"네. 왜요?"

"내가 너 먹으려고."

동욱이 갑자기 몹시도 굶주려 이글거리는 짐승의 눈빛을 하고 수안의 옷을 벗기며 말했다.

"그렇게 급해요?"

"그렇게 급해. 굶주린 짐승이라니까."

동욱은 정말 급했다. 수안의 옷을 채 벗기기도 전에 수안을 안아버렸을 정도로.

✽ 209번째 메일

보낸 이 : ooksoo@wahoo.com

받는 이 : dongan@javer.co.kr

제목 : 있죠…….

자기 힘들게 할까 봐 어떻게든 이 얘긴 안 하려고 했는데…….

오늘따라 너무너무 보고 싶어요.

왜 갑자기 너무너무 보고 싶냐고 묻진 말아요.

이유없이, 아무 이유 없이 그냥 너무너무 보고 싶은 거니까.

아니, 이유는 있어요. 지난번에 말했던 그 선배 있죠. 날 마구 갈궈주신다던 못된 선배요.

오늘은 아주 제대로 한 방 날려주더라구요.

너 같은 걸 왜 합격시켰는지 도대체 이해할 수 없다고.

대놓고 까이는 거 셀 수 없을 정도지만 오늘은 정말 오장육부가 갈기갈기 찢기는 듯이 아프게 와 닿네요.

그동안은 창피해서 말을 못했는데…… 동기 중에 내가 제일 꼴찌예요.

난 아직도 몇 분 되지도 않는 라디오 뉴스 진행하다가 서너 번은 혀가 꼬이고 오늘은…… 기침까지 했어요.

아, 정말……. 오늘 최악으로 깨졌어요.

울지 않으려고 그렇게 애를 썼는데 결국 울었어요. 화장실에서.

입사한 지 1년이나 됐는데 동기들은 전부 작든 크든 한자리씩 차고 들어갔는데 난 아직 아무것도 못하고 짐짝 취급받고 있어요. 두 개 세 개 하는 동기도 있는데…….

철호 선배가 기운 내라면서 술 사줬어요.

처음부터 잘나가는 것보다 처음엔 깨지다가 늦게 쭉쭉 뻗어나가는 게 훨씬 더 좋다면서 위로해 줬는데, 철호 선배한테는 미안하지만 조금도 위로가 안 돼요.

오늘 처음으로 그만둬야 하는 건 아닌가 하는 생각까지 했어요.

한 번도 꼴찌라는 것을 해본 적이 없는데……. 우리나라 최고 대학에서도 1등 했는데…… 1등만 힘들고 피곤한 줄 알았더니 꼴찌는 백배로 더 힘드네요.

위로받고 싶은가 봐요. 다른 사람 위로는 다 필요없고 자기의 위로가 필요한가 봐요. 그래서 보고 싶어요.

다 때려치우고 당장 자기 만나러 미국에 가고 싶을 만큼 보고 싶어요.

오늘만 투정할게요.

내일은 다시 씩씩해질 테니까 걱정 말아요.

내일은 즐거운 편지 쓸게요.

사랑해요.

보통은 밤에 편지를 보내고 다음날 아침에 메일을 열어보면 동욱의 답장이 도착해 있었는데 오늘은 이상했다. 수신 확인에서는 어제 수안이 편지를 보내고 꼭 15분 후에 동욱이 메일을 확인했는데 이상하게 메일만 확인했을 뿐 답장이 없었다.

답장을 못할 만큼 바쁜 일이 있었겠지 싶지만 특별히 답장을 기대하면서 보낸 메일에 답이 없을 때는 조금 실망스러웠다.

아무리 늦어도 오늘 중으로는 답장을 해주겠지 하면서 출근을 했지만 회사에서 시간날 때마다 확인할 때도 마찬가지고 퇴근해서 확인했을 때에도 동욱에게서는 아무런 회신이 없었다.

"여행 갔나? 여행 가면 간다고 말을 할 텐데……. MT나 뭐 그런 델 갔나? 그래도 내 편지를 읽었다면 짧게라도 답장을 해줄 텐데……."

전화를 할까 했지만 공부하느라 힘든 사람에게 왜 제때 답장하지 않냐고 따지는 전화를 하는 것은 못난 짓이다 싶어 전화도 참고 답장 오기만을 기다렸는데 미국 시간을 따져 보니 강의 시간이었다. 동욱이 답장을 한다 하더라도 시간상으로 내일 아침에나 짬이 생긴다는 뜻이었다.

입사하고 처음으로 당직도 걸리지 않고 3일 연속 쉬게 되어 쉬는 동안에 동욱과 인터넷으로 얼굴 보면서 채팅할 생각이었는데 동욱과 갑자기 연락이 되지 않으니 슬슬 불안했다.

설마, 하루 이틀 연락이 되지 않는다고 바람을 피우는 것으로 의심한다면 그건 말도 안 되는 짓이었다. 성격상 나이트클럽이나 시끄러운 곳에서 즐기는 것도 좋아하지 않으니 그런 곳에 갔을 리도 없고. 어쩌면 꼭 참석해야 하는 파티에 갔을지도 몰랐다. 어떤 성격의 파티인지 알 수 없다는 것이 조금 불안했지만.

"이런 식으로 하겠다?"

분명히 답장 못하는 이유가 있을 것이라고, 이유없이 연락을 하지 않는 것은 아닐 것이라고 믿으면서도 찜찜함을 감추지 못하고 잠이 들었던 수안은 오랜만에 늦잠을 자기 위해 일부러 알람도 죽여놓았는데 어떤 정신 나간 사람이 예의없이 초인종을 눌러대는 통에 아침 8시도 안 된 시간에 일어나야 했다.

8시도 안 된 시간에 남의 집 초인종을 제집인 양 마음껏 눌러대는 무례한 자가 누구인지 스피커폰 화면으로 확인하던 수안은 화면에 비치는 사람의 정체를 확인하는 순간 마치 유령을 본 듯 너무 놀라 기절할 듯한 얼굴로 달려가서 현관문을 벌컥 열어젖혔다.

문 앞에는 동욱이 서 있었다. 믿을 수 없게도 동욱이 서 있었고 정말로 동욱이 서 있었다.

"깨웠지?"

동욱이 집 안으로 들어서며 잠옷 차림의 수안을 향해 씩 웃으며 말했다.

"어떻게…… 왔어요?"

수안이 여전히 믿을 수 없다는 얼굴로 묻자 동욱이 그런 바보 같은 질문이 어딨냐는 듯 픽 웃었다.

"비행기 타고 왔지."

"아니, 어떻게……. 왜 왔어요?"

"보고 싶다고 했잖아."

동욱이 말했고 수안은 10초 동안 얼이 빠진 얼굴로 동욱을 올려다보다가 와락 동욱의 품에 안겨들었다.

"보고 싶다고 한다고…… 거기서 여기가 어딘데……."

수안이 너무도 무모한 동욱에게 너무도 미안한 어조로 말하자 동욱이 수안을 더욱 꼭 끌어안았다.

"다른 사람 다 필요없고 내 위로가 필요하다고 했잖아. 다른 사람 다 필요없고 네가 부르면 무조건 와야지."

동욱이 속삭였고 무한 감동을 받은 수안은 어느새 동욱의 품에 안겨 울기 시작했다.

"말도 없이……."

"말하고 오면 김샌다고 너도 말 안 하고 막 왔었잖아. 너한테 배운 거야."

동욱의 말에 수안이 픽 웃었다.

"대체 어떤 몹쓸 계집이 우리 수안이한테 그따위로 지껄였는지 잡아다 족치려고 달려왔어. 내가 잡아다 주리를 틀게. 이번엔 정말 곤장을 칠 거야."

동욱이 일부러 허세를 부리듯 큰소리로 말하자 수안이 울면서도 웃음을 터뜨렸다.

"여기 오느라고 답장 못 한 거예요?"

"답장으로는 안 될 것 같아서. 얼굴 보여줘야 기운 낼 것 같아서."

어쩌면 그렇게도 윤수안의 속을 훤하게 잘 알고 있는지 수안은 또 한 번 감동했다.

"자고 있었지?"

"네."

"그럼 계속 자자. 나도 자야 해. 일단 푹 자고 일어나서 그 못된 계집을 언제 잡아다 어디서 어떻게 주리를 콱 틀어버릴지 의논하자."

동욱은 거추장스러운 옷들을 훌훌 벗어버린 후 수안과 함께 침대에 누웠고 수안은 발가벗은 동욱에게 꼭 안겨 연신 그의 얼굴을 쓰다듬었다.

"여유가 생겨서 왔어요, 아니면 그냥 막 온 거예요?"

"둘 다야. 하루 여유가 있고 하루는 무단으로 빠질 거야."

"혼나면 어떻게 해요?"

"혼나면 되지."

"언제 가요?"

"내일 밤 비행기."

고작 하룻밤. 겨우 하룻밤.

하지만 동욱은 고작 하룻밤 겨우 하룻밤을 위해 수안을 보러 그 먼 길을 날아온 것이다.

수안은 하룻밤을 위해 먼 길을 마다하지 않고 달려와 준 동욱을 더욱 꼭 껴안았다. 너무 고마워서, 너무 감사해서, 너무 황송해서.

보고 싶다는 말에, 다른 사람은 필요없고 동욱의 위로가 필요하다는 말에 이렇게 달려온 동욱이 어떻게 고맙지 않고 어떻게 감사하지 않고 어떻게 황송하지 않을 수 있을까.

얼굴을 보여줘야 기운을 낼 것 같아서 왔다는 동욱의 말은 진리였다. 그 이상의 진리는 없었다. 그의 말이 진리였고 그의 말이 수안을 구할 것이리라.

"수안아."

"네?"

"나 발가벗고 있어."

"알아요."

수안이 쿡 웃으며 대답했다.

"어쩔 거야?"

"뭘요?"

수안이 고개를 들고 야릇한 미소를 지으며 묻자 동욱 역시 엉큼한 눈길로 수안을 바라보며 눈길만큼이나 엉큼한 미소를 흘렸다.

"불면증 환자 치료해 줘야 할 것 아니야."

"또 못 잤어요?"

"당연하지. 난 불면증 환자고 또 밀입국자야. 불면증을 앓는 밀입국자가 편히 자는 것 봤어?"

동욱의 말에 수안이 웃음을 터뜨렸다.

"어떻게 재워 드릴까요?"

수안이 동욱의 입술에 가볍게 입을 맞추며 묻자 동욱이 알고 있잖아 하고 속삭이며 단번에 수안의 몸 위로 올라왔다.

"보고 싶었어."

"나도 보고 싶었어요."

"사랑해."

동욱이 수안에게 입을 맞췄다.

"아까부터 시동 걸려 있었는데. 잘못하면 급발진 사고가 날 것 같아."

"지체 말고 밟아요."

동욱은 수안의 명이 떨어지는 순간 지체없이 수안의 몸속으로 돌진했다.

믿을 수 없을 만큼 행복한 시간이었다. 그러나 행복한 것만큼이나 미안함도 컸다. 얼마나 피곤했는지 동욱은 사랑을 나눈 직후 잠이 들어 저녁 먹을 시간이 될 때까지 한 번도 깨지 않고 잤는데 자는 모습을 보는 것만으로도 행복했지만 그를 피곤하게 만들었다는 죄책감에 보고 싶다는 메일을 보낸 것을 얼마나 후회했는지 모른다.

함께 저녁을 먹고 차 한 잔 마시고 곧바로 다시 침대에 누운 두 사람은 서로 꼭 끌어안은 채 생각나는 대로 아무 말이나 마구 쏟아냈다. 헤어진 후에 해줄 말이 있었는데 '깜빡하고 못했네' 라는 후회를 남기지 않기 위해 생각나는 말은 무조건 다 하고 생각나지 않은 일은 억지로 짜내서라도 신나게 수다를 떨다

보니 새벽 3시가 훌쩍 지난 시간이었다.

많이 늦은 시간이었지만 그래도 이 아까운 시간을 잠에게 빼앗기기 싫어 두 사람은 전혀 상관없는 사람들의 얘기를 해서라도 조금이라도 더 깨어 있으려고 애를 썼다. 그래야 서로의 얼굴을 조금이라도 더 오래 보고 서로를 조금이라도 더 만지고 서로의 목소리를 조금이라도 더 들을 수 있으니까.

언제 누가 먼저 잠이 들었는지 모른 채 잠이 든 두 사람은 다음날 느지막이 깨어날 때까지 서로를 꼭 껴안고 있었다.

동욱의 말대로 밀입국한 처지라 누군가의 눈에 띄어서 좋을 것이 없었기에 다음날에도 집 밖으로 나가지 않고 집 안에서만 꼼짝 않고 있었다. 하지만 조금도 지루하지 않았다. 얼굴을 보고 있는 것만으로도 완벽하게 행복했으니까.

그날 저녁, 달콤하지만 너무도 짧았기에 이루 말할 수 없는 안타까움을 감추고 밀입국한 동욱을 무사히 배웅한 수안은 집으로 돌아오며 앞으로는 보고 싶다는 말을 더욱 아껴야겠다고 생각했다.

보고 싶다는 말 한마디에 당장에 그 먼 길을 달려온 동욱에게 고맙긴 했지만 그가 다시 먼 시간 비행기를 타고 돌아가야 하는 것이 너무 미안하고 가슴 아팠기 때문이었다. 차라리 그리워할망정 동욱을 저토록 피곤하게 만드는 것은 못할 짓이다 싶었다.

그러나 그 후에도 동욱은 불시에 밀입국을 시도했다. 방학이

나 휴가를 받아 공식적으로 한국에 들렀다 갔을 때를 제외하고
도 말이다.

✽ 258번째 메일

보낸 이 : ooksoo@wahoo.com

받는 이 : dongan@javer.co.kr

제목 : 대타.

오늘 정오 뉴스 진행하는 선배님이 가벼운 접촉 사고로 제때 도착하지 못하
는 바람에 갑작스럽게 대타로 뉴스를 진행하게 됐어요. 그때 마침 완벽하게 놀
고 있는 사람이 나밖에 없었거든요.

결과는…… 칭찬받았어요.

시간이 너무 촉박해서 원고를 한 번도 못 읽고 바로 시작했거든요.

중간에 그림 나갈 때 다음 뉴스 훑어보고 하는 식으로 진행했는데 신의 가호
로 단 한 번도 실수하지 않고 잘해냈어요.

빨리 고정 자리를 맡아야 하지만 이렇게 대타 자리라도 자주 생겼으면 좋겠
어요.

아 참, 철호 선배가 맡고 있는 라디오 프로 청취율이 수직 상승하고 있어요.
내가 들어봐도 진짜 웃기고 재미나요. 철호 선배한테 부탁해서 녹음 떠달라고
해서 보내줄게요. 자기도 들어봐요. 진짜 재밌어요.

✽ 258번째 답장

보낸 이 : dongan@javer.co.kr

받는 이 : ooksoo@wahoo.com

제목 : 다시보기가 안 되네.

네가 진행한 뉴스 찾아보려고 방송국 홈피에 들어가서 샅샅이 뒤졌는데 뉴스는 다시보기가 안 돼서 얼마나 실망스러운지 몰라.

내가 꼭 봤어야 하는데!

갑자기 투입돼서 긴장했을 텐데도 실수하지 않고 잘해내서 얼마나 대견한지 몰라. 이제 곧 고정 자리가 생길 테니까 걱정하지 마.

갑자기 걱정되네.

너무 유명해지는 것 아니야?

그리고 철호 방송은 궁금하지도 않아. 너 진행한 뉴스 녹화 떠서 보내줘.

나한테 필요한 건 바로 그거니까.

✳ 300번째 메일

보낸 이 : ooksoo@wahoo.com

받는 이 : dongan@javer.co.kr

제목 : 드디어 고정!

3TV 심야 음악 프로그램 고정 단독 MC로 낙점!

✳ 300번째 답장

보낸 이 : dongan@javer.co.kr

받는 이 : ooksoo@wahoo.com

제목 : 아뵤!

Excellent!

✱ 301번째 답장

보낸 이 : ooksoo@wahoo.com

받는 이 : dongan@javer.co.kr

제목 : 얼마나 떨렸는지…….

　이번 개편에서 새로 생긴 프로그램인데 MC를 누구로 정할 것이냐로 두 달 넘게 윗분들이 의논을 거듭했었어요. 연예인부터 아나운서까지 줄잡아 열 명은 물망에 올랐구요. 지금 하는 말이지만 난 후보도 아니었어요. 프로그램을 살리려면 유명인을 내세우는 것이 성공 확률이 높으니까.

　후보에도 끼지 못했던 내가 낙점된 것은 순전히 나의 강렬한 열망에서 시작된 기도 덕분이라고 믿어 의심치 않아요. 정말 태어나서 처음으로 미친 듯이 기도했거든요.

　내 자리다.

　윤수안의 자리다.

　내 몫이다.

　아무도 건드리지 마. 내 거야!

두 달 동안 하루 온종일 저 말을 입에 달고 살았더니 너무나 신기하게도 내 자리가 됐어요.

사실 내가 낙점된 배경은 조금 쪽팔린 이유 때문이에요.

프로그램 시간 때가 지뢰밭이라 할 만큼 심야 시간이거든요. 말하자면 이런 음악 프로그램이 방송되는 걸 백이면 구십아홉이 모를 아주 깊은 밤 시간이라는 거죠. 언제 생겼다가 언제 사라졌는지 관심도 없을 시간.

후보에 올랐던 사람들 중에 몇은 거절하고 시키면 무조건 해야 하는 아나운서들은 서로 안 맡았으면 좋겠다고 몸 사려서 덕분에 내가 건졌어요.

인사말이라는 것이 축하는커녕 애국가 시청률만 넘겨보라고 고생하겠다는 말이 전부지만 고정 프로그램이 생겼다는 것만으로도 날아갈 것 같아요.

그리고 이렇게 외쳐 줬죠.

흥! 두고 봐라. 깜짝 놀라게 해주마!

✱ 302번째 답장

보낸 이 : dongan@javer.co.kr

받는 이 : ooksoo@wahoo.com

제목 : 그래, 바로 그거야!

깜짝 놀라게 해주자고!

낙점된 배경이 쪽팔린 거 그거 아무것도 아니야.

그런 말 있잖아.

내 시작은 미약하였으나 그 끝은 창대하리라!

우리 수안이가 창대한 끝을 보여줄 것이라 믿어 의심치 않아.

난 널 믿어!

✻ 303번째 답장

보낸 이 : ooksoo@wahoo.com

받는 이 : dongan@javer.co.kr

제목 : 내일을 위해 기도해 줘요.

내일 프로그램 담당 피디하고 처음으로 미팅하는 날이에요.

보통 까칠한 사람이 아니라는 소문이에요.

떨려요.

피디하고 손발이 맞지 않으면 그 프로그램은 끝났다고 봐야 하거든요.

즐거운 하루가 되도록 기도 부탁해요.

✻ 304번째 답장

보낸 이 : dongan@javer.co.kr

받는 이 : ooksoo@wahoo.com

제목 : 사포의 위력을 보여줘.

아무리 까칠한들 윤수안을 당해내겠어?

떨지 마.

분명히 즐거운 날이 될 거야.

미팅하고 어땠는지 꼭 알려줘.

이현준 피디는 벌써 30분째 수안을 없는 사람 취급하고 있었다.

'안녕하세요, 윤수안입니다' 하고 예의를 갖춰 인사했을 때에도 네가 윤수안이거나 말거나 하는 표정으로 무심하게 한번 쳐다보고 말더니 그 후로 스태프들과만 회의하고 명색이 MC인데 수안은 회의에 끼워주지도 않았다.

이미 여러 채널의 정보로 깐깐하고 불친절한 사람이라는 것은 알고 있었지만 깐깐하고 불친절한 정도가 아니라 정말 못돼먹은 사람이었다.

회의를 할 것이면 같이해야지 어떻게 MC라는 중차대한 역할을 맡은 수안을 이렇게까지 철저하게 무시할 수 있을까.

섭섭했던 건 30분까지고 30분이 지나가자 화가 치밀었다. 어떻게, 얼마나 기다린 끝에 맡게 된 프로그램인데 초반부터 이토록 기를 죽이나 싶어 울컥 서럽기도 해서 당장 뛰쳐나가고 싶은데 어떻게 얻어낸 자린데 피디 꼴 보기 싫어서 MC 안 하겠다고 할 수도 없고, 안 하겠다 한다고 안 하게 해주는 것도 아니고 죽이 되던 밥이 되던 혹은 네가 죽든 내가 죽든 치사하고 더러운 난국을 헤쳐 나가야 했다.

"피디님, 저도 좀 끼워주세요."

성질을 낼까, 울까, 가버릴까, 끝까지 꿔다 놓은 보릿자루마냥 존재감없이 앉아 있을까를 고민하던 수안이 용기를 내서 친근하게 피디에게 말을 붙였다.

얼마나 큰 용기를 끌어 모은 것인데 이현준 피디라는 저 못돼 먹은 남자는 또다시 무심하게 한번 쳐다보고 끝이었다. 아니, 무심한 게 아니라 귀찮으니까 조용히 찌그러져 있으라는 그런 눈길이었다.

'괴씸한 남자 같으니라고.'

욱하고 오기가 치밀었다.

너만 성질있냐? 나도 있다!

수안은 곱지 않은 눈길로 이현준을 노려보다가 재차 말을 걸었다.

"저도 끼고 싶어요."

수안이 다시 한 번 친근하게 사정했다.

하지만 이번에도 반응이 불친절하기 짝이 없었다. 네가 끼어서 뭘 하게 하는 표정이었기 때문이다.

"저도 좀 알아야 하지 않을까요?"

수안이 세 번째까지 치사함을 무릅쓰고 친한 척 굴었지만 삼세판까지 이현준은 수안의 노력을 철저하게 무시했다. 시끄러우니까 닥치고 있으라는 얼굴로 노려보기까지 하며.

삼세판까지 저따위로 나온다면 더는 친근하게 굴 이유가 없었다. 삼세판이면 참을 만큼 참았고 이현준은 삼진 아웃이었다.

"저 투명인간 아니거든요?"

수안이 처음 말 걸었을 때와는 달리 냉기가 흐르는 말투로 내뱉자 이현준이 그제야 제대로 초점을 맞추며 수안을 쳐다봤다. 꼭 거칠게 말을 해야 알아듣는 것들이 있다더니 이현준이 그랬다.

"누가 투명인간이라 했나?"

이현준이 낯을 찡그린 채 말했다.

"투명인간 아니네요. 제대로 쳐다보시는 것 보니까."

수안이 싸한 표정으로 이현준을 노려보며 맞받아쳤다.

"어쩌라고?"

이현준이 짜증난 얼굴로 물었다.

"끼자구요."

수안도 짜증이 돋친 목소리로 받아쳤다.

"끼어서 뭐 하려고?"

"돌아가는 상황 좀 알려구요."

"돌아가는 상황 알아서 뭐 하려고?"

"직진인지 후진인지도 모르고 MC 맡아요?"

이번엔 수안이 양껏 치받친 얼굴로 되받아쳤다.

"MC를 보내주려면 쓸 만한 사람을 보내주던가. 듣도 보도 못한 사람을 끌어다 붙이면 이건 망하라는 거지 뭐야."

이현준이 대놓고 수안을 공격하기 시작했다.

이현준의 공격에 긴장한 사람은 수안이 아니라 회의에 참석

했던 스태프들이었다. 대부분이 난처한 표정으로 애써 수안을 외면했고 몇몇은 이런 식의 '이현준 죄없는 사람 밟아대기'에 익숙한 듯 흥미로운 눈길로 수안을 쳐다보고 있었다.

밟으라면 밟으라지. 하지만 수안은 절대 곱게 밟혀줄 사람이 아니었다.

"쓸 만한 사람인지 아닌지는 두고 봐야 아는 거구요, 듣도 보도 못한 건 피디님 책임이죠. 뉴스 좀 꼼꼼히 챙겨보시지 그랬어요? 그리고 프로그램 담당 피디께서 시작도 하기 전에 망한다는 말을 입에 올리는 거 무책임하고 경솔한 짓 아닌가요? 망하라고 고사 지내는 거지 뭐예요?"

수안이 한마디도 지지 않고 이현준과는 비교도 할 수 없을 만큼 까칠함의 진수를 보여주며 응수하자 이현준의 미간에는 쪼글쪼글 주름이 잡히고 나머지 스태프들은 예상치 못한 구경거리에 흥미진진한 표정이 됐다.

"암만 꼼꼼하게 챙겨봐도 윤수안이라는 아나운서는 뵈지도 않습디다."

이현준이 수안의 아픈 곳을 찌르며 도발했다.

이런 식으로 나오겠다 그거지?

"나도 가뭄에 콩 나듯 땜빵용 아나운서지만 피디님도 만만치 않거든요? 어째서 피디 생활 10년 동안 고약한 성격만 소문나고 기억에 남는 프로그램은 없나 했더니 오늘 뵈니 이유를 알겠네요."

수안도 이현준의 아픈 곳을 제대로 찔러주며 대응했다.

"뭐야? 싸우자는 거야?"

이현준의 목소리가 거칠어졌다.

거칠어지면 어쩔 건데?

"잊으셨나 본데요, 시작은 피디님이 하셨거든요? 시비 거는 사람 피해가는 성격 아니니까 까짓것 한번 붙죠. 액막이 푸닥거리하는 셈치고."

수안이 한 치도 물러서지 않고 다박다박 맞받아치자 이현준이 도끼눈으로 수안을 노려봤다.

"눈에 쥐나겠네요."

수안의 한마디에 카메라 감독이 푸하 하고 웃음을 터뜨렸다. 카메라 감독이 웃음을 터뜨리자 다른 스태프들도 덩달아 웃음을 터뜨렸다. 주변에 있던 사람들이 웃음을 터뜨리자 이현준의 얼굴은 보기 안쓰러울 만큼 일그러졌고 수안의 얼굴은 변함없이 냉랭했다.

"똑똑한 척하니 어디 한번 두고 보겠습니다. 얼마나 잘하는지."

이현준이 깐죽거렸다.

"꼭 두고 보세요. 피디님 고약하게 구신 거 쪽팔릴 정도로 끝장나게 잘해 드릴 테니까."

수안은 이현준보다 오십 배는 더 깐죽거리며 말한 후 자리에서 일어났다.

"회의도 안 끝났는데 어딜 가십니까, 윤수안 아나운서님?"

"피디님한테는 얻을 영양가가 없어서 그만 갑니다, 이현준 피디님."

수안이 한마디도 지지 않고 접어주지도 않고 맞받아쳤다.

"애인한테 차였죠? 하긴 어떤 남자가 만나주겠어."

이현준이 한 방으로 보내 버리겠다는 듯 나름대로 강한 펀치를 날렸다. 하지만 수안은 끄떡도 하지 않고 회심의 미소를 지었다.

"이혼당하셨죠? 하긴 어떤 여자가 살아주겠어요."

시건방진 미소를 머금은 채 일격을 가한 후 회의실을 나오던 수안은 최후의 일격을 잊지 않았다.

"웬만하면 혼자 사세요. 멀쩡한 여자 성질 버려놓지 말고."

수안은 따끔하지만 진심의 충고를 던져 주고 회의실을 나가 버렸다.

"현준아, 네가 졌다."

카메라 감독이 퍽 재밌다는 얼굴로 한마디 하자 스태프들이 낮게 웃음을 터뜨렸다.

"야, 장난 아니네."

이현준이 고개를 절레절레 저으며 중얼거리자 카메라 감독이 '볼만하겠네' 하고 말한 후 회의실을 나갔고 이현준은 오랫동안 묘한 웃음을 흘리고 있었다.

✱ 305번째 메일

보낸 이 : ooksoo@wahoo.com

받는 이 : dongan@javer.co.kr

제목 : 거지 똥구멍 같은 자식.

이현준 피디라는 작자 완전 비호감.

진짜 거지 똥구멍 같은 자식.

✱ 305번째 답장

보낸 이 : dongan@javer.co.kr

받는 이 : ooksoo@wahoo.com

제목 : 무슨 일이 있었는데?

오늘 첫 미팅 아니었어?

무슨 일이 있었는데?

엉망이야?

✱ 306번째 답장

보낸 이 : ooksoo@wahoo.com

받는 이 : dongan@javer.co.kr

제목 : 작정하고 날 깔아뭉개더라구요.

쓸 만한 사람이 아니라는 둥 듣도 보도 못한 사람이라는 둥 망하겠다는 둥.

처음부터 인사도 안 받아주고 회의 시간에 완전 투명인간 취급해서 좀 끼워 달라고 했더니 대뜸 공격을 시작하는데 정말 못돼먹은 사람이에요.

✽ 307번째 답장

보낸 이 : dongan@javer.co.kr

받는 이 : ooksoo@wahoo.com

제목 : 울었어?

그 자식 때문에 운 거야?

망할 자식!

✽ 308번째 답장

보낸 이 : ooksoo@wahoo.com

받는 이 : dongan@javer.co.kr

제목 : 천만에요.

꾹꾹 밟아드렸죠.

역시 내 몸엔 사포의 피가 흐르고 있었어요.

아나운서 선배였다면 찍소리도 못했겠지만 직계 선배도 아니고 난 처음부터 최대한 예의를 갖췄는데도 그따위이니 어쩌겠어요. 밟아드려야지.

✱ 309번째 답장

보낸 이 : dongan@javer.co.kr

받는 이 : ooksoo@wahoo.com

제목 : 저런.

자식이 갈아버리려다 되레 지가 갈렸구나.

그렇게 건드리질 말았어야지.

잘했어.

한 번은 겪어야 될 일이었던 것 같고 차라리 빨리 겪어서 다행이야.

한동안은 살얼음판이겠다.

빠지지 않고 건너갈 수 있겠어?

✱ 310번째 답장

보낸 이 : ooksoo@wahoo.com

받는 이 : dongan@javer.co.kr

제목 : 거뜬해요.

빠지면 헤엄치면 돼요.

하지만 절대 빠지지 않을 테니까 걱정 말아요.

길을 비켜라. 내가 간다!

✱ 311번째 답장

보낸 이 : dongan@javer.co.kr

받는 이 : ooksoo@wahoo.com

제목 : 안 비키는 것들은.

다 밀어버려!

2 장

오케이 사인이 떨어지자 수안은 안도의 한숨을 내쉬며 무대 밑으로 내려가 스태프들에게 일일이 인사했다.

"수고했어요."

"정말 잘하던데! 고생했어, 수안 씨."

수안이 인사하는 사람들마다 수안에게 칭찬을 던져 주며 첫 녹화의 성공을 축하했다. 하지만 이현준만 뚱해 있었다. 당연했다. 수안이 스태프 모두에게 인사를 하면서도 일부러 이현준만 쏙 빼놓았기 때문이다.

녹화 직전에 쓸데없는 말로 수안을 긁지 않았다면 그렇게 쩨쩨하게 복수하지는 않았을 것이다.

"오늘 한번 봅시다. 녹화 망치면 다른 사람으로 교체할 줄 알아요."

현준이 으름장을 놓았다.

다른 사람으로 교체를 해? 뭐 저런!

기를 살려줘도 시원치 않을 판에 첫 녹화하는 날 MC의 기를 죽이는 만행을 저지르다니. 바보도 아니고 뭐 저런 인간이 있나 이가 갈렸다.

피디라는 사람이 졸렬하게 녹화 직전에 수안의 기를 죽이려고 드는데 아무리 성질이 좋은 사람이라도 그냥 지나치지 못할 일, 더구나 성질이 나쁠 땐 이길 장사가 없을 만큼 지독한 수안이거늘 절대 없었던 일인 척, 잊어버린 척할 리가 없었다.

오늘을 위해 밤잠을 설치며 준비한 수안이었다.

오늘 녹화에 참여하는 톱가수들을 섭외하는 단계에서부터 작가와 함께 뛰어다니며 꼭 출연해 달라고 사정사정하고 출연이 성사되는 순간부터는 가수들의 1집부터 마지막 앨범까지 앨범에 실린 노래들을 수십 번씩 반복해 들으며 그 곡을 이해하려고 노력했으며 가수의 비하인드 스토리를 수집하기 위해 동원할 수 있는 모든 채널을 동원해 정보를 끌어 모으고 잠을 너무 못 자서 손이 떨릴 지경으로 노력했었다.

그뿐인가 단 한 마디도 실수하지 않기 위해, 한 번이라도 NG를 내지 않기 위해 작가와 함께 만든 대본을 수백 번, 아니, 수천 번 읽고 또 읽었었다. 눈 감고도 한 글자도 틀리지 않고 줄줄

외울 만큼 입에 붙여놓고 거울을 보면서 표정 연습은 또 얼마나 했던가. 연습을 너무 많이 하는 바람에 오히려 얼굴 근육이 굳을 지경으로 독하게 노력했었다.

그렇게 노력했음에도 녹화 당일이 되자 긴장이 극에 달해 음식이 넘어가질 않아 물배만 채우고 녹화 시간이 다가올수록 피가 마를 지경으로 겁이 나고 초조해서 연신 물을 마시는데도 목구멍이 달라붙을 정도로 목이 타고 입이 말라 죽을 지경인데 그런 수안에게 용기는 못줄망정 썩은 고춧가루를 획 뿌려댔으니 진짜 한 대 갈겨주고 싶을 정도로 미웠다.

그래서 일부러 이현준 피디만 쏙 빼놓은 것이다. 쩨쩨하다고 욕을 하거나 말거나 수고했다는 인사도 해주기 싫었던 것이다.

수안이 끝까지 인사를 생략하고 스튜디오를 나가려고 하자 이현준 피디가 버럭 성질을 냈다.

"나한테는 왜 수고했다는 인사 안 해요?"

"안 받으실 것 같아서요."

수안이 퉁명스럽게 대꾸하자 이현준이 한쪽 눈을 찡그린 채 수안을 노려봤다.

"진짜 인사 안 할 겁니까?"

현준이 협박하듯 물었다.

"제대로 받으실 거예요?"

수안이 곱지 않은 표정으로 되물었다.

"받아주죠."

"수고하셨어요."

수안이 시큰둥하게 말한 후 스튜디오를 나오는데 언제 따라나왔는지 현준이 옆으로 다가왔다.

"수고했어요."

"알아요."

수고했다는 말에 수안이 건방지게 대꾸하자 현준이 눈살을 찌푸렸다.

"고맙다고 해야 하는 것 아니에요?"

"피디님도 고맙다는 말 안 했잖아요."

"고맙소."

"네, 저도 고마워요."

수안이 냉랭하게 대꾸하고는 휭하니 먼저 걸어오는데 현준의 목소리가 들려왔다.

"계속 그렇게만 해줘요. 오늘처럼만."

"걱정 마세요!"

수안이 돌아보지도 않은 채 대꾸한 후 피식 웃었다.

"이 윤수안을 믿었어야지. 바보."

수안이 회심의 미소를 지으며 중얼거렸다.

✱ 315번째 메일

보낸 이 : ooksoo@wahoo.com

받는 이 : dongan@javer.co.kr

제목 : 첫 녹화!

끝내줬어요!
날 못 믿던 사람의 코를 납작하게 눌러줬어요!
아! 흥분돼!

✽ 315번째 답장
보낸 이 : dongan@javer.co.kr
받는 이 : ooksoo@wahoo.com
제목 : 나도 흥분돼!

복사해서 보내!
반드시!

✽ 332번째 메일
보낸 이 : ooksoo@wahoo.com
받는 이 : dongan@javer.co.kr
제목 : 신나요.

  프로그램 시작하고 조금씩, 조금씩 시청률이 올랐는데 석 달 지난 지금 완전
히 자리를 잡은 듯해요. 마니아도 생겨나고.
  오늘 칭찬 많이 받았어요.

갈수록 진행이 매끄럽고 정말 편안하다고.

오늘 출연한 가수가 뭐랬는지 알아요?

화면으로 보던 것보다 훨씬 더 미인이라고 예쁘다는 말을 일곱 번이나 했어
요.

은근히 듣기 좋은 거 있죠.

✱ 332번째 답장.

보낸 이 : dongan@javer.co.kr

받는 이 : ooksoo@wahoo.com

제목 : 그 새끼 이름 대.

예쁘다는 말 한 번이면 됐지 뭘 일곱 번씩이나 해?

그 자식 너한테 흑심 품은 거야.

이름 대!

✱ 333번째 답장

보낸 이 : ooksoo@wahoo.com

받는 이 : dongan@javer.co.kr

제목 : 그…….

양희원 씨예요.

포크계의 대모.

❋ 334번째 답장

보낸 이 : dongan@javer.co.kr

받는 이 : ooksoo@wahoo.com

제목 : 여자구나…….

미안.

녹화가 끝난 후 출연진들과 인사를 나누고 수안이 MC를 맡은 프로그램 담당 피디와 스탭들에게도 인사를 하기 위해 '수고하셨습니다'를 외치며 무대에서 내려오자 이현준 피디가 따뜻한 차가 담긴 종이컵을 내밀었다.

"감기 때문에 힘들었을 텐데 수고했어요."

"무슨 차예요?"

"생강차."

"생강차가 어디서 났어요?"

"이 피디가 수안 씨 먹일 거라고 집에서 손수 만들어왔답니다."

카메라 감독이 놀리듯이 일렀다.

카메라 감독이 그렇게 말했어도 수안은 손수 만들어왔다는 말속에 다른 뜻이 있는 줄은 알아차리지 못했다.

"정말요?"

"나도 감기 기운이 있어서……. 마셔요. 목 아플 텐데."

수안은 현준이 손수 만들었다는 생강차를 마시면서 아주 오래전 작은아버지 집을 나와 동욱의 배려로 호텔에서 지내게 됐을 때 동욱이 집에서 훔쳐 왔다며 건넸던 생강차가 떠올라 자신도 모르게 입가에 미소를 머금었다.

꽤 오래전 일이라 다 잊은 줄 알았는데 생강차 한 잔으로 그때의 기억이 고스란히 되살아났다. 그날따라 몹시도 추웠었고 그래서 동욱이 훔쳐 온 생강차가 정말 고마웠다.

"정말 직접 만드신 거예요?"

"어머니가 만들어놓은 차에 뜨거운 물만 부어온 거예요."

"뜨거운 물 붓는 거 되게 힘든 건데."

수안의 말에 카메라 감독이 그것보다 더 힘든 일은 없다 하고 거들었다.

"진짜 힘들더라고."

현준도 너스레를 떨어 잠깐 동안 웃음꽃이 피었다.

"감사해요. 목이 확 풀리는 것 같아요. 몸도 따뜻해지고."

"감사하면 밥 사야지."

현준은 가만히 있는데 카메라 감독이 부추겼다.

"그럴게요."

수안은 대수롭지 않은 투로 말한 후 먼저 스튜디오를 빠져나오는데 언제 따라 나왔는지 곁에 인기척에 고개를 돌리자 현준이 한 발자국 뒤에서 따라오고 있었다.

"어쩜 소리도 없이 따라오세요?"

"따라가는 거 아닙니다. 내 길 가는 거지."

현준의 대꾸에 수안이 픽 웃는데 밥 언제 살 겁니까? 하고 현준이 물었다.

"아무 때나요."

"내일 먹읍시다. 출연진 의논도 해야 하니까."

"그래요. 점심……."

"저녁."

"저녁요?"

"저녁에 뉴스 없잖아요."

"뉴스는 없지만…… 알았어요."

"내일 봅시다."

현준이 수안에게 손을 들어 보인 후 먼저 지나갔고 수안은 1층 커피 전문점에서 커피 여섯 잔을 포장해 아나운서실로 갔다.

"커피 드세요."

수안이 9시 뉴스와 자정 뉴스 진행을 위해 대기 중인 선배 아나운서들에게 커피를 돌렸다.

"역시 수안이밖에 없구나."

가을 개편 때 9시 메인 앵커가 된 임도진 선배가 수안이 건네는 커피를 받아 들며 칭찬했다.

"녹화는 잘했어?"

"네. 목소리 갈라질까 봐 걱정했는데 그럭저럭 잘 넘어갔어요."

"시간대로 보면 지뢰밭인데 시청률 갈수록 오르더라. 방청권 얻으려고 줄 선다며?"

"마니아가 생긴 것 같아요. 출연진들이 워낙 쟁쟁하잖아요."

"출연진도 좋지만 진행에 대한 칭찬도 많더라고. 자리 제대로 잡았더라. MC 바꿀 생각도 못한대."

"감사합니다, 선배님."

"현준 피디 어때?"

"좋은 분이세요."

임도진 선배가 그렇게 물었을 때도 그저 별 뜻 없는 질문이라 생각했지 다른 뜻이 담겨 있다는 것은 전혀 알아차리지 못했다.

다음날, 현준과 저녁을 먹을 때에도 현준이 내뱉는 한마디 한마디마다 남다른 뜻과 의미가 담겨 있다는 것을 수안은 끝까지 알아차리지 못했다.

"좋아요. 수안 씨가 좋아하는 가수니까 내가 내일 연락해 볼게요."

"감사합니다, 피디님."

"진행하면서 힘든 것 있으면 말해요. 최선을 다해서 개선해 볼 테니까."

"힘든 거 없어요. 내내 놀다가 고정으로 진행하는 프로그램이 생겨서 신나기만 해요."

"병원엔 갔다 왔어요?"

"아직요."

"왜 아직 안 갔어요? 목감기 오래두면 목소리도 상하고 힘든데."

"내일 점심 때 가려구요. 병원 갈 시간이 없었어요."

"따뜻한 물 많이 마셔요. 내일 병원 꼭 가고."

"네. 다음 녹화 전에 회복시켜 놓을게요. 걱정 마세요."

"녹화 못할까 봐 걱정하는 거 아니에요. 목소리 미울까 봐 걱정하는 것도 아니고. 아프면 힘들잖아요. 아픈 것 보는 것도 힘들고."

현준이 식사하면서 별다른 감정이 실리지 않은 평상시의 무심한 어조로 말했기 때문에 수안은 가볍게 받아들였다.

"집이 어디예요?"

"목동이에요."

"가깝네."

"피디님은요?"

"여의도."

"더 가깝네요."

"차 없다고 했죠?"

"네."

"면허는?"

"아직요."

"안 따려고?"

"딸 거예요. 지난번에 한번 말씀드렸죠? 입사하고 제가 제일 늦게까지 자리 못 잡고 놀았다고. 지금 생각해 보면 할 일 없어서 빈둥거릴 때 면허나 따뒀으면 좋았을 걸 싶어요. 그땐 놀고 있는 처지라 화장실 가느라 자리 비울 때도 눈치 보여 쩔쩔맸지만."

"면허 따면 연수는 내가 시켜줄게요."

현준이 이번에도 아무렇지도 않은 듯 무심한 어조로 말했다.

"사람들이 그러는데 연수는 자동차 학원 선생님한테 받는 게 제일 좋대요."

"왜?"

"연수시켜 준 사람하고 원수 되거나 이혼한대서요."

수안의 말에 현준이 픽 웃었다.

저녁을 먹고 집으로 가기 위해 밖으로 나오자 현준이 데려다줄게요 하며 수안을 주차장으로 데려가려고 했지만 수안이 거절했다.

"택시 탈게요."

"택시 기사님 들으면 열받겠지만 얼마 전에 택시 강도 사건 때문에 찜찜해서."

"네, 저도 그 사건 아는데요, 그냥 택시 탈게요."

"택시 강도보다 내가 더 싫은 거야?"

현준이 별로 서운하지 않은 투로 물었다.

"그렇게 들려요?"

"그렇게 들려요."

서운하지 않은 투로 물었기 때문에 가볍게 대답했는데 현준이 갑자기 정색을 하는 바람에 수안은 무안해졌다.

"부담스러워서 그러는 건데."

"부담스럽더라도 타요. 당하고 나서 후회하지 말고."

현준이 갑자기 까칠한 투로 말하는 바람에 수안은 더는 거절하지 못하고 현준의 차에 올랐다.

"이 피디님 갑자기 또 까칠해진 것 아세요?"

"내가?"

현준이 잡아뗐다.

"좋아지셨다 싶다가도 문득문득 까칠해지실 때 있어요. 지금은 어느 정도 적응이 됐지만 처음엔 무척 힘들었어요."

"내가 까칠해? 내가 힘들었다고? 진짜 힘들게 한 사람이 누군데. 난 상대가 안 될 정도로 까칠했던 사람이 누군데? 피디가 군기 잡으려고 한마디 하는 걸 못 참고 난도질한 사람이 누구냐고."

"분명히 말씀드리는데 전 절대 먼저 긁진 않아요."

수안의 말에 현준이 그 말은 맞네 하고 대꾸했다.

"살면서 나한테 그렇게 독하게 퍼부은 사람은 윤수안 씨가 처음입니다."

"살면서 저한테 독하게 까인 사람은 여럿이에요."

"오죽하겠습니까."

"별명이 사포거든요."

"누가 지었나 천재적이네."

"하여튼 피디님도 만만치 않게 까칠하세요."

"윤수안 씨는 성질은 까칠하지만 미련할 정도로 무딘 거 알아요?"

"제가 무디다구요?"

수안이 깜짝 놀라며 현준을 쳐다봤다.

"이 피디님…… 저 잘 못하고 있어요? 프로그램…… 망치고 있는 거예요?"

"이래서 미련할 정도로 무디다는 겁니다, 윤수안 씨."

현준이 놀라서 프로그램을 망치고 있냐고 묻는 수안에게 알다가도 모를 소리를 했다.

"무디다고 하셨잖아요. 제 진행에 문제가 있는 거예요?"

"프로그램하고는 상관없습니다."

"그럼…… 무슨 뜻으로 하신 말씀이세요?"

"글쎄요."

"무슨 뜻인데요?"

수안이 계속 물었지만 현준은 수안을 집 앞에 내려놓을 때까지 대답하지 않은 채 가버렸다.

"프로그램하고 상관없다면서 미련할 정도로 무디다니? 무슨 뜻이지?"

수안은 잠들기 직전까지 생각하고 또 생각했지만 도무지가 무슨 뜻인지 알 수가 없었다.

다음날 정확하게 12시가 됐을 때 현준이 전화를 하더니 대뜸 1층 로비로 내려오라고 명령조로 말하고는 전화를 끊어버렸다.

수안이 로비로 내려갔을 때 현준은 따라오라고 말한 후 회사 밖으로 나갔고 그대로 방송국 근처에 있는 내과로 수안을 데려갔다.

"저 병원 데려오려고 1층으로 내려오라고 하셨어요?"

"뭘 데리고 와요. 나 병원 와야 하는데 혼자 오기 심심하니까 같이 오자고 한 거지."

현준이 시큰둥하게 말했지만 수안은 어차피 병원에 오려고 했었기 때문에 현준이 까칠하게 굴어도 그러려니 했다.

"약 먹어야 하니까 짬뽕 먹고 갑시다."

"그래요."

어차피 점심도 먹어야 했고 약도 먹어야 했기 때문에 방송국 코앞에 있는 짬뽕 집으로 들어간 두 사람은 둘 다 짬뽕 밥을 주문했다.

"밥값은 제가 낼게요."

"왜?"

"진료비하고 약값 내주셨잖아요. 퉁치자구요."

"그러든지."

현준이 심드렁하게 대꾸하더니 짬뽕 밥을 먹는 내내 한마디도 하지 않았다.

현준이 짬뽕 밥에 억하심정이라도 있는 듯 짬뽕 밥그릇을 반

토막 낼 듯이 노려보며 밥만 먹었기 때문에 수안도 자연스레 밥만 먹었는데 생각해 보니 요즘 좀 이상했다.

못돼먹은 성질이 도졌나?

첫 미팅 날부터 수안과 제대로 한판 붙었을 정도로 현준은 아주 못되게 굴었었는데 까칠함으로는 둘째가라면 서러울 두 남녀가 한 치의 양보도 없이 부딪혔으니 얼마나 볼만했겠는가.

첫 녹화 날 인사 안 한다고 부딪히고 네 번째 녹화 날 수안의 의상 때문에 또 한 번 부딪히고 그렇게 삼세 번 치열하게 부딪힌 후에는 지금까지 두 사람은 더 이상 부딪히지 않고 순조롭게 맞춰가고 있었다. 말하자면 서로의 성격을 이해하게 된 것이고 더는 한마디 한마디에 노여워하지 않게 된 것이다.

다행히 프로그램이 다음 개편 때 폐지될 것이라는 우려를 깨고 예상외의 시청률을 올리며 자리를 잡자 현준도 시간이 지날수록 알고 보니 '부드러운 남자'의 면모를 드러냈다. 물론 가끔씩 불쑥불쑥 처음 만났을 때처럼 깐깐하게 굴 때도 있었지만 지금은 그때에 비하면 양반이었고 얼마든지 받아넘길 정도였다.

그런데 얼마든지 받아넘길 정도로 부드럽게 굴던 사람이 요즘 들어 갈수록 이상했다. 갑자기 정색을 하지 않나 지금처럼 죄없는 짬뽕 그릇을 엎을 듯 노려보는 것도 그렇고.

무슨 이유인지는 모르겠지만 예전의 성격을 되찾은 것이 틀림없는 것 같았다. 끼고 있어봤자 아무 짝에도 쓸데가 없는 못돼먹은 성격 말이다.

"피디님."

"예."

"짬뽕 맛없어요?"

"맛있는데?"

"그런데 얼굴이 왜 그래요?"

"내 얼굴이 왜?"

"짬뽕 그릇 박살 낼 것 같은데요."

수안의 말에 현준이 픽 웃었다. 픽 웃고는 그만이었다.

밥을 먹고 약을 먹은 후 두 사람은 방송국으로 돌아왔고 수고하라는 말을 남기고 현준은 가버렸다.

'여친이랑 싸웠나?'

그런데 여자친구가 있다고 했던가? 있으면 싸운 것이고 없으면 죄없는 여자 하나 구원한 것이고.

하여튼 수안은 현준의 기복 심한 태도가 관심의 표현이라는 것을 전혀 알아차리지 못했다.

✽ 365번째 메일

보낸 이 : ooksoo@wahoo.com

받는 이 : dongan@javer.co.kr

제목 : 면허 따려구요.

요즘은 여자도 면허증 없으면 바보 소리 듣는대요.

바보 되기 싫어서 따려구요.

필기 공부 시작했어요.

필기에서도 떨어지는 사람 많다고 해서 열심히 하는데…….

나 수석으로 입학한 거 맞아요?

너무 어려워요!

✽ 365번째 답장

보낸 이 : dongan@javer.co.kr

받는 이 : ooksoo@wahoo.com

제목 : 따지 마.

면허 따지 마.

운전하지 말라는 뜻이야.

나 어제 너무 끔찍한 꿈 꿨어.

너 면허 딴다는 말이 굉장히 거슬렸나 어제 꿈에 사고나는 꿈 꿨어.

그 꿈 꾸고 깨서 여태 못 잤어.

따지 마.

절대 운전하지 마.

✽ 366번째 답장

보낸 이 : ooksoo@wahoo.com

받는 이 : dongan@javer.co.kr

제목 : 말도 안 돼.

그런 억지가 어딨어요!

✻ 367번째 답장
보낸 이 : dongan@javer.co.kr
받는 이 : ooksoo@wahoo.com
제목 : 안 된다고 했어.

무조건 안 되는 거야.
안 돼!

✻ 368번째 답장
보낸 이 : ooksoo@wahoo.com
받는 이 : dongan@javer.co.kr
제목 : 독재자!

면허증 따는 자유도 없다니.
공산주의 독재자!

✻ 369번째 답장
보낸 이 : dongan@javer.co.kr

받는 이 : ooksoo@wahoo.com

제목 : 제가 모시고 다니겠습니다, 부인.

이 공산주의 독재자께서 기꺼이 모시고 다니겠습니다.

언제든지 불러만 주십시오.

✳ 400번째 메일

보낸 이 : ooksoo@wahoo.com

받는 이 : dongan@javer.co.kr

제목 : 대전에 다녀와요.

자세한 얘기는 갔다 와서 할게요.

정현이 때문에 대전에 가요.

용인에 있다던 녀석이 용인에 없어서요.

용인에 갈 일이 있어서 갔다가 정현이가 말한 물류센터에 갔는데…….

하여튼 정현이가 없어서 전화를 했더니 녀석이 대전으로 갔다면서 뭐가 좀 이상해요. 많이 이상해요. 수상하다는 낌새를 느낀 건 꽤 됐는데 오늘은 느낌이 더 확실해져서 걱정이에요. 뭔가 불길한 기분이에요.

실은 좀 충격적인 얘기도 들었어요.

조금 흥분 상태예요. 화도 났고…….

지금은 기분이 트럭에 치인 것처럼 엉망진창이라 뭐라고 얘길 해야 할지 모르겠어요.

다녀와서 자세하게 말할게요.

지금 기분이 정말 너무너무 엉망이에요.

✳ 401번째 메일

보낸 이 : ooksoo@wahoo.com

받는 이 : dongan@javer.co.kr

제목 : 미안해요.

편지가 너무 늦었죠?

미안해요. 한동안…… 정신적으로 너무 힘들었어요.

자기한테 이런 말 하면 안 되지만 정말 죽고 싶을 정도로 괴로웠어요.

아마 한참 동안은 이럴 것 같아요.

도저히 입이 떨어지지 않아 고민하다가 자기한테는 말해야 할 것 같아서…….

말해야 한다고 결정했지만 어떻게 말을 꺼내야 할지 모르겠어요.

화도 나고 부끄럽고 미안하고…….

대전에 정현일 만나러 갔었어요. 아무래도 뭔가 좀 이상하다고 했었죠?

그래서 일부러 정현이한테는 간다는 말도 안 하고 은주랑 무작정 갔는데……. 걱정했던 대로 큰일이 벌어졌더라구요.

용인에 갔을 때 정현일 잘 알고 있는 사람을 만났는데 그 사람이 이상한 소리를 하더라구요. 정현이 요즘 대전에서 잘나간다고.

잘나간다는 말이 무슨 말인지 몰랐는데…… 결론부터 말하자면 정현이가…….

어떻게 말해야 할지 모르겠어요. 이 자식이…… 이 미친 자식이…….

정현이가 일한다는 가게를 수소문해서 갔더니…… 호스트바더라구요.

용인에서 만난 사람은 내가 정현이 누나가 아니라 정현이 용돈 주는 아줌마인 줄 알고 대전에서 잘나간다면서 정현이 몸값이 높아져서 잘 보여야 할 거라며 묘하게 비웃었는데 그때는 왜 재깍 알아차리지 못했나 몰라요.

손님처럼 앉아서 호스트를 불러달라고 해놓고 기다리는데…… 심장이 터져버리는 줄 알았어요. 그리고 정말로…… 정현이가 방에 들어오더라구요. 나하고 은주가 있을 거라고는 생각도 못하고.

나도 모르게 정현일 막 두들겨 팼어요. 미친 듯이 때렸어요.

애가 그런 짓까지 하도록 내버려 둔 주제에 무슨 자격으로 애를 때렸는지 모르겠지만……. 그 미친 자식이 때리는데 한마디도 반발하지 않고 그냥 맞고 있는 거예요. 얼마나 때렸는지 몰라요. 그냥 때렸어요. 그냥 막 때렸어요.

빚만 갚으면 그만두려고 했는데 빚 갚는 게 시간이 너무 걸렸다고…… 빚이 너무 안 갚아져서 그랬다고 하는데……. 정말 하늘이 무너지는 것 같아요.

자식이 그렇게 맞으면서도 잘못했다고…… 잘못했다는 말만 하는데 잘못한 줄 알면서도 그런 짓을 했다는 게 더 미워서 더 때렸어요.

빚 때문에 그랬다는 소리도 다 핑계로만 들려서…… 나한테 말했으면 어떻게든 해줬을 텐데 말도 하지 않고 몇 년씩 몸을 팔고 있었다는 게 너무 괘씸해서……. 그래서 때렸어요.

한 번도 정현이한테 손댄 적이 없는데…….

부모님 돌아가시고 엄말 못 잊어서 초등학교 2학년 때까지 할머니 젖 만지던 녀석인데……. 나한테 10원짜리 동전을 주면서 가게 가서 엄마 좀 사오라고 하던 녀석인데…….

너무 슬프고 고통스럽고 기가 막혀서 씩씩거리지 않을 땐 계속 울고 있어요.

그만 울었으면 좋겠는데 내가 정현일 저렇게 만든 것 같아서 가슴이 찢어지는 것 같아요.

어쩌면 좋죠? 우리 정현이 어쩌면 좋을까요.

내 동생이 돈 때문에 몸을 팔고 다녔다니…….

그날 당장 정현일 데리고 나오지 않으면 죽을 것 같아서 가게에 졌다는 빚을 갚느라 내가 가진 돈으로는 부족해서 서랍장에 넣어두고 간 돈을 보태야 했어요. 쓴 돈은 내가 꼭 채워놓을게요.

정현이 일 마무리하고 정신을 조금 더 차린 후에 다시 편지할게요.

미안해요. 즐겁지 않은 편지를 보내서.

✱ 401번째 답장

보낸 이 : dongan@javer.co.kr

받는 이 : ooksoo@wahoo.com

제목 : 말해줘서 고마워.

011—435—XXXX 임학길 사장.

정현이한테 전화하라고 해.

내 이름 대면 일자리 구해줄 거야.

꼭 전화하라고 해. 무조건.

정현이한테 한마디만 전해줘.

한 번만 더 내 부인 울게 하면 그땐 내가 가만두지 않겠다고.

"수안 씨 괜찮아하는 사람 있는데 만나볼래요?"

한 달 가까이 소 닭 보듯 데면데면하게 굴던 현준이 녹화가 끝나자마자 야식을 먹으러 가자며 무조건 수안을 끌고 근처 포장마차로 오더니 소주 한 병을 거의 나발 불 듯 한 후 불쑥 물었다.

"아뇨."

수안은 고민하지도 않고 즉시 대답했다. 싫다고.

"왜?"

"남자친구 있어요."

수안의 대답에 현준이 조금 놀란 표정으로 수안을 쳐다봤다.

"남자친구 있었어요?"

"네."

"말 안 했잖아."

"안 물어보셨잖아요."

"그랬지 참……."

현준이 당황스러운지 우물거리더니 소주 한 병을 또 주문해 벌컥벌컥 들이켰다.

"오래됐어요?"

"오래됐어요."

"얼마나?"

"음…… 3년?"

"싫증났겠네."

"안 났어요."

"3년인데?"

"미국에서 공부하는 중이라 자주 못 보거든요."

"미국에서 바람났을지도 모르잖아."

"안 났어요."

"그걸 어떻게 믿어?"

"그냥 믿어져요."

그냥 믿어졌다. 무슨 배짱인지 몰라도 정말 그냥 믿어졌다. 동욱이 미국에서 절대 바람나지 않고 윤수안을 생각하면서 열심히 공부만 하고 있을 것이란 믿음. 그렇게 믿지 않을 이유도 없었지만 혹시 바람피우고 있는 것은 아닐까 하는 의심을 하자면 한도 끝도 없었기 때문에 그 부분은 아예 접어두고 있었다.

"다른 사람 눈에 보이지 않아요?"

"안 보여요."

이번에도 수안은 즉답을 했고 수안의 대답이 명확할수록 현준의 표정은 점점 더 어두워져 갔다.

"수안 씨한테 관심있다는 사람 누군지 궁금하지 않아요?"

"방송국 사람이에요?"

"음."

"그럼 궁금하지 않아요. 차라리 모르는 게 나아요. 자주 부딪힐 텐데 알고 있으면 불편할 것 같아요."

"……."

현준은 두 병째 소주를 다 비울 때까지 말이 없었고 취해서 데려다 주지 못해 미안하다는 말을 하며 수안에게 먼저 택시를 잡아주었다.

"회의 때 봅시다."

"네, 조심해서 가세요."

수안은 먼저 택시를 타고 떠나왔다. 그리고 생각했다. 아무래도 빼두었던 커플링을 다시 껴야겠다고.

커플링을 빼둔 건 최근이었다. 방송을 맡게 되면서 딴에는 부대꼈던지 자꾸 살이 빠졌는데 몸에 붙은 살만 빠진 것이 아니라 손가락 살도 빠져서 좀 헐거워졌다 싶던 반지가 머리를 감던 도중에 쑥 빠져 버리는 바람에 하마터면 수챗구멍에 빠뜨릴 뻔했었다.

이러다간 귀한 반지를 영영 잃어버릴 것만 같아서 줄여서 껴야겠다며 빼두었었는데 이상하게 쥬얼리 샵에 갈 시간이 생기지 않아 차일피일 미루다 보니 꽤 오랫동안 반지를 빼둔 것이다.

반지를 끼고 있었다면 연인이 있는 모양이라고 생각해 현준이 남자를 소개할 생각을 하지 않았을 텐데 괜히 오해하게 만들었다고 생각하며 내일은 무슨 일이 있어도 반지를 맡겨서 사이즈를 줄여야겠다고 생각하던 수안은 문득 소개하겠다던 사람이 현준 자신이 아닐까 하고 생각했다.

현준이 스스로를 소개하는 것이 멋쩍어서 3인칭으로 운을 뗀 것은 아닐까 하는 생각.

하지만 곰곰이 생각할수록 현준은 아닌 듯했다. 지금까지 겪은 바로는 현준은 굉장히 직설적이었기 때문에 만약 수안과 사귀고 싶었다면 대놓고 말했을 사람이기 때문이다.

'그럼 누구지?'

솔직히 궁금하긴 했다. 현준에겐 불편할 것 같아서 차라리 모르고 있겠다 했지만 솔직히 말하면 궁금했고 또 동욱이 아닌 다른 남자로부터 가끔씩 관심을 받을 때면 은근히 우쭐해지는 것도 사실이었다.

동욱이 알면 분명히 또 길길이 날뛰겠지만.

수안은 다음날 당장 쥬얼리 샵에 들러 헐거워진 반지를 손가락에 딱 맞춰 줄인 후 다시 끼고 다녔고 수안이 반지를 끼고 다닌 지 보름 만에 현준이 수안에게 사랑을 고백했다.

"피디님…… 지금 뭐라고 하셨어요?"

"나 수안 씨 좋아한다고."

"저…… 남자친구……."

"알아. 남자친구 있다는 거 티내려고 반지 낀 것도 알고."

"그런데 왜 그런 말씀하세요? 안 하셨어도 됐잖아요."

"하고 싶더라고. 안 하면 후회할 것 같아서."

현준이 담배 연기를 후욱 뿜어내며 말했다.

"저 미안하게 만드시려구요?"

"미안하면 나하고 사귈래요?"

"그건 안 되고요."

"수안 씨가 끝내건 남자친구가 끝내건 관계 끝나면 사귑시다."

"그런 일 없어요."

"건 모르는 일이고."

"피디님."

"두 사람 찢어지라고 일부러 고사 같은 거 지내고 그런 유치한 짓은 안 할 텐데 하여튼 반지 나눠 낀 사나이하고 찢어지면 알려줘요."

현준이 정색을 하고 말했다.

"다른 여자분 만나지 않으실 거예요?"

"다른 여자가 나타나면 다행이고. 그런데 불행하게도 다른 여자가 안 나타나면 목 빠지게 수안 씨 기다리고 있어야지."

"다른 여자분 만나세요. 전…… 그 사람하고 결혼할 거예요."

"그 사람이 결혼하자는 거예요, 아니면 수안 씨가 하겠다는 거예요?"

현준이 물었고 수안은 동욱이 결혼하자고 말했던 적이 있었는지를 생각하다가 활짝 웃었다. 동욱이 결혼하자고 했던 적이 있었다는 것을 기억해 냈기 때문이다.

"그 사람이 결혼하자고 했어요."

"그 말은 결혼하기 직전까지 믿으면 안 돼."

현준의 말에 수안이 입술을 비죽거렸다. 아무 탈 없이 그저 사랑만 하며 잘 지내는 연인에게 쓸데없이 왜 식초질인가 싶었기 때문이다.

"나도 결혼하지 않으면 죽겠다는 소리 하면서도 나 몰라라 파투낸 게 두 번이거든. 사랑할 땐 이 사람하고 무슨 일이 있어도 결혼해야겠다 했지만 끝날 땐 결혼하지 않아 다행이다 싶은 거. 아직 그런 거 모르죠?"

"끝내 몰랐으면 좋겠네요."

수안이 시큰둥하게 대답하자 현준이 픽 웃었다.

"수안 씨든 그 쪽이든 끝을 내면 알려줘요. 다른 여자를 만나지 않는 한 기다려 볼 작정이니까."

"그냥 다른 여자를 만나세요. 나도 내 남자친구도 끝내지 않을 작정이니까요."

수안은 자를 땐 미련을 두지 않는 것이 나중을 위해 더 좋을 것 같아 냉정하게 잘라 말하고 먼저 돌아서다가 다시 현준을 뒤돌아봤다.

"그런데…… 담배 끊었다고 하지 않으셨어요?"

"다시 핍니다. 수안 씨 때문에."

"그럼…… 계속 태우세요."

수안은 돌아섰고 더는 뒤돌아보지 않고 사무실로 돌아왔다.

이 일을 동욱에게 알려야 할지 숨겨야 할지 고민하면서. 결론적으로 말하자면 숨겨야 했다. 아무래도 이번엔 동욱이 가만히 있지 않을 것 같았기 때문이다. 그리고 그 후로 수안은 현준과의 거리를 일정하게 유지했다. 물론 현준도 그랬지만.

✱ 500번째 메일

보낸 이 : ooksoo@wahoo.com

받는 이 : dongan@javer.co.kr

제목 : 아침 뉴스를 맡았어요.

개편되면서 아침 뉴스를 맡게 됐어요. 아침이 아니라 새벽에 가깝지만.

고참 선배하고 같이 진행하게 됐는데 벌써부터 떨려 죽겠어요.

잘할 거라고 말해줘요.

자기가 잘할 거라고 말해주면 정말 잘할 것 같아요.

이젠 야식도 못 먹게 됐어요. 아침에 얼굴 부어 있으면 안 되니까.

내일부터는 꼭두새벽에 출근해야 하고 꽤나 바빠질 것 같아요.

그래도 즐겁게 할 거예요.

아 참.

정현이한테 사원아파트 배당해 주라고 힘써준 사람 자기 맞죠?

정현이는 사원아파트에 입주할 자격이나 조건이 맞지 않아서 불가능할 텐데 배당이 됐다면서 아무래도 자기가 힘을 쓴 것 같다고 하더라구요.

내 생각도 그래요. 하여튼 결론적으로 말하면 정현인 사원아파트에 들어가지 않기로 했어요.

일자리 구해준 것만으로도 너무 감사하다고 사원아파트에 들어가면 자길 더 곤란하게 만드는 것 같다면서 그냥 원룸에서 지내겠대요.

정현이 일하는 게 무척 재밌대요.

일 배우는 게 빠르다고 칭찬도 많이 받는다면서 40살에 자동차정비 달인이 돼서 지점장 될 거래요.

정현이한테 꿈이 생겨서 너무 좋아요.

자기 덕분이에요.

고마워요.

사랑해요.

사랑해요.

고마워요.

✽ 500번째 답장

보낸 이 : dongan@javer.co.kr

받는 이 : ooksoo@wahoo.com

제목 : 대견하다고 전해줘.

정현이 열심히 한다는 얘기는 벌써 들었어.

일 배우는 속도도 빠르고 성실하다고 칭찬하더라고.

제대로 된 일꾼 건졌다고 그쪽에서 오히려 좋아해.

보고 싶다, 부인.

✱ 556번째 메일

보낸 이 : dongan@javer.co.kr

받는 이 : ooksoo@wahoo.com

제목 : 흥미진진.

지금부터 열받을 테니까 준비해.

지난번에 파티에서 캐런이라는 여자가 나한테 지대한 관심을 표했다고 말했었지?

어제 친구 생일 파티에 갔다가 캐런을 다시 만났는데 하마터면 캐런한테 내육체를 빼앗길 뻔했어. 얼마나 두려웠는지 몰라. 술김에 육탄공세를 퍼붓는데 무서워 죽는 줄 알았어.

나중에 말이 나오면 너한테 무슨 짓을 당할지 몰라서 미리 말하는데 내 의지와는 상관없이 캐런에게 입술을 빼앗겼어. 약 3초 동안.

정말 순식간에 당한 일이라 피할 겨를이 없어서 3초 동안 빼앗겼어. 물론 정신을 차린 후에는 캐런이 더 이상 내 몸을 범하지 못하도록 강력하게 방어했지만 말이야. 캐런은 정말 힘이 센 여자였어. 내가 만난 여자 중에 최고로.

어쩌지? 미국 여자들이 날 가만두려고 하지 않으니.

입술 빼앗긴 거 용서해 줄 거야?

✻ 556번째 답장

보낸 이 : ooksoo@wahoo.com

받는 이 : dongan@javer.co.kr

제목 : 용서할게요.

남자친구하고 끝나면 즉시 알려달라며 끝날 때까지 기다리겠다는 사람이 있는데 그 사람한테 3초 동안 입술 주고 용서해 줄게요.

그렇게 퉁치자구요, 우리.^^

✻ 557번째 답장

보낸 이 : dongan@javer.co.kr

받는 이 : ooksoo@wahoo.com

제목 : 그 미친 자식 누구야?

나 지금 당장 한국행 비행기 타기 전에 당장 말해!

그 새끼 누구야!

뭐 하는 빌어먹을 새끼야!

✻ 558번째 답장

보낸 이 : ooksoo@wahoo.com

받는 이 : dongan@javer.co.kr

제목 : 캐런 데려올 거죠?

꼭 데리고 와요.

'난 공산당이 싫어요' 가 아니라 '난 윤수안이 싫어요!' 하고 외치게 해줄 테니까!

✱ 559번째 답장

보낸 이 : dongan@javer.co.kr

받는 이 : ooksoo@wahoo.com

제목 : 불 질러 버릴 거야!

입술만 줘봐!

불바다로 만들어 버릴 테니까.

✱ 560번째 답장

보낸 이 : ooksoo@wahoo.com

받는 이 : dongan@javer.co.kr

제목 : 잤죠?

솔직히 말해요.

캐런하고 잤죠?

사지 멀쩡한 남자가 여자가 육탄공세 퍼붓는데 3초 동안 입술만 빼앗기고 물러났다는 건 도저히 믿을 수가 없어요.

내가 아는 최동욱 씨는 정력이 끓어 넘치는 남자인데다 엄청 밝히거든요?
그냥 물러났을 리가 없어요. 절대!
육체를 빼앗길까 봐 두려웠다는 건 순 거짓말. 잖죠? 분명해!

✱ 561번째 답장

보낸 이 : dongan@javer.co.kr

받는 이 : ooksoo@wahoo.com

제목 : 죽어도 아니야!

하늘에 맹세코!
내가 만약 정말 그런 더러운 짓을 했다면 당장에 혀 깨물고 죽을 거야.
맹세해. 맹세한다고!

✱ 562번째 답장

보낸 이 : ooksoo@wahoo.com

받는 이 : dongan@javer.co.kr

제목 : 내일 아침에 국제우편 받겠네요.

동욱 씨 잘린 혀!
방부제 처리해요!

✱ 563번째 답장

보낸 이 : dongan@javer.co.kr

받는 이 : ooksoo@wahoo.com

제목 : 잘못했어.

괜히 얘기했네.

그냥 너 약 올리려고 한 소린데…….

하지만 거짓말은 아니야. 한 점 부끄럼 없이 다 사실이야.

캐런이 덤볐지만 꿋꿋하게 물리쳤어.

제발 믿어줘.

나도 알아. 내가 정력이 넘치고 밝히는 놈이라는 거.

그래서 밤마다 미칠 지경이라는 것도.

하지만 난 미칠 것 같을 때마다 윤수안을 생각하지, 힘 좋은 미국 여자를 생각하진 않는다고!

양심 아플 짓 요만큼도 안 했어.

얼마나 찝찝하고 기분 더러웠는지 몰라.

그러니까 수안아…… 그 새끼 누군지 말해.

정말 그랬어?

끝나면 지랑 사귀재? 기다린대?

당장 킬러를 보내야겠다. 죽여 버리게.

✱ 564번째 답장

보낸 이 : ooksoo@wahoo.com

받는 이 : dongan@javer.co.kr

제목 : 내가 처리했어요.

이쪽 일은 내가 다 알아서 처리하니까 동욱 씬 미국 여자들 처리하시죠.

이번엔 입술이었지만 다음엔 틀림없이 몸을 허락하겠군요.

다른 여자하고 몸 섞은 후에는 신사적으로 그냥 헤어지자고 말해줘요.

다른 여자하고 몸 섞었다고 말하지 말고.

아무 이유 없이 그냥 헤어지고 싶다고 말하면 내가 알아서 알아들을 테니

까.

아!

단 한 번의 외도로 평생이 망조든다.

이 표어 알죠?

에이즈 경고 표어예요.

주의 요망.

✱ 565번째 답장

보낸 이 : dongan@javer.co.kr

받는 이 : ooksoo@wahoo.com

제목 : 무서워.

절대 에이즈에 걸려 죽을 일은 없어.

절대 그런 일은 없을 거야.

잘못했어. 앞으론 죽으면 죽었지 입술도 허락하지 않을게.

하지만 맹세코 내 의지와는 상관없이 당한 거야.

사랑해, 수안아.

너밖에 없어.

너 없인 못 살아.

사랑해, 사랑해.

PS. 비상사태에 대비해서 콘돔은 항상 준비할게. 크크크크.

집으로 들어와 거실 불을 켜고 다시 침실로 들어와 불을 켰던 수안은 기겁할 뻔했다. 동욱이 침대에 누워 웃고 있었기 때문이다.

"언제 왔어요?"

"두 시간 전에."

"어떻게 왔어요?"

"밀입국."

"왜 매번 연락도 안 해주고 그래요?"

"놀랍고 좋잖아."

"정말 심장 떨어지겠어요."

수안이 웃는 낯으로 동욱에게 눈을 흘기며 겉옷도 벗지 않고 동욱의 곁으로 가서 누웠다.

"약속이라도 있었으면 더 늦을 뻔했잖아요."

"그럼 혼나는 거지."

동욱이 수안을 꼭 끌어안으며 말했다.

"나 지금부터 꼼짝도 안 할 거예요."

"나도."

"당신은 왜요?"

"1시간 동안 너하고 사랑을 나누고 사랑을 나누고 나서 네가 진행하는 음악 프로 보고 음악 프로 끝나면 다시 사랑을 나누고 그대로 잘 거야."

"나도 그러려고 했는데."

수안의 말에 동욱이 손목시계를 들여다봤다.

"큰일 났다. 벌써 3분 지났어. 57분밖에 안 남았어."

동욱이 조급한 얼굴로 수안의 옷을 벗기기 시작했다.

"잊어먹지 마. 사랑을 나누고 음악 프로 보고 다시 사랑을 나누고 자는 거야. 알았지?"

동욱이 수안의 가을 외투를 벗겨 바닥에 내던지며 말했다.

"걱정 말아요. 절대 안 잊어버릴 테니까."

"순서가 바뀔 수도 있어."

"어떻게요?"

"음악 듣다가 덮칠지도 몰라."

"염두에 둘게요."

"똑똑한 수안이."

동욱이 수안에게 키스하며 속삭였다.

동욱과 수안은 수안이 진행하는 음악 프로그램이 시작하기 직전까지 사랑을 나누었고 음악 프로그램이 방영되는 동안 동욱은 수안을 덮치지 않고 수안의 프로다운 진행에 도취되어 행복해했으며 프로그램이 끝난 후 다시 사랑을 나누었다.

두 번째 사랑이 끝났을 때 동욱과 수안은 완전히 지쳐 버렸고 누가 먼저랄 것도 없이 곯아떨어졌다.

"수안아, 수안아?"

동욱이 부드러운 손길로 수안의 머리카락을 쓰다듬으며 수안을 깨웠다.

"수안아…… 지금 일어나야 해. 뉴스 있잖아."

"음…… 알았어요."

아침 뉴스를 진행하게 되면서 아침에 일어나는 일이 조금 고생스럽긴 했다.

어릴 적부터 아주 오랫동안 새벽에 신문을 돌렸던 경력이 있었던 터라 아침 뉴스진행을 배정받았을 때 까짓것 아무것도 아니다, 얼마든지 해낸다 했었는데 신문배달을 그만둔 지 오랜 후에 다시 새벽에 일어나기를 시작하자 생각했던 것만큼 쉽지가 않았다.

단 한 번도 방송을 펑크 내는 사고를 내지는 않았지만 매일매일 일어나는 일이 고역이긴 했다.

오늘은 다른 날보다 훨씬 힘들었다. 아마도 어제 동욱과 두 번씩이나 사랑을 나눈 끝의 후유증인 듯했다.

그래도 행복했다. 기계음의 알람벨이 아니라 동욱이 깨워줬으니까. 오늘은 정말 행복한 날이었다.

동욱의 손에 이끌려 침실에서 나오던 수안은 식탁에 차려진 아침상을 보고 깜짝 놀랐다.

"누가…… 동욱 씨가 차렸어요?"

"응. 밥 먹여 보내려고."

"자기도 피곤한데 뭐 하러……. 나 원래 아침 안 먹고 그냥 나가요. 그냥 나갔어도 되는데 더 자지 피곤하게."

수안이 미안해서 어쩔 줄 몰라 하자 동욱이 수안의 얼굴을 쓰다듬었다.

"오늘은 먹어야 해. 오늘은 먹어야 하는 거야. 밥 먹어. 밥 먹자."

동욱이 수안을 식탁에 앉힌 후 국을 뜨기 위해 가스레인지로 갔다.

"내가 할게요."

"아니야. 앉아. 꼼짝 말고 앉아서 내가 차려주는 거 먹어."

"어제 비행기 타고 오느라 힘들었을 텐데……."

"괜찮아. 힘이 막 솟는다."

동욱의 말에 수안이 픽 웃었다.

"몇 시에 일어났어요?"

"음…… 두 시간 전에?"

"그럼…… 두 시간 자고 일어난 거예요?"

"음."

"그러니까 뭐 하러."

"조용. 조용히 밥 먹어."

동욱이 국을 떠서 놓아주고 밥도 퍼서 놓아주고 수저도 놓아주었는데 이 새벽에 동욱이 손수 아침상을 차렸다는 것도 놀랍지만 미역국을 끓이고 잡곡밥을 했다는 것도 놀라웠다.

"미역국 끓일 줄 알았어요?"

"아니. 밥도 할 줄 몰랐어. 대충 배우고 알려주는 대로 했는데 맛없어도 먹어줘."

"먹을 거예요. 맛있게. 그런데 미역국 끓이는 거 은근 어려운데 어떻게 미역국 끓일 생각을 했어요?"

"우리 부인 생일이잖아."

동욱이 말했고 수안은 순간 놀란 표정으로 동욱을 쳐다봤다.

"또 잊어버렸구나? 그럴 줄 알았어."

"동욱 씨…… 내 생일이라서 왔어요?"

"스물다섯 번째 생일엔 꼭 같이 있겠다고 약속했잖아. 그 어떤 날보다 행복한 날이 되게 해주겠다고 했던 거 잊었어?"

동욱의 물음에 수안이 눈물을 머금은 채 고개를 저었다.

"마음에 들어?"

이번엔 수안이 고개를 끄덕였다. 몇 번이나, 몇 번이나.

"먹자."

동욱이 수안에게 숟가락을 쥐어주었고 수안은 그렁그렁 눈물을 매단 채 동욱이 끓여준 미역국을 한 숟갈 떠먹었다.

"어때?"

"맛있어요. 너무너무 맛있어요."

또르르 눈물이 굴러 떨어졌다.

"뉴스 진행해야 하는데 울면 어떻게 해."

동욱이 재빨리 눈물을 닦아주었지만 여간해서 눈물이 멈추지 않았다.

"울지 마. 울지 마. 눈 부어."

동욱이 연신 눈물을 닦아주며 다독였지만 멈추고 싶다고 멈춰질 눈물이 아니었다.

백이면 백이 다 잊을 약속을, 잊었더라도 서운하다 말하지 못할 약속을 지키기 위해 그토록 먼 곳에서 날아와 새벽에 생일밥을 그것도 새벽밥을 차려 먹여주는 사람이 있는데 어떻게 눈물이 멈춰질까.

세상에서 제일 행복한 여자로 만들어준 남자가 있는데 어떻게 눈물이 멈춰질까.

부은 눈으로 뉴스를 진행하게 되더라도 까짓것 부끄럽지 않았다. 퉁퉁 붓고 새빨개진 눈으로 뉴스를 진행하게 되더라도 까짓것 조금도 부끄럽지 않았다.

이렇게 행복하니까…… 너무도 행복하니까.

동욱은 수안의 스물여섯 번째 생일에도 그리고 스물일곱 번째 생일에도 수안을 세상에서 가장 행복한 여자로 만들어주었다. 하지만 스물여덟 번째 생일을 맞이하기도 전에 수안은 더 이상 세상에서 가장 행복한 여자가 될 수 없었다.

　방송국 건물을 빠져나와 정문을 향해 걸어가는데 휴대폰이 울렸다.

　은주와 저녁 약속이 있었고 방송국 근처에 도착하면 전화하기로 했기 때문에 은주에게서 걸려온 전화인 줄 알고 재빨리 전화를 받았는데 은주가 아니라 동욱이었다.

　"이 시간에 어쩐 일이에요?"

　[보고 싶어서. 어디 가?]

　"은주하고 저녁 먹기로 해서 은주 만나러 가요. 근처에 도착하면 전화하기로 했는데 아직 전화가 없네요."

　[은주가 좋아, 내가 좋아?]

　"뭐, 또 죄진 거 있어요? 이번엔 입술 말고 콘돔 쓴 거예요?"

　[말도 안 돼! 농담인 줄 알잖아.]

　"흥. 농담인지 아닌지 어떻게 알아?"

　[절대 아니야. 죽어도 아니야.]

　동욱이 바락바락 우겼다.

　"그런데 이 시간에 어떻게 전화를 했어요? 강의 없어요?"

정문을 막 빠져나와 오른쪽으로 돌던 수안은 깜짝 놀라며 멈춰 섰다. 방송국 정문 오른편 기둥 옆에 동욱이 서 있었기 때문이었다.

"동욱 씨."

"은주가 좋아, 내가 좋아?"

"언제 왔어요? 온다는 말 없었잖아요."

"아침에 도착했어."

"아침에? 왜 이제 전화했어요?"

"우리 수안이 더 예뻐졌네?"

동욱이 수안의 질문에는 대답 없이 수안의 얼굴을 감싸며 너스레를 떨었다.

"온다는 말도 없이."

"은주하고 저녁 먹으려고?"

"네. 같이 저녁 먹어요."

"잠깐 차에 타자."

동욱이 길가에 주차해 놓은 차에 수안을 태운 후 운전석에 올랐다.

동욱의 차에서 5미터 정도 떨어진 자리에 현준의 차가 주차되어 있었다. 현준은 수안이 방송국 정문을 빠져나오는 것을 보고 아는 척하기 위해 막 차에서 내리다가 수안과 동욱이 만나는 모습을 보게 됐고 동욱이 수안의 얼굴을 감싸는 것을 보다가 조용히 다시 차에 올라 문을 닫았다.

두 사람의 시선과 행동에서 남자친구라는 것을 단박에 알아차렸지만 그래서 명치끝에서 아픈 질투가 치솟는 것을 느끼며 떠나려고 했지만 이상하게 발걸음이 떨어지지 않았다. 시동을 켜고 액셀러레이터만 밟으면 되는데 이상하게 몸이 움직이질 않아 수안이 동욱의 차에 오르는 것을 노려보고만 있었다.

　"아침에 몇 시에 왔어요? 나 뉴스 진행하는 거 봤으면 좋았을 텐데."

　"봤어. 공항에서. 훌륭하게 잘했어."

　동욱이 웃으면서 칭찬했지만 수안은 동욱의 웃음 속에서 무엇인가 설명할 수 없는 아픔을 느낄 수 있었다.

　"훌륭했다고 칭찬하는데 왜 그렇게 쳐다봐?"

　"무슨 일 있죠?"

　"……그래 보여?"

　"안 좋은…… 일이에요? 집에…… 아니, 나나 정현이하고 상관있는……."

　"아니야."

　"무슨 일인데 얼굴이 이렇게 어두워요?"

　"……."

　"아파요?"

　"아니……."

　"나한테 말하기 곤란한 일이에요?"

　"……동생한테 문제가 생겨서."

동욱이 낮은 한숨을 내쉬었다.

"동생…… 영욱 씨요?"

"……문제가 좀 복잡해졌어."

"어떻게…… 무슨 문제요?"

동욱이 가만히 수안을 바라보다가 수안의 손을 끌어당겨 꼭 잡았다. 마치 충격적인 말을 듣게 될 테니 마음의 준비를 하라는 듯이.

수안은 어쩐지 불안감을 느끼며 동욱을 바라봤다.

"심각해요?"

"조금."

이렇게까지 굳은 표정을 본 적이 없는데 동욱은 그 어느 때보다도 경직된 표정으로 연거푸 낮은 한숨을 내쉬고 있었다.

"수안아, 내 말 잘 들어."

동욱의 표정이 더욱 심각해졌다.

"지금 내가 하는 말은 너한테 겁주려고 하는 말 절대 아니야. 네가 정현이 얘기 나한테 다 했듯이 나도 내 주변에서 일어나는 일을 너도 알고 있어야 한다고 생각해서 하는 말이야. 그러니까 내가 지금부터 해주는 말은…… 그냥 들어두면 돼. 걱정할 필요도 겁낼 필요도 없어."

"……벌써 겁나네요."

수안은 이상하게 목이 탄다고 생각하며 중얼거렸다.

"준비됐어요. 말해요."

"영욱이 여자친구…… 영욱이가 여자친구를 데리고 미국에 간 걸 결국 아버지가 아시게 됐어. 아버진…… 강제로 두 사람을 갈라놓으셨고 그때부터 영욱이가 조금씩 변하기 시작했는데……. 실은 꽤 오래전에 있었던 일인데 너 걱정할 것 같아서 말 못하고 있다가 지금 하는 거야."

"……그러니까 영욱 씨 여자친구가 아버님 보시기에…… 성에 차지 않은 거예요? 영욱 씨 짝으로는 부족하다고?"

"……음."

동욱이 무거운 어조로 대답했다.

수안은 어두운 그림자가 점점 더 자신을 향해 다가오는 불길한 기운을 느끼며 동욱보다 더 심각해져 버렸다.

"영욱 씨가…… 어떻게 변했는데요?"

"……녀석이 마약에 손을 댔어."

수안이 경악한 얼굴로 동욱을 쳐다보자 동욱이 그랬더라고 하며 중얼거렸다.

"아버지가 강제로 두 사람을 떼어놓긴 했지만 영욱이가 여자친구를 어떻게든 책임지려고 몰래 만났던 모양인데 또 들킨 모양이야. 아버진 또다시……."

"……특단의 조치를 취하신 모양이네요."

"음…… 그래."

동욱이 낮은 목소리로 대답했다.

"녀석이 그때부터 공부도 때려치우고 미친놈처럼 여행만 다니고 술만 퍼마시더니 결국 약에도 손을 댔더라고. 처음엔 아버지에 대한 반발심으로 화가 나서 한 행동인 것 같은데 시간이 갈수록 걷잡을 수 없게 됐나 봐."

"그냥…… 만나게 해주면 안 된대요?"

두 번씩이나 갈라놓으신 양반이 아들이 약에 손댔다고 다시 만나게 해줄 것 같지는 않지만 어쩐지 영욱이 아버지 때문에 자신의 의지와는 상관없이 헤어져야 했던 여자친구를 다시 만나게 된다면 모든 것이 제자리로 돌아올 것 같았다. 그리고 그렇게 된다면…… 자신에게 닥쳐오는 어두운 그림자가 걷힐 것만 같았다.

이상하게 남의 일이 아니라 자신의 일처럼, 자신이 겪어야 하는 일처럼 느껴져서 제발 영욱이 헤어진 여자친구를 다시 만났으면 싶었다.

"그것도 못하게 됐어."

"왜요?"

"여자친구가……."

"이제 싫대요?"

"아니."

"그럼요? 영욱 씨가 싫대요?"

"아니."

"그럼 왜?"

"……목숨을 끊었어."

동욱이 어렵게 내뱉었고 그리고 너무도 무거워 땅 밑으로 꺼져 버릴 것 같은 한숨을 길게 내쉬었다.

"무슨…… 어떻게……."

수안이 말문이 막혀 버려 아무 말도 못한 채 동욱의 얼굴을 바라보고 있었다.

대체 어떻게 무슨 짓을 했기에 여자친구가 목숨까지 끊어버린 것인지 수안은 오로록 소름이 끼치는가 싶더니 온몸이 오한이 든 듯 떨리기 시작했다.

"목숨을…… 끊었다구요?"

"음…… 여자친구가 잘못됐다는 걸 알고 나서부터 녀석이 미쳐 버린 것 같아. 연락을 받고 곧장 비행기를 탔는데 한국에 와서 보니까 생각했던 것보다 상태가 심각하더라고. 재활치료를 하면 어떻게든 약을 끊게 하겠지만…… 정신적인 충격이 너무 크고 아버지에 대한 반감이 커서……. 영욱이가 아버지가 여자친구를 죽인 거라면서 살려내라고 덤벼든 모양이야. 집이 지금…… 난장판이야."

"……."

"소문이 나면 곤란해서 일본에 데려가서 재활치료를 받게 할 예정이야. 아버지나 어머니하고는 한마디도 하지 않으려고 하고 아버지만 보면 미쳐서 날뛰는 통에……. 그래서 내가 온 거야. 내가 알던 영욱이가 아니야. 그렇게나 순하던 놈이…… 완전히 딴사람이 돼버렸어."

"……."

"……영욱이는 여자친구를 그렇게 만든 건 자신의 책임이라고 생각하고 있어. 책임이 없다고 할 순 없지. 끝까지 지켜주지 못했으니까. 그런데 그 죄책감 때문에 스스로도 해칠까 봐……."

동욱이 염려하는 것이 무엇인지 수안은 알 수 있을 것 같았다. 지금껏 영욱이라는 사람에 대해 동욱에게 전해 들은 것이 있는 그대로라면 영욱은 자신을 해치고도 남을 사람이었다.

동욱은 늘 미안해하고 고마워하는 수안에게 영욱과 비교하면 자신은 아무것도 아니라고 영욱은 여자친구를 경배하는 수준으로 섬기고 있다며 언젠가는 영욱을 꺾어놓겠다는 말을 했을 만큼 영욱은 여자친구에게 최선을 다하고 있었고 수안은 두 사람이 아름다운 결실을 맺었으면 하고 소망했었다.

두 사람이 아름다운 결실을 맺으면 수안 자신도 오래전 자신이 목격했거나 들었던 치욕적인 비극을 겪지 않고 동욱과 아름다운 결실을 맺을 수 있을 것이라고 생각했기 때문이었다.

그런데 영욱의 커플이 비극 중에서도 가장 참혹한 비극으로 끝났다는 것을 알게 되자 수안은 두려움에 떨기 시작했다.

동욱은 두려워도 하지 말고 걱정할 필요도 없이 그냥 들어두면 된다고 했지만 이 일은 분명 남의 일이 아니었다. 남의 일이 될 수가 없었다. 영욱의 여자친구가 영욱의 짝으로 부족했다면 수안 역시 동욱의 짝으로는 한없이 부족했기 때문이다.

대체 어떤 식으로 어떻게 몰아갔기에 영욱의 여자친구가 목숨까지 끊어버렸는지 알 수 없지만 목숨을 끊었다는 사실만으로도 오한이 들 만큼 끔찍한데 그런 끔찍한 일이 자신에게도 일어날까 봐 그것이 더 끔찍하게 두려웠다.

수안이 알기로는 영욱의 여자친구는 부모님도 건강하게 살아계셨고 아버님의 직업도 그만하면 내세울 만했고 형편도 나쁘지 않았다. 수안에 비하면 영욱의 여자친구는 유성그룹의 며느리가 될 자격이 충분했었다. 그런데 그 사람이 영욱의 짝으로 부족해 결국 스스로 목숨을 끊었다면 수안이 동욱의 짝이 될 확률은 0%라는 뜻이었다.

수안은 결국 자신도 영욱의 여자친구의 전철을 밟게 되거나 치욕적인 비극을 겪게 될지도 모른다는 생각에 마치 죽음의 사신이 눈앞에서 기다리고 있는 듯 의욕을 잃고 말았다. 아니라고 절대 그렇게 되지 않을 거라는 용기조차도 생기지 않을 만큼 수안은 죽음의 늪으로 끌려 들어가는 기분에 사로잡혀 버린 것이다.

"수안아."

"나도…… 그런 비극을 피해가지 못하면…… 어쩌죠?"

"그런 말 하지 마. 말했잖아. 걱정하지 말라고."

"……만약에 나한테도 그런 일이 닥친다면……."

"수안아."

"난…… 난……."

무슨 말을 해야 할지 몰랐다. 무슨 말이든 해야 할 것 같은데 머릿속이 캄캄해져서 자신에게도 그런 일이 닥치면 어떻게 대처해야 좋은지 정답을 찾을 수가 없었다. 원래 이런 문제에는 정답이 있을 수가 없지만 말이다.

"어떻게 해요? 나도…… 동욱 씨와 더는 만나지 못하게 되면……. 그땐 어떻게 해요?"

"그런 일 없어."

"그런 일이 없었으면 좋겠지만 그렇게 되면……."

"그런 일 절대 없어."

"그런 일이 생길까 봐 지금까지 가족들한테 내 얘기 못하고 숨긴 거잖아요."

수안이 결국 말해 버리고 말았다.

알아도 모른 척하려고 했는데, 절대 이 얘기는 입 밖으로 내놓지 않겠다고 다짐했는데 결국 해버린 것이다.

지금까지 공식적인 입국 외에 수안을 만나기 위해 아무도 모르게 밀입국했다가 아무도 모르게 돌아갈 때마다 수안은 누군가의 눈에 띌까 봐 걱정하는 동욱을 이해하면서도 한편으로는 서운했었다.

동욱의 짝이 되기에는 단점투성이라는 것을 너무도 잘 알기에 서운해하지 말자고 스스로를 달래고 동욱이 정말 아무것도 가진 것이 없는 자신에게 이렇게 지극정성을 다해주는 것만으로도 감사해하자고 마음을 다잡으면서도 마음속 깊은 곳에 서운함이 자라나는 것은 어쩔 수 없었다.

　햇수로 따지면 벌써 4년인데 4년 동안 동욱의 여자로 충실하게 자리를 지키고 있는데 동욱은 가족에게 인사시키겠다는 말을 한 번도 한 적이 없었다. 아니, 하지 않았던 것이 아니라 못했던 것이다. 영욱과 같은 결말을 맞이할 것을 알았기 때문에.

　서로 차마 입 밖으로 꺼내지는 못했지만 두 사람이 연인 관계라는 것이 알려질 경우 어떤 우려할 만한 일이 일어날지 알고 있었기 때문에 암묵적으로 침묵을 지켰던 부분인데 영욱의 일을 듣고 나자 더 이상은 모른 척해서도 피해서도 안 될 일이었다.

　"나는…… 어떻게 하면 좋겠어요?"

　"그런 일 일어나지 않게 할 거야."

　"동욱 씨."

　"그래…… 숨긴 것 맞아."

　동욱이 인정했다. 미안하고 부끄러웠지만 인정할 수밖에 없었다.

　"내가 지금까지 널 가족에게 공개하지 못한 이유는…… 아직 나한테는 아버지께 대항할 힘이 없기 때문이야."

　동욱은 그것마저도 인정했다.

　"변명처럼 들리겠지만…… 난 엄마도 뺏겼어. 속수무책으로 뺏겼어. 그리고 아직 난 엄마를 다시 만났고 꾸준히 연락하고 가끔 만나고 있는 것에 대해서도 숨기고 있어."

동욱이 어쩐지 허탈감이 느껴지는 듯한 어조로 말했다.

"첫 번째는 아버지한테 대항할 힘이 없기 때문이고 두 번째는 아버지가 또다시 엄마한테 상처를 줄까 봐 그게 두려워서야. 너도 마찬가지야. 난 아버지가 엄마한테 어떤 짓을 했는지 알고 있고 아들을 낳아준 조강지처도 단칼에 베어낸 사람이 아버지기 때문에 너한테도 그러실까 봐……. 너한테 상처를 줄 때 내가 속수무책으로 엄마를 빼앗겼던 것처럼 너도 지키지 못할까 봐…… 그래서 숨긴 거야."

"언제까지…… 숨기려고 했어요?"

"공부를 끝내고 회사에서 일을 시작해서…… 내가 유성그룹에서 단지 회장의 아들이 아니라 정말 일 잘하는 놈으로 인정을 받으면…… 그룹 내에서 내 영향력이 커지면 그땐……."

"그땐 괜찮을 것 같아요?"

"그렇게 만들 거야."

동욱이 맹세하듯 힘주어 말했고 수안은 복잡한 눈길로 동욱을 바라보다가 두 손으로 동욱의 손을 꼭 잡았다.

"나중에 혹시…… 당신하고 헤어져야 하는 상황이 되면……."

"그런 일 없어!"

"내 말 들어요. 나도 생각하고 싶지 않지만 만약 그런 상황이 되면…… 죽지 않을게요."

수안이 진심으로 말했다.

"……."

"죽진 않을게요. 약속해요. 어떻게든 살아볼게요. 동욱 씨가 영욱 씨처럼 되는 건 싫으니까 절대 죽진 않을게요."

"수안아."

"어떻게든 동욱 씨가 노력할 거라는 거 알아요. 최선을 다할 거라는 거 알아요. 지금까지 그랬으니까. 그런데…… 만약에 최선을 다했는데도 우리가 원하지 않는 시간이 오면…… 그땐 절대 죽지 않을게요. 그러니까 동욱 씨도 절대 스스로를 망치면 안 돼요."

"너 걱정하라고 해준 말 아니야."

"알아요. 하지만 걱정 안 할 수 없는 일이에요. 걱정할 거예요. 앞으로도 계속. 하지만 괜찮아요. 아예 모르고 당하는 것보다는 알고 당하는 게 덜 아프니까. 물론 되도록 그런 일 겪지 않았으면 좋겠지만."

"약속할게. 절대 너 아프게 안 해. 믿어."

동욱이 수안의 손을 끌어당겨 입을 맞추며 약속했다.

"수안아, 나는 절대……."

그때 휴대폰이 울렸고 정말정말 받고 싶지 않았지만 은주의 전화였기에 받지 않을 수 없었다.

"응, 은주야. 알았어. 갈게. 잠깐만 기다려. 금방 갈게."

수안은 전화를 끊고 일부러 밝게 웃었다.

"은주 왔대요. 같이 저녁 못 먹죠?"

"음. 들어가 봐야 해."

"그래요. 마음 복잡한데 얼굴 보여주러 와서 고마워요. 밤에 못 오죠?"

"힘들 것 같아. 하지만 노력은 해볼게."

"무리하지 말아요. 언제 돌아가요?"

"다음 주. 일본 들렀다가."

"알았어요. 가기 전에 할 수 있으면 전화줘요."

"꼭 할게."

"도착해서도."

"당연하지."

"조심해서 가요. 나 은주한테 가봐야 해요."

"음."

수안이 다시 한 번 동욱에게 활짝 웃어 보이고 내리려는데 동욱이 수안의 손을 붙잡았다.

"약해지면 안 돼. 나 믿어. 알았지?"

"이거 왜 이래요? 나 초등학교 때부터 10년 동안 새벽에 신문 돌린 여자예요. 작은아버지네 식구들한테 집에서 키우는 개보다 못한 취급받으면서도 전교 1등 놓치지 않은 오기의 여자라구요. 대학도 수석으로 붙은 여자예요, 나. 나보다 훌륭한 여자 봤어요?"

수안이 거만하게 묻자 동욱이 픽 웃으며 고개를 저었다. 하지만 그 웃음은 어느 때보다도 서글퍼 보였다.

"훌륭한 오기로 버텨낼 테니까 걱정 말아요. 이제 제발 떨어져 나가라고 발길질해도 붙잡고 늘어질 테니까 나중에 살려달라는 말이나 하지 말아요."

수안이 으름장을 놓듯 말하고는 은주 기다리겠다며 차 문을 열고 거리로 나갔다.

수안은 동욱을 향해 힘차게 손을 흔들어주고 돌아서서 은주가 기다리는 카페를 향해 걷기 시작했다. 바로 코앞에 현준이 차 안에서 자신을 보고 있다는 것을 꿈에도 생각하지 못한 채 후두둑 갑자기 눈물이 뚝 떨어져 들킬세라 급하게 눈물을 훔쳐낸 수안은 세 걸음 네 걸음 다섯 걸음 씩씩하게 걸었다.

울면 안 되는데, 은주에게 아무 일도 없었던 것처럼 속상한 일 절대 없었던 것처럼 감쪽같이 밝은 모습을 보여줘야 하는데 눈치없는 눈물이 계속 후둑후둑 떨어졌다.

현준은 차 안에서 눈물을 훔쳐 내며 걸어오는 수안을 바라보다가 자신도 모르게 알 수 없는 분노를 느끼며 핸들을 부러뜨릴 듯 움켜잡았다. 차 안에서 무슨 대화가 오고 갔는지 알 수 없지만 분명 수안은 울고 있었고 남자친구가 수안에게 상처를 준 것이 틀림없다는 생각에 분노가 치밀어 올라 견딜 수가 없었다.

연신 눈물을 훔쳐 내면서도 일부러 씩씩하게 걸어오는 수안을 바라보다 무조건 수안을 위로해 줘야 한다는 생각에 차에서 내리려는데 갑자기 수안이 급히 돌아서더니 동욱이 앉아 있는 운전석으로 달려갔다. 그리고 차 창문을 열자마자 수안이 남자친구의 얼굴을 감싸며 입을 맞추었다.

현준은 수안이 남자친구의 얼굴을 감싼 채 몇 번이나 입을 맞추는 모습을 바라보다가 또 다른 분노가 가슴속에서 소용돌이치는 것을 느끼며 주먹을 틀어쥐었다.

"난 괜찮으니까 절대 마음 아프면 안 돼요. 난 아무렇지도 않으니까."

아무렇지도 않다고 큰소리치는 수안의 눈에서는 미련맞은 눈물이 계속 흘러내리고 있었고 동욱은 수안의 눈물을 닦아내며 미소 지었다.

"남자가 왜 울고 그래요. 바보같이."

수안 역시 동욱의 눈물을 닦아주었다.

창문이 내려가고 동욱의 얼굴을 감싸는 순간부터 수안은 동욱이 울고 있었다는 것을 알고 있었다. 수안이 은주를 만나러 가기 위해 걸어가며 우는 동안에 동욱도 차에 앉아서 울고 있던 것이다.

"울지 마. 정현이가 그랬잖아. 너 울면 개코원숭이처럼 못생겨진다고."

동욱의 말에 수안이 웃음을 터뜨렸다.

"이제 정말 가요."

수안은 아까보다 더 씩씩하게 은주가 기다리는 카페로 향했고 아까보다 더 굵은 눈물방울이 흘러내리고 있었다.

현준은 표현할 수 없을 만큼 슬픈 눈물을 흘리며 지나쳐 가는 수안을 차마 붙잡지 못했다.

3 장

✸ 824번째 메일

보낸 이 : dongan@javer.co.kr

받는 이 : ooksoo@wahoo.com

제목 : 잘 도착했어.

영욱이 일본에 데려다 놓고 건너왔어.

영욱이가 빨리 회복됐으면 하는 바람이야.

기분 괜찮아? 괜찮은 거지?

괜찮지 않다는 거 알면서도 괜찮냐고 물어서 미안해, 수안아.

아무 걱정 마. 정말이야. 걱정 마.

나만 믿으면 돼.

되도록 올해 안으로 서울로 돌아갈 계획이야.

학위받는 데는 걱정이 없어서 시간 끌지 않으려고.

빨리 들어갈 수 있도록 노력할게.

수안아, 사랑한다.

✱ 824번째 답장

보낸 이 : ooksoo@wahoo.com

받는 이 : dongan@javer.co.kr

제목 : 다 잘될 거예요.

난 괜찮아요. 씩씩하니까 걱정하지 말아요.

영욱 씨도 회복될 거예요.

다 잘될 거니까 동욱 씨도 걱정 말아요.

✱ 869번째 메일

보낸 이 : ooksoo@wahoo.com

받는 이 : dongan@javer.co.kr

제목 : 할머니 편찮으세요.

할머니가 좀 안 좋으세요.

어제 뵙고 왔는데…… 저도 못 알아보시고…….

의사 선생님이 준비하라고 하셨대요.

며칠밖에 안 남으셨다고.

오늘은 녹화가 늦게 끝나서 못 갔고 내일 정현이하고 같이 가려구요.

돌아가시면…… 돌아가실 거라는 걸 알지만…… 돌아가시면…….

기분이 정말 이상해요.

정말 이상해요.

FD가 할머니가 돌아가셨다는 것을 알려준 것은 녹화가 거의 끝나갈 무렵이었다. 어제 할머니를 뵈러갔을 때 정말 몇 시간 남지 않았다는 얘길 들었고 그래서 하루 종일 이상한 기분에 사로잡혀 있던 참이었다. 기다리는 소식이 기쁜 소식이 아니라 슬픈 소식이었기에 당연히 기분이 이상했는데 막상 소식을 들었을 때는 하루 종일 준비했던 탓인지 놀라울 만큼 담담했다.

녹화 때문에 할머니 곁을 지킬 수도 없는 처지라 녹화가 시작되기 전 일부러 FD에게 휴대폰을 맡기며 중요한 전화가 걸려올 거라고 할머니가 돌아가셨다는 내용의 전화를 받게 되면 녹화 중에라도 신호로 알려달라고 부탁했었는데 마지막 곡을 남겨두고 메이크업을 가볍게 수정하는 틈에 FD가 병원에서 연락이 왔었다며 알려준 것이다.

수안은 담담한 표정으로 고개를 끄덕이며 고맙다고 말한 후 아무 일도 없는 것처럼 평온하게 녹화를 끝내고 병원으로 가기 위해 분장실에서 메이크업을 지우고 있는데 노크 소리와 함께 현준이 들어왔다.

"할머니 소식 들었어요."

"네. 가셨네요."

"아나운서실에 알렸어요."

"네, 고맙습니다."

"데려다 줄게요."

"……죄송해서요."

"그 정도는 해줘야지. 같은 팀인데."

"고맙습니다."

수안은 군소리없이 현준의 차를 얻어 타고 장례식장으로 향했고 현준은 작은아버지 가족들에게 인사한 후 옷을 갖춰 입고 다시 오겠다고 한 후 장례식을 떠났다.

장례식은 조용하게 진행됐다.

수안의 방송국 가족들이 순서대로 다녀가고 정현의 친구들이 다녀간 후에는 다른 손님들이 없을 만큼 조용했다. 작은아버지는 그 연세가 되도록 어머니 장례식에 들러줄 친구들을 만들지 못한 것이 무안한지 몇 번이나 수안에게 너 아니었으면 장례식장이 절간이 될 뻔했다는 소리를 했지만 작은어머니는 그 소리마저도 듣기 싫은 듯 철저하게 수안을 외면했다.

감정도 감정이겠지만 수안을 볼 낯이 없기 때문에도 작은어머니는 수안과 정현을 피했는데 수안 역시 굳이 작은어머니와 말을 섞고 싶은 생각이 없었기 때문에 차라리 그 편이 훨씬 마음이 편했다.

수안은 울지 않았다. 펑펑 울 줄 알았는데 이상하게 눈물이 나지 않았다. 눈물 한 방울 흘리지 않고 무덤덤하게 있는 것이 께름칙해서 억지로라도 울려고 했는데 아무리 애를 써도 눈물이 나지 않았다.

할머니께는 그저 죄송한 마음밖에는 없는데 마지막엔 수안의 얼굴조차도 알아보지 못한 채 돌아가셨고 임종을 지키지 못한 것이 가슴이 쑤시도록 죄송한데 그런데도 눈물이 나지 않았다.

눈이 잘못된 것인지 가슴이 잘못된 것인지 할머니 마음을 그토록 아프게 했던 손녀가 할머니 가시는 길에 눈물 한 방울 떨구어 드리지 않아 얼마나 서운해하실까 몹쓸 손녀는 되고 싶지 않기에 가슴이 아픈 만큼 눈물이 쏟아져 주길 바라고 또 바랐지만 감정 기능이 고장나 버린 듯 끝내 눈물이 흐르지 않았다.

나름대로 참 착하고 정이 많은 사람이라 생각했는데 아니었던 모양이라고 정말 인정머리없고 못돼먹은 사람인 모양이라며 자책하며 장례식장을 나와 선선해진 바람을 들이키고 있는데 피곤하죠? 하는 목소리가 들렸다.

고개를 돌려보니 현준이었다.

"많이 피곤하죠?"

"괜찮아요."

"통 못 자는 것 같던데."

"……그렇죠 뭐."

"먹지도 않고."

"먹었어요."

"이틀 동안 방울토마토 몇 알밖에 안 먹던데?"

"아닐걸요?"

"맞아. 방울토마토 몇 알 먹고 그만이더라고."

"어떻게 아세요?"

"나 이틀 내내 왔는데 몰랐어요? 저녁마다 왔는데."

"아 그랬죠, 참…… 피디님 없을 때 먹었어요."

"거짓말."

"매일 안 오셔도 되는데…… 죄송하고 감사해요, 피디님."

"죄송할 것까지는 없고 감사하면 이거 먹어요."

현준이 보온병을 열더니 뚜껑에 뭔가를 덜어냈다.

"뭐예요?"

"호박죽."

"어디서……."

"끓이고 싶었는데 할 줄 몰라서 죽 집에서 사왔어요. 밥을 먹이고 싶었는데 내내 굶은 사람한테 밥 디밀면 체할 것 같아서. 먹어요."

현준이 노란 호박죽이 담긴 보온병 뚜껑을 내밀었다.

호박죽이 담긴 보온병 뚜껑을 받아 든 수안이 미안한 듯 미소 짓는데 현준이 주머니에서 일회용 숟가락을 꺼내 비닐을 벗겨 내고 수안에게 건넸다.

"이런 것까지 챙겨주시면…… 너무 죄송하잖아요."

"죄송할 건 없다니까. 할 일도 없고 심심해서 하는 짓이니까."

현준의 대꾸에 수안이 피식 웃었다.

"남자친구는 왜 안 왔어요?"

"할머니 돌아가신 거 몰라요. 아직."

"왜?"

"말 안 했어요. 어차피 멀리 있어서 오지도 못하니까 장례식 끝나고 말하려구요."

"헤어진 것 아니에요?"

현준의 말에 수안이 픽 웃으며 눈을 흘겼다.

"설마 아직도 기다리고 계세요?"

"예, 기다리고 있습니다."

"기다리지 마세요."

"헤어진 거 아니었어요?"

"왜 헤어져요?"

"울었잖아."

현준의 말에 수안이 그게 대체 무슨 말이냐는 얼굴로 현준을 쳐다봤다.

"누가 울어요?"

"수안 씨."

"내가 왜요? 언제요?"

"보자, 그게 언제였지? 한두 달? 석 달 전인가? 여름 끝 무렵이었으니까 석 달 가까이 되가네. 방송국 앞에서 어떤 남자 만나 차에서 몇 분 대화하더니 울고 나왔잖아."

현준이 말하던 때라면 동욱이 영욱 때문에 연락도 못하고 급하게 한국에 들어왔다가 수안을 만나기 위해 방송국에 왔던 바로 그날이었다.

영욱의 사건 때문에 와락 겁을 먹은 수안이 두려움과 걱정을 주체하지 못해 울었었는데, 그때 현준이 보고 있을 것이라고는 생각지 못했었는데 모두 봤던 모양이었다.

"그때 그 키스가 마지막 키스가 아니었나?"

"……아니었어요."

"난 기다렸는데. 끝났다고 말하길."

"끝나지 않았어요. 끝나지 않을 거예요."

"손해 봤네. 끝난 줄 알고 호박죽 사왔더니."

"물려요?"

"입 댄 거 누가 물려주나?"

수안이 호박죽을 다 먹은 후 고맙다는 말을 다시 한 번 남기고 장례식장으로 들어가려는데 현준이 수안의 팔을 붙잡았다.

"울리는 남자 뭐 하러 만나?"

현준이 수안의 팔을 단단히 붙잡은 채 물었다.

"그 사람 나 울린 거 아니에요."

"울었잖아. 속상하게 했으니까 울었을 것 아니야."

"……그런 거 아니에요, 피디님. 그 사람이 나 속상하게 안 해요."

"절대 울리지 않고 웃게만 해줄 테니까 나한테 와요."

"저 임자 있어요. 아시잖아요."

"나도 임자 있는 여자 탐하는 거 쪽팔려. 그런데 원래 내 차진데 다른 사람한테 강제로 뺏긴 것 같아 오기난다고."

"그러지 마세요. 피디님 좋은 분이라는 거 알지만 전 사랑하는 사람 있어요. 변하지 않아요."

수안이 흔들림없이 확고한 어조로 말하자 현준이 그제야 붙잡고 있던 수안의 팔을 놓아주었다.

"나는 여전히 진행 중이야. 끝나면 나한테 와요."

"끝나도…… 피디님한테는 안 가요."

"왜?"

"껄끄러워서요."

수안의 대꾸에 현준이 굳은 표정으로 수안을 바라보다가 희미하게 미소 지었다.

"기다릴 겁니다."

현준이 말했고 수안은 조용히 목례를 한 후 장례식장으로 들어오면서 생각했다. 그럴 일은 없겠지만, 없어야 하겠지만 만에 하나 동욱과 헤어지게 된다 하더라도 현준과 만나는 일은 없을 거라고. 그건 아니라고.

✱ 872번째 메일

보낸 이 : ooksoo@wahoo.com

받는 이 : dongan@javer.co.kr

제목 : 할머니 돌아가셨어요.

장례식 끝내고 왔어요.

편지 쓸 때마다 할머니 점점 더 안 좋아지고 계시다 했었잖아요.

돌아가셨어요…….

편하게 가셨어요. 주무시는 듯이.

장례식도 조용하고 단출하게 무사히 끝냈어요.

할머니께서 화장해 달라고 하셔서 화장해서 부모님 계신 곳에 같이 모셔 드렸어요.

마음이 많이 아파요.

고약한 작은어머니한테서 우리 남매를 보호하시려고 애 많이 쓰셨거든요.

너무 후회스러워요.

작은아버지네 가족들 보고 싶지 않아서 집으로 가진 않고 전화만 드렸거든요.

작은어머니가 뭐라고 하든 말든 자주 가서 뵈었어야 하는데…….

난 참 나쁜 손녀예요.

✱ 872번째 답장

보낸 이 : dongan@javer.co.kr

받는 이 : ooksoo@wahoo.com

제목 : 미안하다.

중요한 일 있을 때마다 같이 있어주지 못해서 미안해.

너 나쁜 손녀 아니야.

할머니 너 무척 자랑스러워하실 거야.

고생했어. 많이 고생했어.

사랑한다, 수안아.

사랑해.

✳ 964번째 메일

보낸 이 : dongan@javer.co.kr

받는 이 : ooksoo@wahoo.com

제목 : 다음 주 화요일.

서울 가는 날이야.

완전히.

보고 싶어 죽겠다, 수안아.

메일을 세어봤더니 1000번이 안 되더라고.

네가 나한테 보낸 것과 내가 너한테 보낸 걸 합치면 2000번에 가깝지만 각각 따져 보니까 각각 서른여섯 개가 부족해. 그래서 다음 주 월요일까지 1000번을 채울 작정이야. 당연히 너도 서른여섯 번 답장을 해야 하고. 이 메일을 다 읽었을 때쯤 내가 보낸 메일이 다섯 개가 될 거야.

동욱은 서울로 돌아올 때까지 메일 1000개를 채우겠다던 약속을 지켰다.

거의 두 줄, 세 줄짜리 편지였고 대부분이 급하게 찍은 사진을 첨부한 메일이었지만 어쨌거나 1000개의 메일을 채운 것이다. 수안도 서른여섯 개의 메일에 꼬박 답장을 해서 1000개를 채웠다. 개수에 목을 맬 필요는 없지만 동욱이 미국에 있었던 40개월 동안 2000번의 메일을 주고받았다는 것은 기록에 남을 만한 일이었다.

수안이 음식 재료를 가득 담은 장바구니를 양손에 들고 엘리베이터 버튼을 꾹 누르자 문이 열리기 시작했다.

열리는 문틈으로 엘리베이터에 타고 있던 사람의 모습이 드러나는 순간 수안이 깜짝 놀라며 웃음을 터뜨렸다. 동욱이 타고 있었기 때문이다.

"계속 엘리베이터 타고 있었어요?"

"1분 정도? 너 택시에서 내리는 것 보고 얼른 숨었지."

"다른 사람이 누르면 어쩌려구요?"

수안이 엘리베이터에 오르며 묻자 동욱이 수안의 양손에 들린 장바구니를 받아 들며 놀랐겠지 하고 대답했다.

"오래 기다렸어요."

"알아, 미안해."

동욱이 삐친 척하는 수안의 볼에 입을 맞추었다.

동욱이 귀국한 것은 일주일 전이었는데 집안 어른들께 귀국 인사하고 그 외 인사하고 챙겨야 할 사람들 때문에 이제야 수안을 찾아온 것이다.

"인사는 다 했어요?"

"대충."

"일은 언제부터 해요?"

"다음 주부터."

"빠르네요."

"예상보다."

"저녁은요?"

"안 먹었지. 배고파 죽겠어."

"밥해줄게. 맛있게."

집으로 들어온 수안은 옷만 갈아입고 저녁을 준비하기 시작했다.

"40분 정도 걸리는데 기다릴 수 있겠어요?"

"40분만 기다릴 수 있어. 40분 지나면 성질낼 거야."

동욱의 대꾸에 수안이 활짝 웃었다.

"빛의 속도로 해줄게요."

수안이 전기밥통에 밥을 안치고 찌개를 끓이고 나물을 데쳐 삶는 동안 동욱은 식탁 의자에 앉아 정신없이 움직이는 수안을 가만히 바라보고 있었다. 한마디도 하지 않았기 때문에 수안은 동욱이 바로 뒤편 식탁에 앉아 있다는 것도 잊을 정도였는데 동욱은 한참 동안 수안을 바라보다가 조용히 다가가 시금치나물을 조물거리고 있던 수안을 뒤에서 꼭 껴안았다.

"왜요?"

"좋아서. 예뻐서. 사랑해서."

동욱이 수안을 꼭 껴안은 채 중얼거리듯 말했고 수안은 고개를 돌려 동욱에게 입을 맞췄다.

"뭐가 그렇게 좋고 뭐가 그렇게 예쁘고 뭐가 그렇게 사랑해요?"

"밥하는 모습이 좋고 나물 무치는 모습이 예쁘고 나를 위해서 하는 일이니까 사랑하지."

"늦게 온 게 미안해서 그러죠?"

"음."

동욱이 수안의 뒤통수에 입을 맞추며 대답했다.

"맛봐요."

수안이 조물거린 시금치나물을 내밀자 동욱이 받아먹더니 죽인다 하고 대답했다.

"3분만 더 기다려요. 밥 김만 빠지면 되니까."

수안이 수저를 놓으려는데 동욱이 빼앗아 식탁에 짝 맞춰 내려놓았다. 수저뿐 아니라 반찬도 수안이 담아주는 대로 식탁에 차렸다.

"나 보고 싶었어?"

"그럼요."

"얼마나?"

"눈물 나게."

수안의 대답에 동욱이 수안에게 다가와 허리를 감싸 안았다.

"오늘 눈물 나게 안아줄게."

동욱이 은밀한 눈짓을 보내며 속삭이자 수안이 깔깔 웃음을
터뜨렸다.

"몇 시까지 있을 수 있어요?"

"자고 갈 거야."

"그래도 돼요?"

"돼."

"신난다."

수안이 천진하게 기뻐하자 동욱이 수안의 얼굴을 두 손으로
감쌌다.

"요렇게 예쁜 거 보고 싶어서 혼났네."

동욱이 수안의 입에 쪽 소리가 나게 입을 맞췄다.

"이제 왔으니까 자주 보여줘요."

수안도 동욱의 입에 쪽 소리가 나게 입을 맞추며 화답했다.

"당연하지. 넥타이 좀 풀어볼래?"

"기꺼이."

수안이 동욱의 넥타이를 풀어 식탁 의자에 걸쳐 놓자 동욱이

와이셔츠 단추도 풀어줘 하고 말했다.

"설마 벗기라는 건 아니죠?"

"글쎄 그거야 모르지."

동욱이 은밀한 미소를 흘리자 수안이 역시 은밀하게 눈을 흘기며 와이셔츠 단추를 하나씩 풀었다.

"네 개까지 풀어야 해."

"야성적인 척하는 거예요?"

"야성적인 남자 맛보고 싶지 않아?"

동욱의 목소리가 점점 더 은밀해지는데 와이셔츠 단추를 네 개까지 푼 다음 장난스럽게 확 펼치던 수안이 동욱의 왼쪽 가슴팍에 새겨진 문신을 보고 깜짝 놀랐다.

"뭐예요?"

"문신."

"어머…… 문신했어요?"

"에스 에이. 수안."

동욱의 말대로 동욱의 왼쪽 가슴에 SA 두 개의 이니셜이 새겨져 있었다. 제법 큼지막하게.

"어떻게…… 문신을 새겼어요?"

"내 사랑을 증명하려고."

동욱의 말에 수안이 감동과 걱정이 뒤섞인 표정으로 문신을 바라봤다.

"아프지 않았어요?"

"제법 아팠지. 하지만 어쩌겠어. 사랑이 쉬운 게 아니잖아?"

"혹시…… 이거 타투 스티커 찍은 거 아니에요?"

수안이 손가락에 침을 묻혀 박박 문질렀지만 스티커가 아니라 틀림없이 침으로 새긴 문신이었다.

"진짜 문신이네."

"내가 얼마나 이 악물고 고통을 참으며 새긴 건데 스티커라고 하냐?"

동욱의 푸념에 수안이 미안한 듯 미소 지었다.

"유성그룹 후계자께서 이런 거 해도 돼요?"

생각해 보니 그게 걱정이었다. 다른 사람도 아니고 유성그룹 후계자가 사랑하는 여자의 이름 이니셜을 가슴팍에 새기다니. 더구나 들키지 않을 다른 장소도 많았을 텐데 하필이면 윗도리만 벗으면 금방 눈에 띄는 가슴에.

"이런 거 하면 안 되는 거 아니에요?"

"왜 안 돼?"

"누가 보면."

"누가 볼 거라고."

"혹시…… 들키면요?"

"들키라지. 죄졌나?"

동욱이 내가 좋아서 사랑하는 사람의 이름 이니셜을 새겼는데 누가 뭐라고 할 거냐며 당당하게 말했다.

"다른 사람 앞에서는 옷 벗지 말아요."

"당연하지. 누구 앞에서 옷을 벗어. 수안이한테만 알몸 보여줄 건데."

동욱이 수안의 손을 끌어당겨 가슴에 올려놓았다.

"사랑해."

"알아요. 나도 사랑해요."

수안이 문신이 새겨진 가슴을 쓰다듬으며 말했다.

"살점을 떼어내지 않는 이상 문신은 지워지지 않아. 그만큼 널 사랑하고 내 마음은 변하지 않아."

동욱이 수안의 손을 꼭 잡은 채 진심으로 말했다.

감동이 어린 눈길로 동욱을 올려다보던 수안의 표정이 갑자기 짓궂어졌다.

"요즘은 레이저로 지운데요."

수안의 말에 동욱이 놀라는 척했다.

"진짜야?"

"기술이 장난 아니거든요."

"싫증나면 지워야겠네."

"깊숙하게 새겼어야 하는데…… 살짝 스친 거 아니에요?"

수안의 불만스러운 추궁에 동욱이 웃음을 터뜨렸다.

"나도 새겨야 해요?"

"새길래?"

"아픈 거 질색인데."

"참을 만해."

"일단 밥부터 먹죠."

수안이 취사가 끝나고 보온으로 넘어간 밥솥 뚜껑을 열어 공기에 밥을 담으며 말했다.

"그냥 따끔따끔한 정도야."

동욱이 계속 부추겼다.

"밥 먹어요."

수안이 못 들은 척하며 밥을 먹기 시작했다.

"피도 조금밖에 안 나."

"피도 나요?"

수안이 깜짝 놀라며 묻자 동욱이 웃음을 터뜨렸다.

"나를 위해 그 정도 피 못 흘려?"

"빈혈이 심해서."

수안의 대꾸에 동욱이 또 웃었다.

"나를 향한 사랑이 그 정도라니."

동욱이 일부러 삐친 척하더니 와이셔츠를 벗어 던지고 맨몸으로 식사를 시작했다.

"나 찔리라고 옷 벗었죠?"

"찔리긴 해?"

"많이 찔리네요."

"아이구야, 아직도 따끔거리네."

동욱이 일부러 문신을 매만지며 엄살을 피웠고 수안은 끝까지 모른 척했다.

다음날 알람이 아니라 동욱이 깨워서 일어나 밖으로 나갔을 때 동욱은 웃통을 벗어 던진 채 새벽밥을 차려놓고 수안을 기다리고 있었다.

"밥 먹자. 뉴스 하러 가야지."

"아침밥 안 차려줘도 되는데."

"어제 저녁 차려줬으니까 아침은 내가 차려줘야지."

"너무 친절한 거 아니에요?"

"원래 친절했어, 나."

"미안하잖아요."

"새삼스럽게. 먹어."

동욱이 데운 찌개를 식탁에 내려놓고 뚜껑을 열어준 후 자리에 앉았다.

"웃통은 왜 벗고 있어요?"

"더워서."

"덥지도 않은데 뭘."

"왜? 찔려?"

"어제부터 계속 찔리고 있어요."

수안이 툴툴거리자 동욱이 씩 웃었다.

"남자가 이 정도는 해야지. 여자도 아니고."

동욱이 문신이 새겨진 가슴을 툭툭 치면서 말했고 수안은 동욱을 노려보다가 웃고 말았다.

"별 뜻은 없어. 내 가슴에 네가 있다는 것만 잊지 말라는 뜻이야."

동욱이 마지막으로 생색을 냈다.

동욱은 처음에는 윤성국이라는 사람이 누군지 금방 기억해 내지 못했다.

"누구라고?"

윤성국이 찾아왔다는 비서에게 재차 물었을 때야 윤성국이 누군지 기억해 냈다.

"윤수안 씨의 사촌 오빠라고 합니다, 전무님."

윤수안의 사촌 오빠라는 말을 듣는 순간 동욱은 자신도 모르게 주먹을 틀어쥐었다.

윤성국이 찾아왔다?

동욱은 실소를 터뜨리고 말았다.

윤희영이라는 여자가 찾아온 것이 바로 사흘 전이었다.

낯선 이름이라 사무실에 들여놓지 않을 생각이었는데 그때도 수안의 이름이 나와 사무실로 불러들였을 때 놀랍게도 윤희영이라는 여자는 수안의 사촌 동생이라고 밝히며 아직 잡지에 실리지 않은 기사와 함께 사진을 내밀었었다.

수안과 함께 집에서 나오는 장면이 담긴 사진.

"프리랜서 기자예요."

윤희영은 자신의 직업을 밝혔고 그것은 분명 두 사람의 관계를 밝히겠다는 뜻이었다.

그런 식으로 준비가 되지 않은 상태에서 기사가 실리는 것은 동욱이나 수안에게 이로울 것이 조금도 없었기 때문에 동욱은 가장 손쉬운 방법으로 희영의 입을 틀어막았다. 가장 손쉬운 방법은 바로 돈이었고 동욱이나 희영 두 사람 모두 만족할 만한 방법이었다.

"얼마면 됩니까?"

동욱의 단도직입적인 질문에 희영은 망설이다가 2백만 원이라고 답했고 동욱은 그 자리에서 2백만 원을 던져 주며 가지고 온 기사와 사진은 물론이고 파일과 필름까지 모두 빼앗았다. 그리고 원하는 대가를 지불했음에도 불구하고 뒤에 기사가 실리거나 소문이 돌거나 하는 일이 생기면 매우 곤란하게 만들어주겠다는 으름장도 잊지 않았다.

희영은 절대 그런 일은 생기지 않을 것이라고 반드시 약속을 지키겠다고 장담하며 돌아갔는데 사흘 만에 희영의 오빠이자 수안에게 짐승 같은 짓을 했던 바로 그놈이 동욱을 찾아온 것이다.

"들여보내."

동욱이 거칠게 명령했고 잠시 후 변변치 못하고 용렬한 행색의 윤성국이 사무실로 들어왔다.

"안녕하세요, 윤성국이라고 합니다."

윤성국은 한눈에도 지질한 패배자의 모습을 하고 있었다.

시답지 않은 미소를 짓고 있었지만 동욱과는 눈도 제대로 맞추지 못할 만큼 소심한 사내의 몰골이었다.

"무슨 일이십니까?"

동욱이 인정머리없을 만큼 냉정한 어조로 묻자 윤성국이 별다른 일은 아니구요 하며 지질하면서도 비열한 미소를 흘렸다.

"얼마 전에 제 동생이 다녀갔죠?"

"그런데요?"

"동생 얘기를 들어보니까……."

"결론만 말씀하시죠."

동욱이 윤성국의 말을 중간에서 잘라내서 거친 어조로 말하자 윤성국이 잠깐 움찔했다가 주섬주섬 주머니에서 파일 하나를 꺼냈다.

"제가 이런 걸 갖고 있어서 말입니다."

"뭡니까?"

"전무님하고 수안이 사진이 담긴 파일이죠."

윤성국이 연신 비열하고 구저분한 미소를 흘리며 말했다.

"그래서?"

동욱은 이제 존댓말도 쓰지 않을 만큼 격해져 버렸다.

"동생 얘기를 듣자 하니 전무님께서 이런 파일이 돌아다니는 걸 싫어한다고 해서요."

"얼마나 필요해?"

"얼마 안 됩니다. 오백 정도."

"오백?"

동욱이 콧방귀를 뀌자 윤성국이 잠시 당황했다가 그 밑으로 곤란하죠 하고 밀어붙였다.

"사촌 동생을 팔아 돈을 벌겠다? 당신 사촌 오빠 맞아?"

"사촌 동생을 팔아서 돈을 벌겠다는 것보다는…… 수안이하고 저하고 남남도 아니고 또 보통 사이도 아니고 서로 돕자는 거죠."

"도와? 수안이한테 무슨 이득이 있는데?"

"뭐…… 조용히 살 수 있다는 것이겠죠."

"조용히 살게 해준다?"

"기사가 실리면 아무래도 시끄러울 테니."

윤성국이 뻔히 알면서 뭘 그러냐는 듯이 피식 웃었는데 동욱은 웃고 있는 윤성국의 주둥이를 찢어버리고만 싶었다.

"수안이하고 보통 사이가 아니야?"

동욱이 격한 어조로 물었다.

"그럼요. 한집에서 얼마나 오랫동안 살았는데…… 피가 섞였는데 어떻게 보통 사이겠습니까?"

윤성국의 느물거리는 말에 으드득 동욱이 이를 갈았다.

수안에게 씻지 못할 상처를 준 자식이 아무 일도 없었다는 듯 저렇게 뻔뻔스럽게 지껄이다니. 당장에 놈의 면상을 후려치고만 싶었다.

"수안이 걔가 성격이 보통이 아니거든요. 솔직히 같이 사는 동안에 수안이 때문에 집안이 하루도 편할 날이 없었습니다. 머리 좋은 거 하나 믿고 얼마나 까부는지. 그래도 제가 오빠라서 많이 감싸주고 편들어주고 그랬으니 망정이지 안 그랬으면 벌써 쫓겨났을 겁니다."

수안의 성격을 까칠하게 만든 장본인들이 누군데 감히 이따위로 지껄이는 것인지, 오빠라서 감싸주고 편을 들어주었다고? 이런 망할 자식!

"저하고 수안이하고 진짜 친했습니다. 집안에서 친한 사람은 저밖에 없었어요. 저라도 말동무를 해주고 고민을 들어줬으니 지금 아나운서라도 하고 있지, 안 그랬다면 아마⋯⋯."

그때였다. 윤성국이 말을 다 끝내기도 전에 동욱이 윤성국의 멱살을 거머쥐었다.

"왜, 왜 이러십니까?"

윤성국이 당황해서 소리쳤다.

"네가 수안이 말동무를 해주고 고민을 들어줘? 네가 수안일 감싸주고 편을 들어줬다고?"

"예⋯⋯ 그랬다니까요."

"이런 개XX!"

동욱의 주먹이 윤성국의 면상을 후려쳤다.

"억!"

윤성국이 억 소리를 내뱉으며 고개가 획 돌아갔다가 제자리로 돌아왔다.

"왜 이러십니까."

"네놈이 수안이한테 어떤 짓을 했는지 알고 있는데 터진 주둥이라고 뭐가 어째? 수안이한테 짐승만도 못한 짓을 해놓고 수안이가 어쨌다고!"

동욱의 주먹이 또다시 윤성국의 면상을 후려치는 순간 윤성국의 코에서 툭 하고 피가 터졌다.

"그건…… 그건 수안이가 거짓말을 한 거예요."

윤성국이 끝까지 치졸하게 굴었다.

"그게 뭔데? 수안이가 무슨 거짓말을 했는데?"

"난 수안이 건드린 적 없어요."

"나도 네놈이 수안일 건드렸다고 한 적이 없는데?"

"예? 그러니까…… 내 말은…….."

"병신 같은 XX!"

동욱의 주먹이 재차 윤성국의 얼굴을 갈겼다.

"네가 어떤 놈인지 알아? 넌 인간 중에 제일 싸구려야. 사촌 동생한테 몹쓸 짓을 한 것으로도 모자라 사촌 동생 팔아 돈 챙기려고 하는 너 같은 놈은 인간 중에 제일 싸구려라고!"

동욱이 윤성국을 무자비하게 후려치기 시작했다.

"감히, 내 여자를 건드려!"

동욱이 격분해서 소리치며 윤성국을 걷어찼다.

"감히 이 최동욱의 여자를 건드려!"

"살려주세요…… 잘못했습니다, 살려주세요."

윤성국이 싹싹 빌며 애원했지만 이미 격분할 대로 격분한 동욱을 말릴 수는 없었다.

"어린애 신문 돌리게 만들고 그 어린것 몸에 매질을 하고 더는 못 견뎌서 그 밤에 집을 나오게 만들어놓고 이제 수안일 팔아서 돈을 챙기려고 해! 네가 사람이야? 네가 사람이냐고!"

동욱이 윤성국의 멱살을 거머쥔 채 계속해서 후려쳤다.

"살려주십시오…… 살려주십시오!"

"내 눈 똑바로 봐!"

동욱이 성국의 멱살을 틀어잡은 채 격렬하게 명령했다.

코가 터지고 입술이 터진 성국이 겁에 질린 얼굴로 동욱을 쳐다봤다.

"수안이 앞에 나타나지 마."

"예…… 예."

"내 눈앞에도 나타나지 마."

"예…… 알겠습니다."

"한 번만 더 수안이 팔아서 이런 더러운 짓 하다가 걸리면 남은 인생이 몹시 곤란해질 거야. 맹세코 그렇게 만들어주겠어. 알았어?"

"알겠습니다……."

동욱은 윤성국의 멱살을 내던지듯 놓아준 후 흐트러졌던 옷매무새를 고치고 지갑에서 오백만 원을 꺼내 윤성국의 얼굴에 집어 던졌다.

"꺼져!"

윤성국은 동욱이 던진 오백만 원 지폐를 주섬주섬 주워 담더니 꽁지에 불이 붙어 타도록 도망쳐 버렸다.

동욱은 수안에게 희영이 찾아왔던 일을 말하지 않았던 것처럼 윤성국의 일도 말하지 않았다. 수안이 알아서 좋을 것이 없었기 때문이었다.

오래 기다린 끝에 수안을 대신해 윤성국을 응징해 주고 이제 더는 수안의 사촌들을 볼 일이 없을 것이라 생각했는데 그것이 끝이 아니었다.

윤성국이 동욱에게 흠씬 두들겨 맞고 도망친 다음날 윤성국의 모친으로부터 전화가 걸려온 것이다.

윤성국의 모친 그러니까 수안의 작은어머니는 동욱에게 온갖 폭언을 퍼부으며 가만두지 않겠다고 발칵 뒤집어지게 해주겠다고 협박을 했고 동욱은 아직 처리할 것이 남았다는 것을 깨달았다.

동욱은 그 즉시 윤성국의 집안 사정과 윤성국과 관련된 정보 수집을 지시했고 하루가 지나지 않아 동욱의 손에 윤성국은 물론이고 윤성국의 가족들에 대한 정보가 들어왔다.

동욱은 윤성국 가족의 정보를 훑어본 후 마치 쳐들어가듯 윤성국의 집으로 찾아갔다.

"경찰 불러. 경찰 불러서 내 아들 이 꼴로 만들어놓은 저놈 잡아가라고 해!"

작은어머니가 펄펄 날뛰었다.

"지가 재벌이면 다야? 재벌이면 다냐고! 왜 내 아들한테 손을 대냐고!"

작은어머니가 악을 써댔지만 동욱은 눈도 깜짝하지 않고 곁에서 차마 눈을 마주치지 못하고 있는 윤희영을 노려봤다.

"약속이 틀리지 않나?"

동욱의 물음에 희영이 우물거리며 입을 열었다.

"내가 시킨 건 아니고요…… 그래도 너무하신 거 아니에요?"

"너무해? 너무한 게 어떤 건지 보여줄까?"

동욱의 말에 희영이 놀라는데 작은어머니가 동욱을 향해 삿대질을 시작했다.

"어디 와서 협박이냐? 사람 팬 놈이 어디 와서 협박이야!"

"이 집에서 더는 살고 싶지 않은 모양이군."

"뭐야? 이게 무슨 잡소리야? 여보, 말 좀 해요. 이놈이 협박하는데 왜 가만히 있어요!"

작은어머니가 멍하게 쳐다만 보고 있는 남편에게 소리를 지르자 마지못해 작은아버지가 나섰다.

"우리 애가 찾아간 것은 잘한 일이 아니지만……."

"뭘 못했어? 왜 못 찾아가!"

작은어머니가 끼어들어 바락바락 소리를 질렀다.

"조용히 해. 말하고 있잖아!"

"수안이 그년이 희영이 도와줬으면 그런 일 없잖아. 두 번이나 찾아가서 도와달라는데 얼마나 매정하게 잘라냈으면 그랬겠냐! 먹여주고 재워주고 가르쳐서 사람 만들어놨더니 은혜를 원수로 갚는다고, 그런 썩어 빠진 년이 아나운서라고 텔레비전에 얼굴을 내미니 이게 말이 되냐고."

"닥쳐!"

그렇게 집이 흔들릴 정도로 고함을 지른 사람은 동욱이었다.

동욱의 고함이 어찌나 거칠고 컸던지 반은 미친 것처럼 펄펄 뛰던 작은어머니가 움찔하며 물러섰다.

"나도 치겠네. 나도 치겠어."

작은어머니가 풀이 꺾인 목소리로 중얼거렸다.

"먹여주고 재워주고 가르쳐? 하나같이 거지 같은 것들만 모여 사는군."

"뭐, 뭐야? 지금 거지라고 했어? 지가 재벌이면 재벌이지 어디서 거지라고……."

"닥치라고!"

동욱이 작은어머니한테 한 걸음 다가서며 벼락같이 고함을 지르자 작은어머니가 겁에 질려 재빨리 남편의 뒤에 숨었다.

동욱은 수안의 작은아버지네 가족을 하나하나 무섭게 노려본 후 양복 안주머니에서 봉투 하나를 꺼내 작은아버지에게 내밀었다.

"뭐…… 뭡니까?"

작은아버지가 침을 꿀꺽 삼키며 물었다.

"당신들 좋아하는 돈입니다."

"돈을 꼭 달라는 건 아니고……."

"빚이 있더군요."

"예?"

작은아버지네 가족이 깜짝 놀라 동욱을 쳐다봤다. 그걸 어떻게 알았냐는 듯이.

"이달 말까지 해결하지 않으면 이 다 떨어진 집에서도 쫓겨나고."

동욱의 비아냥거림에 작은어머니의 표정이 쪼그라들었다.

"받으시죠."

동욱이 재촉하자 작은어머니가 받으라는 듯 작은아버지를 툭 쳤고 작은아버지가 못 이긴 척 봉투를 받았다.

"받은 대신 이것으로 끝입니다. 또다시 구질구질하게 굴었다간 비참한 꼴이 어떤 건지 알게 해줄 테니 각오하세요."

"지금…… 협, 협박하는 거예요?"

작은어머니가 따지듯 물었다.

"알아들으셨군요."

동욱이 싸늘하게 대꾸하자 작은어머니가 얼른 고개를 돌렸다.

"마지막 경곱니다. 다시 한 번만 더 내 눈에 띄거나 수안이 눈에 띄면 끝장나는 줄 알아요. 특히 당신!"

동욱이 희영을 지목하자 희영이 깜짝 놀라며 뒷걸음질쳤다.

"당신은 이미 약속을 어겼어."

"……."

동욱은 태워 버릴 듯이 무서운 눈길로 희영을 노려보다가 수안의 작은아버지 집을 나왔다.

이것으로 모든 것이 끝이었다. 완전히 끝이었다. 아니, 그랬으면 좋겠다고 생각했다.

"너 되게 잘 먹는다."

사흘은 굶은 사람처럼 쉴 새 없이 먹어대는 은주를 바라보던 수안의 말에 은주가 무조건 동의한다는 듯 고개를 끄덕였다.

"살도 좀 찐 것 같고."

"음 3킬로그램 불었어."

"입맛이 막 당기니?"

"그러네."

"결혼할 때까지는 몸매 유지에 최선을 다하겠다더니. 동욱 씨 올 건데 술 안 할 거야? 그렇게 먹고 배불러서 술 하겠니?"

"술 못 먹어."

"네 입에서 술 못 먹는다는 말이 나오다니 놀랍다. 무슨 심경의 변화가 있으셨을까. 김은주가 술을 못 먹는다니."

"어, 그게…… 수안아, 나 너한테 할 얘기 있는데."

"뭔데?"

"저기…… 나 임신했어."

은주의 말에 유자 소스를 뿌린 샐러드를 집어먹으려던 수안은 그대로 동작 정지가 되어 은주를 쳐다봤다. 갑자기 무슨 말이냐는 듯이. 자다가 무슨 봉창 두드리는 소리냐는 듯이.

"너 무슨 수로 임신을 했어? 남자도 없이?"

수안이 목소리를 낮춰 속삭이듯 묻자 은주가 눈을 흘겼다.

"남자도 없이 어떻게 임신을 해. 남자가 있으니까 임신을 했지."

"없다고 했잖아."

"말하기가 좀 그래서."

"왜? 말하기가 그래? 너 혹시 유부남 만나는 거야?"

수안이 목소리를 더욱 낮춰 물었다.

"유부남은 무슨. 멀쩡한 총각이야."

"그런데 왜 숨겨?"

"그게……."

"못생겼니?"

"아니야. 잘생겼어."

은주가 말도 안 되는 소리라는 듯이 큰소리로 말했다.

"백수야?"

"백수 아니야. 얼마나 좋은 직장에 다니는데."

"잡것. 혼전에 임신을 하다니."

수안의 말에 은주가 킥킥거리고 웃었다.

"몇 개월이나 됐어?"

"이제 4개월 접어들었어. 배는 아직 나오는 둥 마는 둥 하는데 하도 먹어서 살이 찌네."

"배 더 나오기 전에 결혼해야지."

"그래서…… 그것 때문에 의논을 할까 해서……."

"당연히 나하고 의논해야지. 그나저나 우리 조카는 공주니 왕자니?"

"공주."

"어머! 내가 예쁜 옷 많이 사줄게. 이모 뒀다 어디에 쓰겠니. 조카 옷이나 왕창 사줘야지."

"저기 수안아, 실은 이모가 아니라…… 고모야."

은주의 말에 수안이 입을 비죽거렸다.

"내가 이모지 어째서 고모니? 애 아빠가 누군지도 모르는데."

"너…… 아는 사람이야. 애 아빠."

"나 아는 사람? 누구?"

"……."

"누구?"

"있잖아…… 그 사람."

"나한테 이모가 아니라 고모가 되게 할 사람이 누가 있다고…… 헉!"

수안이 경악한 얼굴로 은주를 쳐다보자 은주가 민망한 얼굴로 고개를 끄덕였다.

"걔?"

"응."

"정말…… 정말 정현이?"

"응……."

"어머나, 웬일이니."

수안은 너무나 기가 막혀서 한참이나 입을 벌린 채 멍하게 은주를 쳐다보고 있었다.

"놀랐지?"

"기절하겠다."

"그럴 줄 알았어."

"왜 나한테 말 안 했어?"

"정현인 내가 네 친구라서 걸리고 난 정현이가 네 동생이라서 걸리고…… 이래저래 한번 입이 막히니까 계속 막히더라고."

생각지도 못했던 일이라 너무도 황망한 일이라 수안은 어떻게 받아들여야 하는지 얼떨떨했다. 그러다 갑자기 벌컥 걱정스러웠다.

"은주야, 솔직히 말해줘. 너 정말 정현이 좋아서 만난 거야? 혹시…… 너 니가 좋아서 임신한 게 아니라 정현이가…… 널 막 강제로……."

"아니야, 얘!"

은주가 신경질을 냈다.

"얘가 지 동생을 뭐로 보구. 정현이 그런 애 아니야. 정현이가 사춘기 때 잠깐 놀았다고 해서……."

"사춘기 때 잠깐 놀았다고?"

"난 그렇게 생각할 거야. 솔직히 그런 환경에서 엉망이 되려면 최악으로 나쁠 수도 있었어. 하지만 최악은 아니잖아. 정현이가 누구 등을 쳐 먹은 것도 아니고 사람을 죽인 것도 아니고 단지 좀…… 쪽팔리는 짓을 한 거지……. 애가 나쁜 건 아니잖니."

은주가 정현을 감싸기 위해 애쓰는 모습을 보며 수안은 고마운 마음에 그저 미소만 지을 뿐이었다.

흠을 잡고 욕을 하자면 한도 끝도 없을 만큼의 크다면 크다 할 수 있는 과거를 가졌는데 어떻게든 흠을 덮으려고 애를 쓴다는 것은 그만큼 정현에 대한 애정이 깊다는 뜻이었다. 달리 무슨 말을 할 수 있을까. 그저 고맙고 또 고마울 뿐.

"내가 꼬셨어. 안 넘어오려는 정현이 내가 꼬셨어."

"정말?"

"정말이야. 내가 꼬셨어."

"넘어오데?"

"대전 사건 때문에…… 그것 때문에 처음엔 애가 딱 선을 그어놓고 절대 못 넘어오게 하고 지도 안 넘어오고……. 어떻게든 나하고는 엮이지 않으려고 애를 쓰는데…… 내가 어떻게든 엮이려고 한 거야."

"왜 정현이하고 엮이려고 했어?"

"그게…… 처음에 봤을 때부터 되게 마음에 들더라고. 그래서 너 몰래 가끔씩 통화하고 그랬었는데…… 흐지부지 연락이 끊어졌었거든. 그러고 나서 한참 만에 대전에서 다시 만나서 데려오고 그러고 취직했다는 소리 듣고 밥 한끼 사주려고……. 그땐 정말 취직한 거 축하하려고 순수한 마음으로 만났는데……."

"만나고 나니까 순수함을 버리고 싶데?"

"응."

은주의 대답에 수안은 푹 하고 웃음을 터뜨렸다.

"애가 기가 팍 죽어서는 창피한지 나하고 눈도 잘 안 마주치고 그러더라고. 밥 한끼 사줄 테니까 만나자는 것도 다섯 번 만에야 어쩔 수 없이 받아들인 거야. 자식이 되게 튕기더라고."

"잘나서 튕긴 건 아닐 거야."

"알지. 쪽팔려서 못 만나겠다고 하더라고."

"그래서?"

"계속 튕겨대는 정현이 지치도록 만들어서 한 번 만나고 또 한 번 만나고 또 한 번 만나고……. 그러다 보니까…… 아기가 생기더라고."

"이젠 안 튕기데?"

"튕기긴. 나한테 얼마나 잘하는지 몰라. 나 끔찍하게 아껴 줘."

은주가 행복에 만취한 얼굴로 자랑했다.

"좋아?"

"좋지, 그럼."

"좋아 죽겠어?"

"응. 좋아 죽겠어."

"집에는? 집에 말씀드렸어?"

"아니. 아직. 정현이가 어떻게든 결혼 허락받을 테니까 걱정 말라고 하더라고."

"나한테는 왜 말 안 한다니?"

"우리 부모님보다 네가 더 무섭대."

"은주야, 너 정말 상관없어? 정현이 예전에 그랬던 거 상관없 어?"

"상관있었으면 안 만났지. 그게 처음엔 나도 좀 걸려서 그냥 정말 친구 동생한테 밥 한끼 사주고 기운 내라고…… 정말 누나 로서 만날 생각이었거든. 다른 꿍꿍이 없었거든. 그런데 그게 자꾸 만나다 보니까…… 꿍꿍이가 생기고…… 과거는 다 덮을 수가 있더라고. 들춰내고 싶지도 않고. 지금은 나만 바라보고 나만 사랑해 주니까. 과거 따위가 무슨 상관이야."

"……"

"싫어? 정현이하고 결혼하는 거 싫어?"

"내가 무슨 자격으로 싫어하겠어? 그저 고맙고 미안할 따름 이지."

"미안하긴 뭐가."

"제일 무거운 짐 덩이를 너한테 떠맡긴 기분이다."

"얘는 무슨 그런 말을…… 나 정말 네 올케 해도 돼?"

"되고말고! 고맙고말고!"

"너무 고약한 시누이 되면 안 돼."

"모시고 살게. 정현이 자식 너 마음 아프게 하면 재깍 말해. 막 두들겨 팰 테니까."

"얘, 이제 내 남자야. 아무리 네 동생이라도 손대지 마."

두 사람은 결국 웃음을 터뜨렸다.

"부모님 허락해 주시면 결혼 얼른 하자. 배 더 부르기 전에. 배 많이 나오면 드레스 입어도 안 예뻐."

"그러게. 살도 계속 찌고 나도 빨리 하고 싶어. 뚱녀 신부 되기 싫어."

"뭐 해줄까?"

"뭐 해줄래?"

"정현이하고 얘길 해야겠다. 집도 구해야 하고 예식장도 알아봐야 하고."

"집은 해결됐어. 사원아파트 신청해 봤는데 마침 자리가 있어서 들어가기로 했어."

"그래? 잘됐다."

"응."

수안이 활짝 웃자 은주도 활짝 웃었다.

"어, 동욱 선배 왔다."

은주가 갈비집으로 들어오는 동욱을 향해 손을 흔들자 동욱이 활짝 웃으며 수안이 앉은 자리로 와서 곁에 앉았다.

"오랜만이다, 은주야."

"서울 온 지 석 달이 넘었으면서 이제야 얼굴 보여주세요?"

"미안하다. 잘 지낸다는 말은 수안이한테 들었어."

"동욱 씨…… 은주 임신했대요."

"뭐?"

수안이 놀랐던 것처럼 동욱도 깜짝 놀랐다.

"결혼…… 안 했잖아. 속도위반이야?"

"그래도 선배는 속도위반이냐고 하네요. 수안인 남자도 없이 어떻게 임신을 했냐고 하더라구요."

"그러게. 남자 있다는 말 못 들었는데."

"……정현이래요."

"누구?"

"윤정현요. 내 동생."

동욱이 이런 일도 있구나 하는 표정으로 은주를 쳐다보자 은주가 배실 웃었다.

"역사가 그렇게 만들어졌구나."

"맞아요."

"축하해. 그런데 신랑은?"

"수안이한테 매맞을까 봐 숨었어요."

"당장 오라고 해. 매형이 거하게 한턱 쏜다고."

"어머. 두 사람도 결혼하는 거예요? 드디어?"

은주가 방긋 웃으며 박수를 쳤다.

"아니야. 그냥 하는 소리야."

수안이 손을 내젓는데 동욱이 수안의 어깨에 팔을 둘렀다.

"결혼만 안 했지 내 신부인 건 틀림없잖아. 안 그래, 윤수안 아나운서?"

동욱의 넉살에 수안은 그저 픽 웃고 말았다.

"선배, 수안이가 말 안 했죠?"

"무슨 말?"

"채가려면 얼른 채가세요. 요즘 방송국에서 수안이 넘보는 남자가 한두 명이 아니니까."

"얘가 무슨 소리야."

수안이 그만 하라며 눈짓을 했지만 은주는 멈추지 않았다.

"수안이 얼굴 알려지면서 대시한 남자가 내가 들은 사람만도 다섯이에요. 셋은 같은 아나운서구요, 둘은 연예인이에요."

"정말이야?"

동욱의 표정이 험악해졌다.

"왜 말 안 했어? 어떤 새끼들이야?"

"이럴까 봐 말 안 했죠. 모조리 물리쳤으니 걱정 마세요."

"분명히 말하는데 걸리면 죽는 거야."

"수단과 방법을 안 가리고 안 걸릴 거예요."

동욱과 수안이 아웅다웅하는 동안 은주는 불판에서 알맞게 구워진 고기를 폭식하고 있었다.

뒤늦게 합류한 정현에게 조금 이른 감이 있지만 두 사람의 결혼을 축복해 준 다음 헤어져 집으로 돌아온 수안은 양복저고리를 벗는 동욱을 걱정스레 바라봤다.

"바로 가야 하지 않아요?"

"자고 갈 거야."

"자고 가도 돼요?"

"안 되도 자고 갈 거야."

동욱이 퉁명스럽게 말하며 넥타이를 풀었다.

"왜 퉁해요?"

"어떤 새끼들이야? 애인 있다고 말했다면서 왜 자꾸 집적거린대?"

"내가 요즘 워낙 잘나가거든요."

"지금 잘난 척하는 거야?"

"비슷해요."

"나 짜증나고 있어."

동욱이 얼굴을 구기자 수안이 샐쭉 웃으며 동욱을 껴안았다.

"혹시 나 싫증나지 않았어요?"

"싫증은 무슨."

"5년이나 묵은 여잔데. 이제 질리지 않아요?"

"5년 중에 얼굴 본 건 겨우 1년인데 무슨 수로 질리냐? 왜? 질려서 너 놔달라고? 너한테 대시했다는 놈들 중에 골라서 도망가려고?"

"나 도망가면 어떻게 할 거예요?"

"정말 알고 싶어?"

동욱의 물음에 수안이 고개를 끄덕였다.

"알고 싶지 않을 거야. 끔찍하게 만들어줄 거거든."

"무서워 죽겠네요."

수안이 동욱의 넥타이를 풀기 시작했다.

"정말 그놈들 이름 안 댈 거야?"

"별 볼일 없는 사람들 이름 알아서 뭐 하게요."

"이름 안 댈 거야?"

"별 볼일 없다니까."

수안이 와이셔츠 단추를 하나씩 풀며 끝까지 이름을 대지 않았다.

"은주를 족쳐서라도 이름 알아낼 거야."

"세상에서 제일 몹쓸 사람이 임산부 건드리는 사람이에요."

수안이 와이셔츠를 걷어내고 가슴에 새겨진 문신에 입을 맞추며 달랬다.

"걸리지 마라."

"절대로 안 걸려요."

수안이 동욱의 셔츠를 벗겨낸 후 물 받아줄게요 하며 욕실로 가려는데 동욱이 수안의 손을 잡아끌었다.

"우리는 언제 결혼할 거냐고 안 물어봐?"

"물어보면 대답할 거예요?"

"……아직은."

"그런데 왜 물어보라고 그래요?"

"미안해서."

"뭐가 미안해요?"

"은주 결혼한다는데…… 기분 이상하지 않아?"

"괜찮아요. 동욱 씨 힘 기를 때까지 우직하게 기다릴 수 있으니까 신경 쓰지 말아요. 나 굉장히 우직하고 질긴 여자예요."

"미안해."

"괜찮다니까요. 그런데 가능하다면 마흔 전에는 드레스 입혀 줘요."

"그건 약속할게."

동욱이 수안을 꼭 껴안으며 약속했다.

"그런데 정말 자고 가도 돼요?"

"물론."

"그럼…… 같이 목욕할래요?"

"좋지. 하지만 목욕으로 끝나진 않을 거야."

동욱이 수안의 블라우스 단추를 끄르며 속삭였다.

"다음 주 휴간데 영욱이 보러 같이 갈까?"

"나 휴가 없는데."

"주말에 하룻밤만 자고 오자. 영욱이가 너 보여달라고 난리라서."

"그렇다면 시간을 꼭 내야죠."

수안이 생색내듯 말했다.

"짧고 굵은 여행으로 만들어줄게. 기대해."

동욱이 야성적으로 수안의 블라우스를 벗기며 장난을 치자 수안이 동욱의 가슴에 새겨진 문신을 에로틱하게 쓰다듬으며 동욱을 올려다봤다.

"굵고…… 길면 안 될까요?"

수안의 은밀한 농담에 동욱이 웃음을 터뜨리며 수안을 껴안 았다.

재활원 앞뜰에서 10분쯤 기다렸을까 영욱이 싱겁게 웃으며 동욱과 수안의 앞에 모습을 드러냈다.

"영욱아."

"형."

동욱이 팔을 벌리자 영욱이 주춤 멈췄다.

"뭐야, 껴안으려고 그래?"

"오랜만인데 한 번 안아보자."

"유치하게 왜 이래, 형."

영욱이 안기지 않을 것처럼 굴더니 씩 웃으며 동욱의 품에 안 겼다.

"오랜만이다."

"응."

동욱이 영욱을 안고 한참 동안 등을 두드린 후 놓아주자 영욱 이 곁에 서 있는 수안에게 싱거운 미소를 던지더니 한 걸음 다가왔다.

"안녕하세요."

"안녕하세요, 영욱 씨."

"와, 진짜 예쁘네. 형이 거짓말한 게 아니네. 대박인데, 형."

영욱이 장난스럽게 동욱의 옆구리를 주먹으로 치는 시늉을 하자 동욱도 영욱의 옆구리를 치는 시늉을 했다.

"내가 괜히 애지중지하겠냐?"

"업고 다녀야겠네. 겁나서 어떻게 밖에 내놔?"

"매일매일 감시 중이다."

동욱과 영욱의 농담에 수안은 그저 웃기만 했다.

"팔이 허전하네. 미인이 팔짱 껴주면 따뜻할 것 같은데."

영욱의 넉살에 수안이 웃으며 팔짱을 껴주자 영욱이 우와 뜨끈뜨끈하네 하고 농담을 하며 테이블이 있는 곳으로 걸음을 옮겨놓았다.

의자가 있는 테이블로 오자 영욱이 손수 의자를 빼주며 수안이 앉는 것을 도와주었고 수안이 고맙다고 인사를 하자 영광입니다 하고 대답한 후 자리에 앉았다.

"어때?"

동욱의 물음에 영욱이 살 만해 하고 대답했다.

"얼굴 많이 좋아졌다."

"형도 좋은데?"

"그래?"

"나 언제 나가?"

"네가 원할 때."

"그래? 난 아버지가 영영 안 꺼내주실 줄 알았는데."

"아니야. 나오고 싶으면 언제든 말해."

"지금이라도 당장 나가고 싶지."

"나갈래?"

"아니…… 나가면 다시 시작할 것 같아. 약 말이야."

영욱이 씁쓸하게 웃으며 말했다.

"다시 시작하지 않을 자신 있을 때 말해."

"그런 때가 올까?"

"그럼. 마음 굳게 먹어."

동욱의 말에 영욱이 또 씁쓸하게 웃다가 수안을 쳐다봤다.

"형이 잘생겼어요, 내가 잘생겼어요?"

영욱의 질문에 수안이 픽 웃었다.

"왜 웃기만 해. 대답해."

영욱이 아니라 동욱이 대답을 재촉했다.

"영욱 씨가 더 나은데요?"

수안의 대답에 동욱의 눈이 도끼눈이 됐다.

"너 진심이야?"

"글쎄요."

수안이 놀리자 동욱이 괜히 데려왔네 하며 툴툴거렸다.

"형이 잘해줘요?"

영욱이 수안에게 물었고 수안은 진심을 담아 고개를 끄덕였다.

"우리 형 멋진 사람이에요."

"알아요."

"형이 가끔씩 속을 썩여도 봐주세요."

"속 안 썩여요."

"빠졌네, 빠졌어."

영욱이 놀리자 수안이 웃었다.

"텔레비전 화면 못 쓰겠네. 실물이 훨씬 예쁜데?"

영욱이 수안에게서 눈을 떼지 못하자 동욱이 영욱의 옆구리를 툭 쳤다.

"그만 봐라. 닳는다."

"너무 티내는 거 아니야?"

"남 보여주기 아까우니까, 그만 봐."

"나 같아도 남 보여주기 싫겠네. 동생 없어요? 수렁에 빠졌다가 가까스로 살아나고 있는 남자 하나 있는데."

"그 남자 혹시 영욱 씨예요?"

"예."

"동생이 있긴 한데."

"그래요? 나 어떻게 안 될까요? 형수만큼 예뻐요?"

"남동생이에요."

수안의 대꾸에 동욱은 푹 하고 웃고 영욱은 얼굴을 찡그렸다.

"있으나마나네."

영욱이 툴툴거리다가 짜증난 얼굴로 수안을 쳐다봤다.

"아깝다."

"뭐가?"

"내가 먼저 만났어야 하는데."

"누굴?"

"형수."

"이 자식이!"

동욱이 한 대 치려고 하자 영욱이 얼른 몸을 사렸다.

"형수, 혹시 형 싫증나면 나한테 연락해요. 기꺼이 애인 해드릴게요."

"이 자식이 진짜."

동욱이 영욱의 옆구리를 진짜 한 대 치자 영욱이 과장되게 아픈 척하며 엄살을 부렸다.

"차 가져올게요."

수안이 잠깐이라도 형제들끼리 대화할 시간을 주기 위해 일부러 자리를 피해주자 영욱이 멀어져 가는 수안을 바라보다가 흐뭇한 표정으로 동욱을 쳐다봤다.

"진짜 예쁘다."

"탐나냐?"

"형 애인만 아니면."

"어림없다."

"알고 있어."

영욱이 농담이었다는 듯이 씩 웃었다.

"아버지 아셔?"

"아직."

"소개할 거야?"

"언젠가는."

동욱의 대답에 영욱이 이해한다는 듯이 고개를 끄덕였다.

"겁나지 않아?"

"겁나기보다는 걱정돼."

"형 마음 알아. 알고도 남지."

영욱이 한숨을 내쉬었다.

"내가 형이라도 섣불리 말 못할 거야. 아버지가 얼마나 지독한 양반인지 누구보다 내가 잘 아니까. 아버지 지독한 성격보다는 나 때문에 더 걱정되겠지. 나처럼…… 험한 꼴 당할까 봐."

영욱의 말에 동욱은 차마 맞다고 할 수 없어서 잠자코 있었다.

"아버지 다녀가셨니?"

"아니. 한 번도."

"한 번도?"

"나 같은 아들 창피해서 만나고 싶겠어?"

영욱이 비아냥거리는 듯한 억양으로 말했다.

"하긴 조금도 반갑지 않을 테니 안 오시는 게 더 고맙지."

"어머닌?"

"아예 일본으로 건너와서 지내려고 하셔서 가시라 했어. 그래도 자주 오셔. 일본이 아니라 옆 동네 사는 것처럼 자주 오셔."

"아버진 원망하더라도 어머닌 마음 아프게 해드리지 마라."

동욱의 충고에 영욱이 일그러진 얼굴로 머리를 헝클어뜨렸다.

"엄마만 아니면…… 진짜 엄마만 아니면……."

영욱이 차마 더는 말하지 못하고 괴로운 듯 주먹을 틀어쥐었다.

"형은 아버지한테 지지 마. 나처럼 지고 나서 후회하지 마."

영욱의 말에 동욱이 영욱의 어깨에 손을 올려놓았다.

"너 진 거 아니야."

"졌어. 처참하게."

영욱이 분노가 실린 목소리로 말했다.

"다른 사람…… 못 만날 것 같아."

"그러지 마. 넌 최선을 다했고 최선을 다했는데도 네가 원하는 대로 되지 않았을 뿐이야."

"최선을 다하진 않았어."

영욱이 우울한 목소리로 중얼거렸다.

"최선을 다했다면…… 아프리카나 아마존이나 도저히 우리를 찾지 못하는 곳으로 도망이라도 갔어야 해. 난 도망갈 용기까지 없었던 거야. 그게 너무 화가 나. 그 앨 정말 지켜주려고 했다면 그랬어야 했는데 왜 못했는지…… 왜 그런 용기를 내지 못했는지 그게 너무 화가 나."

영욱이 스스로에게 너무 화가 나는 듯 주먹을 틀어쥐었다.

"쉽게 실천할 수 있는 일이 아니야, 영욱아."

"어려울 것도 없었어. 그 앨 완전히 잃어버렸는데 그것보다 어려운 일이 뭐가 있겠어."

"어렵겠지만…… 잊어버려."

"어떻게 잊겠어. 아까운 목숨 끊어놓고 어떻게 잊겠어."

"……."

"잘해줘, 형. 형은…… 나처럼 상처주지 마."

"잘해주려고 노력해. 상처주지 않으려고도 노력하고."

"여기서 나가더라도……."

영욱이 재활원의 앞뜰을 둘러보며 말했다.

"서울엔 안 갈 거야."

"그럼?"

"여기저기 떠돌아다니려고. 어차피…… 난 아버지가 버린 자식이니까."

"자식을 버리는 부모가 어딨어?"

"자식이 셀 수 없이 많아서 나 같은 거 하나 없어져도 흔적도 안 남을 텐데 뭘."

"그런 말 하지 마."

"장남도 아니니 어쩌면 참 다행이야."

"……."

"형."

"말해."

"인생이 참…… 지랄 같아."

영욱이 쓴 약을 삼킨 듯한 표정으로 중얼거렸고 동욱이 찌푸린 영욱의 얼굴을 바라보며 소리없이 한숨을 내쉬는데 수안이 차가 놓인 쟁반을 들고 나타났다.

"타이밍 별로예요?"

"아니. 왜?"

"두 분 얼굴이 굉장히 심각해요."

수안의 말에 동욱이 어색하게 미소 지으며 아니야 하고 말하는데 영욱이 천연덕스러운 얼굴로 활짝 웃었다.

"치질에 대해서 뜨거운 대화를 나누고 있었거든요."

"오, 치질!"

수안이 속는 척해주며 동욱과 영욱에게 재활원 책임자가 직접 만들어준 녹차를 따라주었다.

"통증 없이 치질을 없애는 방법 혹시 아세요?"

"없어요."

수안이 딱 잘라 대답하자 영욱이 통증을 느끼는 듯한 표정을 지어 보였다.

"방법이 없대, 형."

"들었어."

"내가 알기론 치질은 전염병이 아닌데 동욱 씬 왜 그렇게 심각해요?"

"어? 내가 그랬나?"

"끝까지 치질 때문이라고 속는 척해줘요?"

"그래 주면 고맙고."

"좋아요. 한잔할까요?"

수안이 녹차 잔을 들어 올리자 영욱과 동욱도 녹차 잔을 들어 올렸다.

"없는 치질 만들어 괴로우신 영욱 씨를 위해서."

"현명하신 우리 형수님을 위해서."

영욱이 화답한 후 쌉싸래한 녹차를 단번에 들이켰다.

영욱을 만나고 일본에서 하룻밤 묵은 후 돌아온 동욱은 바로 집으로 가는 것이 아니라 수안의 집에서 하룻밤 더 묵기로 결정했다.

"이렇게 오래 들어가지 않아도 괜찮아요?"

"일주일 내내 휴가야. 상관없어."

"영욱 씨한테 간다고 말씀드렸어요?"

"그런 것까지 보고 안 해도 돼. 왜? 싫어?"

"나야 좋죠. 그런데…… 혹시 나하고 너무 오래 있어서 꼬리 밟힐까 봐."

수안이 걱정스레 말했다.

"밟히면 어때서?"

"아직 밝힐 준비 안 됐잖아요."

수안의 말에 동욱이 미안한 표정으로 수안을 끌어당겨 안았다.

"미안하다, 수안아. 그런 걱정하게 만들어서."

"미안해하지 말아요. 각오했던 건데 뭘."

"기다리게 해서 미안해…… 대신에 약속할게. 절대…… 속상하게 만들지 않겠다고. 절대 울게 만들지 않겠다고."

"알고 있어요. 동욱 씨가 나 속상하게 만들지 않고 울지 않게 해줄 거라는 거."

수안이 믿어 의심치 않는다는 얼굴로 말했다.

"조금만 더 기다려 줘. 조금만 더."

"얼마든지 기다릴 수 있으니까 걱정 붙들어 매요."

수안이 동욱의 목을 꼭 껴안으며 말했다.

"짧게라도 여행 자주 가자."

"그래요. 정말 좋더라구요."

"자주 올게. 자주 와서 자고 갈게."

"좋아요."

동욱은 약속대로 꽤 자주 수안에게 와서 자고 갔다.

동욱이 자러 올 때마다 수안은 행복했다. 하룻밤씩 자고 가는 것이 아니라 부부가 돼서 매일매일 함께 자고 함께 일어나면 더욱 행복하겠지만 수안은 그런 소망을 입 밖으로 꺼내놓지는 않았다. 그런 소박한 소망이 동욱을 불편하게 만든다는 것을 알았기 때문이다.

동욱이 찾아오면 감사하게 맞이했고 동욱이 돌아갈 때는 서운한 기색을 감추고 기꺼이 배웅했다. 이렇게 찾아와 주고 변함없이 사랑해 주는 것만으로도 너무 감사했기 때문이다.

하지만 꼬리가 길면 밟힌다는 진리는 안타깝게도 영원불변의 진리였다.

오랫동안 탈이 없었기에 이렇게 아무 일도 없이 누구의 방해도 없이 언제까지나 사랑할 수 있을 것이라고 방심하게 됐고 방심이 결국 그토록 우려했던 비참한 결말을 앞당기고 있다는 것을 눈치 채지 못한 것이다. 아무도 모르게 1년 반 동안 밀애를 즐기던 어느 날 드디어 비참한 결말의 서막이 올랐다. 아무도 모를 것이라 생각했던 것은 그만 착각이었던 것이다.

4막

사랑도 당신, 아픔도 당신

1장

라디오 뉴스를 마치고 사무실로 들어오던 수안은 안내 데스크를 통해 누군가 찾아왔다는 연락을 받고 책상에 앉을 사이 없이 1층 로비로 내려갔다. 그 바람에 '최동욱 씨 전화'라고 적힌 메모는 보지 못했다.

로비로 내려온 수안이 자신을 찾아온 사람이 누굴까 두리번거리는데 체구는 작지만 꽤 다부진 몸매의 중년 남자가 수안에게 다가왔다. 어디선가 잠깐이라도 마주친 적이 있는지 생각했지만 아무리 생각해도 만난 적이 없는 낯선 사람이었다.

"윤수안 씨."

"네. 절 찾아오셨나요?"

"그렇습니다."

희끗희끗 새치가 보이고 유달리 코끝이 뭉툭한 남자가 맞다고 대답했는데 미소 한 점 없이 별다른 표정이 없기 때문인지 어쩐지 조금 거북함이 느껴졌다.

"잠깐 나가실까요?"

자신이 누구이며 어떤 목적으로 찾아왔는지 밝히지도 않은 채 다짜고짜 나가자니, 당황스러운 한편 예의없는 행동에 살짝 눈살이 찌푸려졌다.

"실례지만 오늘 처음 뵙는데, 무슨 일로 찾아오셨습니까?"

"전 유성그룹 최명복 회장님을 모시고 있습니다."

남자의 입에서 흘러나온 유성그룹 최명복이라는 단어가 귀에 꽂히는 순간 수안은 갑자기 누가 목을 조르는 듯 숨이 턱 막히는 아찔함을 느꼈다.

남자가 잠깐 동안 마치 반응을 살피는 듯 수안의 얼굴을 쳐다보다가 천천히 지갑에서 명함을 꺼냈고 수안은 명함이 아니라 자신의 숨을 끊어놓을 흉악한 무기를 꺼내는 듯한 기분에 한기를 느끼며 떨기 시작했다.

떨 것까지는 없는데, 떨 필요까지는 없는 일인데도 수안은 떨고 있었다.

"박형도라고 합니다."

유성그룹 회장 비서실 실장 박형도라는 글자가 찍힌 명함을 받아 든 수안은 유성그룹 회장 비서실장이 어째서 자기를 찾아왔는지 묻고 싶었지만 감히 물어볼 용기가 나지 않아 창백해진 낯으로 명함만 쳐다보고 있었다.

"회장님께서 보내셨습니다."

"네……."

"잠깐 나가서 얘기 좀 나눌 수 있을까요? 시간을 많이 빼앗지는 않겠습니다."

"네, 알겠습니다."

수안은 순순히, 아니, 거절할 용기가 없었기 때문에 꼼짝없이 박형도를 따라 근처에 있는 찻집으로 갔다.

"먼저 살펴보시죠."

자리에 앉기가 바쁘게 박형도는 서류 봉투를 건네주었다.

"뭐죠?"

"보시면 압니다."

수안은 봉투를 열면 뱀이라도 튀어나올 것만 같은 두려움을 느끼며 조심스레 봉투에서 내용물을 꺼냈다. 봉투에는 A4 용지에 인쇄된 기사와 함께 몇 장의 사진이 들어 있었는데 기사 제목을 읽던 수안은 경악하고 말았다.

'HBS 아나운서 윤수안과 유성그룹 최동욱 전무 열애설'이라는 헤드라인 아래로 A4 한 장을 꽉 채우는 기사가 쓰여 있었고 기사에 붙일 사진이 따로 들어 있었다.

"오늘자 현대 스포츠에 실릴 뻔한 기삽니다. 회장님께서 몹시 언짢아하셨습니다."

박형도는 최대한 정중한 어조로 말했지만 수안은 마치 그가 목에 날카로운 칼날을 들이댄 것처럼 사색이 됐다.

"저희 도련님과는 어떤 관계입니까?"

박형도는 대단히 사무적인 말투로 물었다.

"······."

수안은 아무 대답도 못한 채 박형도의 시선을 피하고 말았다. 아주 간단한 질문이었고 '연인'이라고 단 한 마디로 답할 수 있었음에도 수안은 입술이 붙어버린 듯 아무 말도 못했다.

"저희 도련님과 같은 학교를 졸업하셨더군요."

"네."

"같은 과 선후배시고요."

"네······."

"저희 도련님과 같은 과 선후배라는 것 외에 또 다른 관계가 있습니까?"

박형도는 정말 몰라서 물은 것이 아니라 다른 관계가 있으면 곤란하다는 투로 물은 것이 틀림없었고 수안은 침착해지려고 애를 쓰며 낮게 한숨을 내쉬었다.

"······알고 오셨죠?"

수안의 반문에 박형도가 날카로운 눈길로 수안을 쳐다봤다.

"알고 오셨을 것 같은데요."

"예. 맞습니다. 결론을 말씀드리자면 회장님께서는 윤수안 씨와 저희 도련님이 만나시는 걸 원하지 않으십니다."

"……."

역시 예상했던 대로였다.

박형도가 찾아올 것이라는 것은 예상하지 못했지만 동욱과의 관계가 알려지면 유성그룹 쪽에서 자신을 탐탁지 않게 여길 것이라는 건 예상했었다. 그리고 예상한 일인만큼 어느 정도 각오도 하고 있었다. 너무 빨리 닥쳐와 몹시 당황스러운 것은 사실이었지만 수안은 흔들리지 말자고, 동욱과 약속했던 것처럼 그의 말만 믿으면 된다고 어금니를 앙다물었다.

"만약 다른 목적으로 도련님을 만나시는 거라면……."

"다른 목적이라뇨? 무슨 뜻이죠?"

"윤수안 씨와 저희 도련님은 어울리지 않습니다."

"다른 목적이라는 게 무슨 뜻인지 설명해 주세요."

수안은 너무 건방져서도 안 되지만 너무 주눅 든 티도 내지 않기 위해 노력하며 부탁했다.

"회장님께서는 윤수안 씨가 돈 때문에 도련님을 만난다고 생각하고 계십니다."

돈이라는 단어를 듣자 수안은 갑자기 수치심이 끼쳐 오는 것을 느꼈고 수치심을 감추기 위해 어금니를 꽉 다물었다.

"돈 때문이라구요?"

"네."

"무척…… 모욕적이네요."

수안은 불쾌함을 드러내고 말았다.

"전 이런 모욕을 받아야 할 만큼 동욱 씨한테 돈을 뜯어낸 적이 없습니다."

수안의 항변에 박형도가 날카로운 눈길로 수안을 노려봤다.

"자신하십니까?"

"네! 분명히 말씀드리지만 맹세코 전 동욱 씨한테서도 돈을 뜯어낸 적도 없고 돈 때문에 만나는 것도 아니에요."

"그런데 어째서 도련님께서 윤수안 씨 작은아버지가 지신 빚 오천만 원을 해결하셨습니까?"

"뭐라고요?"

수안의 얼굴에서 순식간에 핏기가 사라졌다.

"그게 무슨 말이죠? 작은아버지가 진 빚이라뇨?"

"최근에 도련님께서 윤수안 씨 작은아버지가 지신 빚 오천만 원을 해결하셨습니다."

수안은 곧 숨이 막혀 쓰러질 것만 같았다. 도대체 이게 무슨 말인지 알 수가 없었다. 작은아버지의 빚을 동욱이 해결했다니. 믿을 수가 없는 일이었다.

할머니가 돌아가신 후 작은아버지네 가족과는 왕래를 완전히 끊어버렸었다. 만나고 싶지도 않고 만나봐야 요만큼도 이로울 것이 없었기에 매정하다 욕할지라도 왕래를 끊고 지냈었다.

그러다 서너 달 전쯤에 사촌 동생인 희영이 뜬금없이 찾아와 프리랜서 기자로 일하고 있다면서 알고 지내는 연예계 사람들을 연결해 달라고 부탁했었는데 마음이 내키지 않아 거절했었다.

　사촌 동생의 부탁이니까 되도록 도와줘야 할 일이었지만 그렇게나 쌀쌀맞고 못돼먹게 굴던 희영이 갑자기 친한 척하는 것도 거북하고 도와달라는 말을 하는 것부터가 낯 두껍게 보여 거절했던 것이다.

　그만큼 수안이 질색하는 작은아버지네 빚을 동욱이 해결하다니. 아무 말도 없었는데, 한마디도 없었는데.

　"전 회장님의 말씀을 전했으니 알아서 처신해 주리라 믿고 그만 가보겠습니다."

　박형도는 충격으로 얼어붙어 있는 수안을 남겨두고 찻집을 나가 버렸다.

　박형도가 나간 후에도 수안은 한동안 꼼짝도 하지 못했다. 그런 일이 있었다니. 그런데, 어째서 동욱은 자신에게 얘기해 주지 않았으며, 왜 그런 일을 해서 돈에 환장한 여자로 만들어 버린 걸까.

　유성그룹 회장님이 수안이 순수한 사랑만으로 동욱을 만난 것이 아니라고 오해할 만도 했다. 충분히 그럴 수 있는 상황이었다.

　'어떻게 하지?'

　한 가지의 물음으로 백 번을 생각했지만 도저히 답을 찾을 수가 없었다.

　수안은 흔들리지 않겠다고, 동욱만 믿고 따르겠다고 약속했던 건 어쩌면 철없고 어리석은 짓이었을지도 모르겠다는 생각이 들었다.

'돈 때문에 동욱 씨를 만난다고? 미치겠다……'

너무도 어이가 없어서 기계처럼 고개만 가로젓던 수안은 자신이 인식하지 못하거나 일부러 아니라고 애써 부정했을 뿐 실은 마음 저 밑바닥에 동욱이 가진 배경을 동경하고 사모하고 탐이 나서 동욱을 붙잡고 있을지도 모른다는 생각이 들었다. 아무리 생각해도 그건 아닌 것 같았지만 실은 그것이 진실일지도 몰랐다.

수안이 대단히 심한 모욕을 당한 기분으로 찻집을 나와 넋이 나간 듯 멍한 얼굴로 사무실로 돌아오자 선배가 메모지를 건넸다.

"최동욱이라는 사람이 열 번은 더 전화했을 거야. 숨넘어가더라. 휴대폰도 두고 어디 갔다 왔니?"

"손님이 찾아와서요."

"전화 기다린대."

"네."

대답을 해놓고도 수안은 쉽게 수화기를 들지 못했다. 수안이 멍한 얼굴로 그냥 자리에 앉자 메모를 건네주었던 선배가 물끄러미 쳐다봤다.

"윤수안!"

선배가 불렀고 수안은 기계처럼 고개를 돌려 선배를 쳐다봤다.

"무슨 일 있니?"

"네?"

수안은 그제야 정신을 차리며 선배의 얼굴에 초점을 맞췄다.

"무슨 일 있느냐고."

"아뇨, 아니에요."

"6분 후에 방송이야."

"알고 있어요."

"최동욱 씨한테 전화해 주라니까. 얼른 전화해 주고 스튜디오로 가."

"네. 알겠습니다."

수안은 휴대폰을 들고 사무실을 나와 스튜디오로 향하며 동욱에게 전화를 걸었다.

[어디 갔다 왔니?]

"뉴스 들어가야 해요. 짧게 말할게요. 박형도라는 분이 찾아왔었어요."

[박 실장이? 아버지가 너한테 박 실장을 보냈단 말이야? 박 실장이 무슨 말을 했어? 뭐라고 했니?]

"나중에 만나서 얘기해요. 뉴스 들어가요. 3분 전이라 길게 말 못해요."

[말해봐. 말해봐, 뭐라고 했어?]

"끝나고 만나요."

수안은 전화를 끊은 후 곧 전원도 껐다.

수안은 완전히 꺼지는 휴대폰을 바라보며 동욱과의 관계도 이렇게 완전히 꺼져 버리는 것은 아닐까 하는 불안함을 느끼며 뉴스 진행을 위해 스튜디오로 들어갔다. 아무 일도 없는 것처럼. 멀쩡한 얼굴로. 정말 못할 짓이었다.

수안이 퇴근 후 집으로 갔을 때 동욱이 먼저 도착해 기다리고 있었고 수안은 박형도를 만나서 나누었던 대화는 일단 다 잘라 내고 오천만 원이라는 거금에 대해서만 따져 묻기 시작했다.

"작은아버지한테 돈 준 거 왜 말하지 않았어요?"

수안의 다그침에 동욱이 당황한 표정으로 수안을 쳐다봤다.

"왜 말하지 않았어요? 왜 그랬어요?"

"그럴 사정이 있었어."

"무슨 사정요?"

"정말 사정이 있었어."

"왜 말하지 않았어요?"

수안의 얼굴이 일그러진다 싶더니 커다란 눈에서 갑자기 눈물이 쏟아져 내리기 시작했다.

울지 않으려고 했는데 절대 눈물은 보이지 않으려고 했는데 갑자기 자신도 모르게 눈물이 쏟아졌다.

"돈 때문에 동욱 씨 만나냐는 말에 절대 돈 때문이 아니라고 큰소리쳤는데 나한테 말도 없이 작은아버지한테 돈을 해주면 어떻게 해요."

"수안아……."

"왜 준 거예요? 왜 줬어요?"

"윤희영이라는 사촌이 연락했었어."

"희영이가요? 왜요?"

"수소문해서 이 집을 알아냈던 모양이야. 우리가 같이 나오는 것도 목격했고. 그 후로 계속 뒤를 밟았던 것 같아. 우리 두 사람 깊은 관계인 것 같은데 기사로 쓰겠다고."

수안은 할 말을 잃고 말았다.

처음 희영이 방송국에 찾아와 인터뷰할 연예인을 소개시켜 달라고 했을 때 거절하고 나서 그 후에 두 번인가 더 전화가 왔었다. 수안이 계속 거절하자 그렇다면 수안의 기사라도 써야겠네 했었는데 그땐 그 말이 무슨 뜻인지 알아차리지 못했는데 지금은 알 것 같았다. 희영은 수안을 늪에 빠뜨릴 무기를 손에 쥐고 있었던 것이다.

"그런 식으로 기사가 나는 것은 원하지 않았기 때문에 좋은 쪽으로 해결하려고 노력했는데 성국이라는 사람이 다시 찾아왔더군."

"미친……."

"맞아. 그놈이야."

"그래서요?"

"……돈을 요구하더군. 기사를 내지 않는 대신에 돈을 주면 입을 다물겠다고."

"맙소사……."

"그냥 주기 싫었어. 놈이 한때 너하고 한집에서 살면서 누구보다 사이좋게 지냈다고 하는데 순간 분이 치밀어 올라 나도 모르게 두들겨 패버렸어. 그러면 안 된다는 걸 알면서도 나도 모르게 그렇게 돼버렸어."

"때렸어요?"

"때렸어. 죽이 되도록."

"……그래서요?"

"작은아버지네 가족이 총출동했더군. 고소하겠다느니 보상하라느니 소란을 피워서 입을 다물게 해야 했어. 어쩔 수 없이 뒷조사를 했고 어쩔 수 없이 압력을 넣어야 했어. 당장 해결하지 않으면 길바닥에 나앉을 형편이었고 다 떨어진 집이라도 건지고 싶다면 입 다물고 있으라고. 만약 빚을 해결해 줬는데도 후에 잡소리가 들리면 끝장을 내주겠다는 말도 했어."

"왜 나한테는…… 연락하지 않았을까요?"

"너한테 단 한 마디라도 하면 가만두지 않겠다고 했거든."

"……결국 나 때문이었군요."

"아니야. 너 때문이 아니야."

"……그럼 박형도 씨가 보여준 기사는 희영이가 쓴 기사일 텐데 동욱 씨가 막았는데도 어째서 박형도 씨 손에 있는 거죠?"

"말로는 폐기하겠다고 말했다는데 데스크에서 살리려 했던 것 같아. 버리기 아까운 기사니까."

"또…… 신문사에 압력을 넣어서 틀어막은 거예요?"

"아버지가 하셨어. 나를 거치지 않고 곧바로 아버지한테 보고가 됐어."

"……이제 어떻게 하죠?"

"말씀드렸어."

"뭘요?"

"결혼하겠다고."

동욱의 말에 수안이 너무 놀라서 얼어붙은 표정으로 동욱을 쳐다봤다.

"뭐라고…… 하세요?"

"결혼할 거야. 결혼하는 거야, 수안아. 누가 뭐라고 하든."

동욱이 확고한 어조로 말했다.

누가 뭐라고 하건 결혼할 거라고 그 어느 때보다 확고한 어조로 말했지만 유성그룹 최명복 회장이 동욱과 수안과의 관계를 알게 된 바로 다음날 동욱은 유성자동차 전무로 발령이 나버렸다.

유성자동차는 현재 노조 파업으로 연일 뉴스에 오르고 있었는데 긴 파업으로 몸살을 앓고 있는 유성자동차로 발령을 냈다는 것은 수안 같은 여자와 연애를 한 동욱을 혼쭐내겠다는 뜻이었다.

동욱이 혼자 힘으로는 감당할 수 없는 임무를 부여받은 것은 틀림없는 사실이었다. 노사 간의 협상이 결렬된 것이 벌써 12번째. 석 달 가까이 끌어온 협상 결렬과 파업 때문에 공권력을 투입하는 방법밖에는 남지 않았다고, 유성자동차는 지금 생지옥이라는 말이 나올 정도였고 협상에 참여했던 팀들도 연이은 결렬로 벌써 다섯 번째 물갈이가 된 상태였다. 그런 생지옥 상황을 정리하라며 경영 초보인 동욱을 보냈고 동욱은 아버지의 발령을 받아들이면서 조건을 내세웠다.

협상을 타결할 경우 수안을 받아들여 달라는 조건. 최 회장은 동욱의 조건을 받아들였고 동욱으로서는 수안 때문에라도 무조건 유성자동차로 달려가 삼 개월이나 끈 협상을 타결 짓고 생지옥인 공장을 다시 천국으로 환원시켜야만 했다.

동욱은 무조건 협상을 타결 지어야 하는 분명한 이유가 있었고 워낙 막중하고 어려운 일을 떠맡게 되다 보니 다른 것은 생각할 겨를이 없었다. 다른 걸 생각하고 싶지 않은 것이 아니라 상황이 너무도 지독하고 급하다 보니 다른 것을 생각할 여유가 없었던 것이다.

동욱은 첫날부터 사흘 동안 도시락을 배달시키며 하루 종일 회의를 거듭했다. 퇴근도 하지 않고 사무실 소파에서 토막잠을 잤다. 그러자 거의 모든 간부 직원들도 덩달아 도시락을 시켰고 회사에서 숙식을 해결하는 동욱 때문에 제시간 퇴근은 꿈도 꾸지 못했다.

동욱은 나흘째 혼자 도시락을 먹으며 수안에게 전화를 걸었다.

[또 도시락이에요?]

"응."

[오늘도 퇴근 못해요?]

"어제 협상도 결렬돼서……."

어제 열세 번째 협상이 있었지만 역시나 결렬이었다. 때문에 동욱은 이러다간 아버지와 어렵게 협상해서 받아둔 카드—노조와의 협상을 타결할 경우 수안을 받아들이겠다는 약속의 카드—를 놓칠 것만 같아 초조함에 사기가 완전히 가라앉은 상태였고 그래서 더욱 퇴근을 못하고 있었다.

[다음엔 잘될 거예요.]

"자신이 없어."

[자신없어하지 말아요. 동욱 씨는 꼼꼼하고 섬세하고 그리고 추진력이 있기 때문에 잘할 거예요.]

"난 추진력 같은 건 없어."

[있어요. 난 동욱 씨한테 강한 추진력이 있다는 걸 아는데, 동욱 씨는 왜 몰라요? 동욱 씨는 추진력뿐만이 아니라 머리도 좋아요. 그러니까 걱정하지 말아요.]

"뭘 보고 머리가 좋다는 거야?"

[전부 다.]

"믿어도 돼?"

[그럼요. 저…… 도시락을 노조하고 같이 먹는 건 어때요?]

"노조하고?"

[추운 데서 매일 농성 중이니까…… 사측에서도 함께 고생하고 노력하고 있다는 걸 보여주는 것도 나쁘지 않을 것 같은데.]

"생각해 볼게."

[열심히 하는 건 좋은데 몸 상하지 않게 조심해요.]

"알아. 걱정 마. 회사에서 찾아온 사람 없어?"

[동욱 씨 바빠서 못 만나서 그러나 아무도 안 찾아와요.]

"혹시 누가 찾아오면 얘기해."

[아무도 안 찾아왔으면 좋겠어요.]

"못 찾아가게 할게."

[고생해요.]

"응."

그날 저녁부터 동욱은 회사 앞마당에서 농성 중인 노조 전원에게 도시락을 배달시켰고 도시락을 들고 나가 차가운 겨울바람을 맞으며 그들과 함께 저녁을 먹기 시작했다.

첫날엔 무슨 수작이냐며 고성과 욕설이 날아들었고 결국은 도시락을 열어보지도 못하고 몸에 뒤집어쓰고 말았지만 다음날 또 다음날 동욱이 지치지 않고 계속해서 도시락을 들고 나가자 어느 순간 고성과 욕설이 잦아들더니 막걸리도 한 사발씩 나누어 마시게 됐다.

그들의 소리에 귀를 기울이고 사측의 고초를 조심스레 전하며 한 달 가까이 노력한 결과 14번째 협상에서 동욱은 기어이 타결을 이끌어냈다. 한 치도 양보할 수 없다고 팽팽하게 맞섰던 노사가 모두 한발씩 양보하면서 기쁘게 악수를 나눈 것이다.

동욱은 당당하게 본사로 귀환했다. 그리고 당당하게 수안과의 결혼을 요구했다. 하지만 최 회장은 동욱과의 약속을 지키지 않았다. 최동욱의 짝으로 윤수안은 여전히 어림없었던 것이다.

동욱이 아버지의 호출을 받고 회장실로 갔을 때 최명복 회장은 다른 날과는 달리 퍽 밝은 낯으로 맞아주었다. 오랫동안 본 적이 없었던 다정한 미소며 어서 와라 하고 말하는 말투며 달라도 많이 달랐다.

갑자기 왜 저러실까 적응이 안 되려고 하는데 문득 동욱의 눈에 소파에서 막 일어서는 낯선 여자가 들어왔다. 어디선가 본 듯한데 금방 생각이 나지 않아 결국 낯선 여자인데 하여튼 그녀는 자리에서 일어나 동욱과 인사하길 기다리고 있었다.

동욱은 아버지가 특별히 반갑게 맞이한 이유가 바로 앞에 있는 아가씨 때문이라는 것을 눈치 챘다. 정체를 알 수 없는 아가씨.

"너희들 처음 보지? 인사해라. 얘가 우리 장남 동욱이고, 동욱아, 정윤아 양이다. 언젠가 말했지? 아주철강 정 회장님께 아주 예쁜 손녀딸이 있다고."

최 회장이 낯선 아가씨의 정체를 밝혀주었다.

아, 그제야 기억이 났다. 아주 오래전에 지금은 기억이 나지 않는 어떤 모임에서 만난 적이 있는 여자였다. 기억을 더듬어보니 그때 고등학교를 막 졸업했다고 했던 것 같았다.

"최동욱입니다."

"안녕하세요, 정윤아예요."

정윤아는 꽤 귀여우면서도 꽤 예쁜, 아주철강 정 회장의 외모를 생각하면 성공했다고 해도 과언이 아닐 만큼 꽤 괜찮은 외모를 갖고 있었다. 하지만 안타깝게도 동욱의 눈에는 정윤아가 귀여운 구석이 많다는 것도 예쁜 구석이 많다는 것도 들어오지 않았다.

동욱은 아주철강 정 회장의 손녀딸이 이 시간에 아버지 사무실에 있는 이유가 궁금했을 뿐이고 어느 정도 이유를 짐작했기 때문에 벌써부터 기분이 나빠지기 시작했다.

"같이 식사하자꾸나."

최 회장이 말했고 동욱은 정윤아와의 식사 자리에 굳이 자신을 부른 저의를 알아차렸기 때문에 좋다 싫다 대답 없이 묵묵히 서 있었다. 너무 묵묵해서 최 회장과 정윤아가 무안할 지경으로.

"다른 약속 없지?"

아버지는 동욱의 스케줄을 이미 다 체크했을 것이 분명했다. 약속이 없다는 것을 알면서도 물은 이유는 약속이 있더라도 취소하라는 뜻이었다.

"자, 자리를 옮기자."

최 회장이 먼저 일어나 회장실을 나갔고, 동욱은 정윤아에게 먼저 나가도록 배려하지도 않은 채 잔뜩 굳어버린 얼굴로 회장실을 나와 회장 전용 식당으로 갔다.

식당에는 이미 한상 가득 일식 요리가 차려져 있었다.

"윤아가 일식을 좋아한다고 해서 준비했다."

"감사합니다, 회장님."

"우리 동욱이도 일식을 좋아하고. 그러고 보니 두 사람 식성도 비슷하네. 잘됐네. 잘됐어."

"동욱 씨도 일식 좋아하세요?"

"예."

묻는 말에 대답조차 하지 않을 수는 없었기에 '예'라도 짧게 대답을 했는데 동욱이 그런 식으로라도 반응을 보인 것이 기뻤는지 최 회장의 표정이 한층 밝아졌다.

"동욱이 일식집 좋은 데 많이 알고 있으니까, 자주 만나서 사 달라고 해."

"그래도 될까요?"

정윤아가 그렇게 물었지만 동욱은 무시해 버렸다.

"동욱아, 윤아 양한테 전화번호 알려주지 그러니."

동욱이 정윤아의 질문을 무시했기 때문인지 최 회장이 일부러 더 친근한 목소리로 동욱에게 말했다. 아니, 명령했다.

동욱이 고개를 돌려 아버지를 쳐다봤을 때 최 회장의 눈빛은 미소를 머금은 입가와는 달리 금방이라도 찌를 듯 매섭게 빛나고 있었다. 하지만 아버지의 눈빛이 매섭다고 해서 순순히 기가 죽을 동욱이 아니었다.

"제가 알아서 하겠습니다."

동욱이 얼음 막대가 뚝뚝 부러지도록 차가운 목소리로 말했고 동욱의 태도가 심상치 않음을 알아차린 최 회장이 어울리지 않는 미소를 흘리며 한발 물러섰다.

"하긴 젊은 사람들 연애에 늙은이가 너무 많이 참견해도 주책이지."

최 회장은 어떻게든 분위기를 바꿔보려고 그렇게 말했지만 정윤아만 조금 웃었을 뿐 끝내 동욱을 웃게 하지는 못했다.

동욱은 자신의 기분과는 상관없이 혼자 즐거운 아버지 때문에 명치끝에서 더욱 날카로운 분노가 치밀어 오르고 있었다.

"들어요. 먹자, 동욱아."

동욱은 금방이라도 폭발할 듯이 명치끝에서 들썩거리는 분노를 내리누르며 수저를 들고 식사를 시작했다. 이 빌어먹을 진수성찬을 당장에 엎어버렸으면 좋겠다고 생각하면서.

식사를 하는 동안 주로 최 회장이 대화를 이끌어 나갔고 동욱은 잠자코 아버지와 정윤아가 나누는 대화를 듣고만 있었는데 아버지와 정윤아가 나누는 대화가 재밌거나 들을 만해서 듣고만 있었던 것이 아니라 안전핀이 뽑혀 버린 수류탄처럼 금방이라도 뻥 하고 터져 버릴 것만 같은 분노 때문이었다.

한마디도 하고 싶지 않았다. 단 한마디의 말도 듣고 싶지 않았다.

"윤아 양, 음식이 입에 맞는지 모르겠군."

"아주 맛있어요."

"많이 먹게. 할아버지께서 윤아 양이 음식을 새 모이만큼만 먹는다고 걱정하시던데."

"새 모이만큼은 아니에요. 그렇게 먹고는 일을 못하죠. 시간 맞춰 먹기가 힘들지 먹을 때 많이 먹어요."

정윤아가 웃으며 대답했고 동욱은 마치 식사 자리에 없는 사람처럼 소리도 없이 장국만 떠먹고 있었다.

동욱이 한마디도 하지 않고 화가 난 사람처럼 밥만 먹고 있자 최 회장이 동욱을 대신해 꾸준히 정윤아에게 말을 걸었다. 아니, 말을 걸 수밖에 없었다. 동욱이 정윤아를 투명인간 취급하니 정윤아를 초대한 최 회장이라도 어떻게든 즐겁게 식사를 이끌어야 했기 때문이다.

"그래, 하는 일은 재미있고?"

"네, 재밌어요."

"힘들지 않고?"

"힘들 때도 있지만 즐겁게 해요."

"그래야지. 무슨 일이든 즐겁게 해야 하는 거야. 참, 윤아 양은 의사다. 듣고 있냐, 동욱아?"

심하다 싶을 정도로 관심을 보이지 않는 동욱을 향해 최 회장이 나무라는 듯한 음성으로 말했고 동욱은 내가 꼭 알아야 합니까? 하고 되묻는 듯한 얼굴로 최 회장을 쳐다봤다.

"윤아 양은 의사야."

"예."

"전공의라는구나."

"예."

동욱은 그것으로 또 끝이었다.

동욱은 아들이 아니라 마치 철천지원수가 노려보듯 아버지를 노려보다가 고개를 돌려 버렸고 최 회장은 더 이상 동욱에게 말을 걸지 않았다.

"먼저도 얘기했지만 동욱이 이 녀석이 좀 무뚝뚝해. 그래도 남자가 너무 입이 가벼우면 못 쓰지."

"네."

"이 녀석이 밥만 먹고 있으니까 윤아 양, 화나지?"

"아니에요. 제가 온다는 걸 모르셨나 봐요."

"내가 깜빡하고 말하지 않았어. 이거 미리 말을 해뒀어야 하는 건데 말이야. 동욱이 이 녀석이 원래 여자 앞에서는 조금 쑥스러워한단다."

"그래요? 그렇게 안 보이는데요?"

정윤아가 묘한 미소를 머금은 채 동욱을 바라봤지만 동욱은 정윤아의 시선을 철저하게 무시했다.

"동욱이가 연애를 안 해봐서……."

"영욱이한테서는 연락이 왔습니까?"

동욱이 아버지의 말을 잘라내며 낮게 가라앉은 목소리로 물었다. 아버지가 거짓말하는 것을 더 이상은 듣고 있을 수가 없었기 때문이었다.

"잘 지낸다는구나."

이런 자리에서 영욱을 대화거리에 올리는 것이 못마땅한지 최 회장은 퉁명스럽게 대꾸했다.

동욱은 최 회장의 신경에 거슬리는 말을 한 것이 조금도 죄송스럽지 않았다. 일부러 아버지의 신경을 긁기 위해 영욱의 얘기를 꺼낸 것이기 때문이었다.

아버지가 한마디의 의논이나 의향도 묻지 않고 독단적으로 정윤아와의 점심 자리를 만들어 동욱을 당황하게 만들었다면 동욱도 똑같이 복수를 하고 싶었던 것이다. 아니, 정윤아와의 점심 식사 때문에 복수하고 싶은 것이 아니라 다른 이유 때문이었다.

동욱은 아버지 때문에 몹시 화가 난 상태였다. 아버지는 동욱과의 약속을 어겼고 그 때문에 동욱은 치명적인 상처를 입은 상태였다.

유성자동차 노조 건만 해결 지으면 수안과의 결혼을 허락하겠다고 철석같이 약속했던 아버지는 막상 동욱이 그 어려운 문제를 해결 짓고 돌아왔을 때 돌변해 있었다.

수안과의 결혼을 허락받기 위해, 오직 그 때문에 맞아 죽을 것이 분명하다며 간부들이 죽어라 뜯어말렸음에도 노조원들과 도시락을 먹으며 대화를 시도했던 동욱이었다. 도시락을 뒤집어쓰고 온갖 쌍욕을 먹으면서도 수안 때문에 회사 때문에 견디고 이겨냈는데 아버지는 그토록 소중한 약속과 신뢰를 휴지 조각처럼 내던진 것이다.

아버지가 약속을 어겼을 때 동욱 역시 돌변해 버렸다. 동욱은 배신감에 치를 떨며 아버지와의 전쟁을 기꺼이 시작한 것이다.

아버지와 아들을 떠나 사내 대 사내의 약속을 헌신짝처럼 내던지며 어긴 아버지라면 더 이상 기대할 것이 없었다. 아버지가 아프게 한다면 동욱 역시 아버지를 아프게 해주고 싶었다.

"영욱이 보러 한번 가셔야죠."

동욱이 눈가에 싸늘한 미소를 머금은 채 아버지를 보며 말했고 최 회장은 분노를 감추기 위해 어금니를 틀어 물었다.

영욱은 삼 개월 동안 마약 중독 치료를 받고 나온 지 두 달도 못 돼 다시 마약에 손을 대 다시 요양소로 들어갔고 지금 몇 차례 들락거리고 있는 중이었다. 최 회장은 영욱에 대해 이미 포기해 버렸는지 그 누구도 영욱에 대한 얘기는 입에 올리지 못하도록 했는데 동욱은 우습다는 듯 최 회장의 엄명을 어긴 것이다.

"제가 한번 다녀오겠습니다."

"그럴 필요 없다. 잘 지내고 있어."

최 회장이 굳은 목소리로 말했고 동욱은 싸늘한 미소를 흘리며 수저를 내려놓았다.

식사가 끝나자 아버지는 동욱과 정윤아를 데리고 다시 회장실로 향했다. 하지만 동욱은 최 회장이 자리에 앉기도 전에 가겠다고 돌아섰다.

"잠깐 앉았다 가지 그러냐?"

"약속이 있습니다."

"중요한 약속이냐?"

"업무상 약속입니다."

"그럼 윤아 양을 좀 데려다 주고 가지 그러냐. 윤아 양, 병원으로 갈 건가?"

"네, 그런데 괜찮아요. 차를 가지고 왔거든요. 저도 그만 일어날게요. 점심 잘 먹었습니다."

정윤아는 자리에서 일어났다.

"이걸 어쩐다? 밥만 먹고 헤어지긴 아쉬운데? 그럼 다음엔 저녁을 같이하자꾸나. 내가 나가서 근사한 걸로 사주마."

"네, 고맙습니다."

"동욱이 네가 주차장까지 에스코트해 주렴."

"예, 그러죠."

동욱은 최 회장의 의도를 짐작했다. 그러나 속으로는 아버지가 하자는 대로 꼭두각시처럼 흔들리지는 않을 거라고 다짐하면서 정윤아와 함께 엘리베이터에 올랐다.

"주차는 어디에 했습니까?"

"지하 3층요."

동욱은 지하 3층 버튼을 눌렀다.

"휴…… 살벌하던데요?"

정윤아의 말에 동욱이 고개를 돌려 윤아를 쳐다보자 윤아가 픽 웃었다.

"정말 아버지와 아들 관계 맞아요? 스릴 넘치던걸요?"

동욱과 최 회장이 살얼음판과 같은 분위기 속에서 한 치의 양보도 없이 팽팽하게 맞섰을 때 윤아는 몰라서 모른 척한 것이 아니라 알아도 모른 척하고 있었던 것이다.

"불편하게 해드려서 죄송합니다."

"아뇨. 실은 꽤 즐거웠어요. 받아치는 솜씨 훌륭하시던데요? 회장님 당황하시는 거…… 은근히 재밌었어요. 한 수 배워야겠어요."

윤아의 의외의 반응에 동욱은 자신도 모르게 픽 웃고 말았다.

엘리베이터가 지하 3층에 멈추고 문이 열리자 정윤아가 동욱에게 악수를 청했다. 동욱은 정윤아가 내민 작은 손을 쳐다보다가 가만히 맞잡았다.

"덕분에 재밌었어요. 아슬아슬한 것이."

"죄송했습니다."

"받아들일게요."

정윤아는 혼자 엘리베이터에서 내렸고 미련없이 유성그룹 사옥을 떠났다.

동욱은 정윤아가 떠나는 것을 확인한 다음 즉시 회장실로 올라갔다.

"약속이 있다더니?"

다시 들어온 동욱을 본 최 회장이 긴장한 낯으로 동욱을 쳐다봤다.

"너 윤아 양 있는 데서 그게 무슨 태도였냐. 아버지를 망신 주려고 작정을 한 거냐? 영욱이 얘긴 왜 꺼낸 거야. 고얀 놈."

"예! 망신드리려고 꺼냈습니다."

"뭐, 뭐야?"

"저는 왜 부르셨습니까?"

"왜라니? 같이 식사하자고 불렀지."

"두 분이 식사하시면 되지 저는 왜 부르신 겁니까?"

"윤아 양이 어떤지 보라고 불렀다."

"뭘 보라구요. 대체 뭘요!"

동욱이 분노로 붉게 충격된 눈을 부릅뜬 채 분을 참지 못하고 고함을 지르자 최 회장의 표정도 사나워졌다.

"이놈이 지금 어디서 고함질이냐!"

최 회장이 두 눈을 부릅뜨고 고함을 질렀지만 동욱은 물러서지 않았다.

"저한테는 수안이가 있습니다. 아시면서 왜 이러십니까?"

"아직도 그 아이와 정리를 하지 않은 거냐?"

"제가 불륜을 저지르고 있는 것도 아닌데 정리라니요?"

"정리해라."

"약속하셨지 않습니까! 유성자동차 해결하면 결혼 허락하시겠다고 약속하셨지 않습니까!"

"그런 약속 따위 난 얼마든지 내팽개칠 수 있어. 정리해."

"그렇게는 못합니다."

"해!"

"못합니다. 아니, 안 합니다!"

"못한다니? 안 한다니!"

"예! 못합니다. 절대 안 합니다!"

동욱이 주먹을 틀어쥔 채 소리쳤다.

"그 아이가 우리 집안하고 맞는다고 생각하는 거냐?"

"맞지 않을 이유는 또 뭡니까?"

"맞지 않아. 부모도 없이 자랐어. 형제도 없고, 부모의 사랑도 받지 못했어. 그렇게 자란 아이는 어디가 비뚤어져도 비뚤어져 있는 법이야. 난 네가 그 아이와 만나는 걸 허락할 수 없다."

"제가 수안을 만나는 것까지 아버지께 허락을 받아야 합니까? 제가 이 나이가 되도록 여자친구를 아버지께 심사를 받고 허락을 받고 만나야 한단 말씀이세요? 괜한 고집 부리지 마세요. 전 아버지 자식이지 애완견이 아닙니다."

"네가 내 애완견이었다면 그냥 두지 않아. 두들겨 패서라도 버릇을 고치지."

"안됐군요. 제가 사람이니 말입니다."

"건방진 소리 하지 마! 난 네 아버지야. 아버지한테 그게 무슨 말버릇이냐!"

"두 번 다시는 이런 자리 만들지 마십시오."

"감히 애비한테 협박하는 거냐!"

"어떻게 말씀하셔도 상관없습니다. 다시는 이런 식으로 절 골탕 먹이지 마십시오."

"헤어져라. 그 아이를 위해서다. 너뿐만이 아니라 그 아이를 위해서라도 헤어져. 생각해 봐라. 그 아이가 우리 집안에 들어온다고 해도 버텨내지 못해. 나부터 시작해서 그 아일 인정하고 받아들일 사람이 누가 있겠어? 그 아인 버티지 못할 거다. 뛰쳐나갈 거라고. 결혼은 비슷한 사람끼리 하는 거다. 그래야 말썽이 없는 법이야."

"누가 만든 법입니까?"

"못난 놈! 여자 하나 가지고 아버지한테 대들어?"

"여자 하나가 아니라 수안인 저한테 전부입니다."

"그게 아버지 앞에서 할 소리냐!"

최 회장이 끝내 고함을 내질렀고, 동욱은 싸늘한 눈빛으로 아버지를 쏘아보았다.

"예. 전붑니다."

동욱이 정색을 하고 대답했다.

"수안이만 주십시오. 수안이만 주시면 아버지가 시키는 대로 다 하겠습니다. 회사를 위해 최선을 다하겠습니다. 실망시켜 드리지 않겠습니다. 그러니까 수안이만 주십시오."

동욱이 진심을 다해 부탁했다. 아니, 사정했다.

"그깟 애가 뭐라고!"

"7년 동안 한결같이 한눈팔지 않고 기다린 사람입니다. 대학교 졸업반부터 지금까지 7년입니다. 미국에 있는 동안 기다리라는 말에 두말 않고 기다린 여잡니다. 내가 결혼하자고 말할 때까지 단 한 번도 떼쓰지 않고 묵묵히 기다린 여잡니다. 그깟 애가 아닙니다. 저한테는 둘도 없는 사람입니다. 수안이만 주십시오, 아버지. 수안이만 주십시오."

"그 애는 안 돼!"

"제발…… 수안이만 주십시오, 아버지!"

"안 된다니까!"

최 회장이 격분해서 소리치자 동욱의 눈에서 새파란 불꽃이 일기 시작했다.

"전 수안이와 결혼합니다."

"누구 마음대로?"

"제 마음대로요. 결혼도 제 마음대로 못한단 말씀입니까?"

"너하고 결혼할 여자는 윤아 양이다."

"아뇨. 저와 결혼할 사람은 수안입니다."

"정 회장님하고 이미 얘기 끝났다. 시키는 대로 해."

"저까지도 영욱이처럼 망가뜨리고 싶으십니까? 영욱이 하나 망가진 걸로 부족하십니까?"

"뭐야? 이런 못된 놈!"

"아버지 욕심 채우시려다가 영욱일 저 지경으로 만들지 않았습니까? 영욱이 병신 만든 것으로는 만족하지 못하십니까? 저까지 망가지고 폐인이 돼야겠습니까? 아버지가 원하시는 게 그 겁니까?"

최 회장이 동욱의 뺨을 후려쳤다.

"못된 놈! 이런 못된 놈! 너 이놈, 지금 누구한테 협박을 하는 거야? 내가 영욱일 그렇게 만들었단 말이냐? 영욱이 그놈이 바보 같은 짓을 했기 때문이야."

"영욱일 그렇게 만든 사람은 아버집니다! 영욱이 망친 사람은 바로 아버집니다!"

동욱이 끝까지 물러서지 않고 맞받아치자 최 회장의 얼굴에서 핏기가 가셨다.

"아버진 아들까지 낳아준 여자를 버렸습니다. 그리고 혼자 배신자가 되기 싫어서, 장남을 낳아준 조강지처를 버린 배신자라는 소리를 혼자 듣기가 싫어서 영욱이도 그렇게 만들었고 또 저까지 공범으로 만드시려는 겁니다."

"이, 이런 천하의 못된 놈!"

"예! 천하의 못된 놈이 되더라도 전 수안이를 못 떠납니다!"

"네놈이 무슨 소리를 지껄여도 윤수안이는 안 된다."

"되는지 안 되는지는 두고 보십시오. 저를 죽여야 막을 수 있을 겁니다."

동욱이 쐐기를 박듯 내뱉은 후 회장실을 나와 버렸다.

2 장

동욱이 회장실을 나간 지 8시간 후 밤 9시에 수안의 집으로 박형도 실장이 찾아왔다.

"회장님께서 모셔오라고 하셨습니다."

"지금요?"

"예. 회사에서 기다리고 계십니다. 말씀이 끝나시면 댁까지 안전하게 모셔다 드리겠습니다."

박형도와 함께 차에 오른 수안은 최명복 회장이 이 밤중에 자신을 왜 불렀는지 듣지 않고도 알 수 있을 것 같았다.

수안은 자신이 어떤 표정으로, 어떤 말로 대처해야 할지 판단이 서지 않는 상태에서 두 시간 전 동욱이 전화를 걸어 다른 사람 말은 듣지도 말고 믿지도 말고 자신만 따라오면 된다고 했던 그의 말을 떠올렸다. 왜 갑자기 그런 말을 할까 의아하면서도 어쩐지 겁이 났었는데 지금은 그 이유를 알 것 같았다.

회장님이 뭐라고 하시든, 무슨 말을 하시든 못 들은 척하고 믿지 않는 게 상책일까?

자신이 없었다. 아무리 용기를 내려고 해도 상대는 너무나 버거운 존재였다.

"동욱 씨도 알고 있나요?"

"모르십니다."

역시…… 동욱 모르게 불려가는 것이다. 아니, 끌려가는 것이다.

"몇 달 동안 제 뒤를 밟던 분들…… 실장님이 보낸 분들인가요?"

"……."

박형도가 무언으로 인정을 하자 수안은 한숨을 내쉬었다.

박형도가 처음 수안을 찾아오고 지금까지 족히 일곱 달은 매일같이 낯선 사람들이 수안의 뒤를 밟고 있었다. 수안이 어디로 가는지 누구를 만나는지 잠시도 떨어지지 않고 감시했고 수안이 동욱을 만나거나 동욱이 집에 들렀다 가는 날이면 어김없이 다음날 박형도가 찾아와 수안에게 으름장을 놓고 갔다.

동욱과 만난 것을 회장님이 알고 노하셨다고. 몇 번을 말해야 알아듣겠냐며 곤란한 일 당하기 싫으면 물러서라고.

박형도가 끈질기게 수안을 따라다니는 동안 수안 역시 끈질기게 동욱과의 만남을 계속 이어나갔는데 동욱과의 만남을 유지하는 것이 수안의 의지가 30이라면 나머지 70은 동욱의 의지였다.

24시간 감시받는 것도 힘들고 박형도가 찾아와 으름장 놓는 것도 두려워 수안은 점점 더 소극적이고 소심해질 수밖에 없었는데 수안이 약해지면 약해질수록 동욱은 마치 반발이라도 하듯 더욱 강하게 몰아붙였고 솔직히 말하면 수안은 지금 최 회장과 동욱의 사이에 끼어 이러지도 저러지도 못하는 상황이었다.

수안으로서는 동욱을 믿고 따르는 수밖엔 없었다. 의지할 사람은 동욱이 유일했기 때문이다.

동욱의 주문은 한결같았다.

누가 뭐라고 하든 듣지 말고 흔들리지 말라고. 오직 최동욱의 말만 믿으라고.

자신의 뒤를 밟는 사람들을 볼 때마다 흔들리고 박형도 실장이 찾아올 때마다 당장 그만두고 싶은 충동에 시달렸지만 이렇게 쉽게 무너지기에는 동욱과의 사랑이 가볍지 않았기에 버티고 또 버텨왔던 것인데 막상 회장님께 불려가게 되자 이젠 정말 모든 용기와 인내가 바닥나는 것 같았다.

유성그룹 본사에 도착해 박형도를 따라 회장실에 올라가는 동안 수안은 겉으로는 아무런 내색도 하지 않았지만 금방이라도 심장이 오그라들 것 같은 공포에 떨며 몇 번이나 심호흡을 해야 했다.

살아오면서 지금처럼 두려웠던 적은 없을 만큼 두려웠고 지금처럼 무서웠던 적은 없을 만큼 무서웠다. 부모님이 돌아가셨을 때보다도 두렵고 작은어머니에게 구박받을 때와는 비교할 수 없을 만큼 무서웠다.

아무런 보호 장비도 없이 완벽하게 발가벗겨진 채 호랑이 굴에 내던져지는 기분이 이럴까? 너무도 떨리고 너무도 후들거려 금방이라도 바닥에 주저앉을 것만 같았다.

"들어가시죠."

박형도가 회장실 문을 열어주었고 수안은 동욱의 아버지 유성그룹 최 회장으로부터 어떤 아픈 말을 듣더라도 절대 울지 않을 것이라고 몇 번이나 다짐하며 어금니를 틀어 물고 회장실로 들어갔다.

"회장님, 윤수안 씹니다."

박형도가 말했고 창가에 서 있던 동욱의 아버지가 고개를 돌렸다.

수안은 고개를 숙여 정중하게 인사를 했다. 그러나 최 회장은 수안의 인사를 별로 받고 싶지 않은 듯 화답도 없이 수안을 노려보기만 했다.

"나가봐."

"예."

박형도가 회장실을 나갔고 최 회장은 한동안 말없이 수안을 쏘아보기만 했다.

수안은 굳이 회장님의 시선을 피하지 않았다. 시선을 피해 백기를 들었다는 느낌을 주고 싶지는 않았기 때문이었다. 어디서 그런 용기가 생겼는지 알 수 없지만 용기라기보다는 그래, 치기에 가까웠다. 갑자기 유치하게도 최 회장을 피할 필요까지는 없다는 치기, 그까짓 눈빛으로 사람을 태워 죽일 수는 없을 테니 같이 한번 쳐다보자는 그런 치기.

"자네가 윤수안인가?"

"네, 처음 뵙겠습니다. 윤수안이라고 합니다."

달리 아나운서던가. 또박또박 떨지 않고 자신을 소개했다.

"앉지."

최 회장이 소파를 가리켰고 수안은 먼저 최 회장이 앉을 때까지 기다렸다가 맞은편 자리에 앉았다.

"왜 불렀는지 설명하지 않아도 알 테고 쓸데없는 소리 해봤자 서로 피곤하니 단도직입적으로 말하지. 동욱이와 헤어지도록 하게."

예상을 결코 빗나가지 않은 말이 최 회장의 입에서 튀어나왔다.

"난 자네를 받아들이지 않을 거야. 우리 집안에 들일 수 없어."

"......"

수안은 아무런 대답도 하지 않았다. 그저 마음속으로 듣지 말자, 믿지 말자는 주문만 외고 있었다.

"알아들었나?"

회장님이 다시 물었고 수안은 호랑이같이 엄한 최 회장의 얼굴을 또다시 똑바로 쳐다봤다.

"알아들었냐고 묻지 않나."

"제가…… 그렇게 부족하게 여겨지십니까?"

너무나 의외로 수안이 담담한 어조로 되물었다. 기특하게도 떨지도 않고 최 회장의 기세에 눌리지도 않은 채 담담하게 대처한 것이다.

"부족하네."

"어떻게 얼마나 부족합니까?"

"모든 게 다 부족해."

수안이 꼬박꼬박 말대답하고 꼬박꼬박 받아치는 것이 꼴사나워진 최 회장의 목소리가 대번에 날카로워졌다.

"동욱이한테는 결혼할 여자가 따로 있네. 집안끼리 얘기가 다 됐고 조만간 날을 잡을 거야. 자네 때문에 마음을 더 못 잡고 있는 것 같으니까 자네가 정리를 해줘야겠네."

"동욱 씨가 결혼하겠다고 했나요?"

동욱에게 결혼할 여자가 있다는 말에 수안은 순간적으로 머리가 텅 비는 듯한 기분에 빠져들었고 무너지지 않으려고 어떻게든 이성을 붙잡고 있으려고 노력하며 조심스레 물었다.

"당연하지."

최 회장이 당연하지라는 대답을 당연하다는 듯 내뱉었다.

'아니야. 아니야. 믿지 마.'

수안은 어금니를 앙다물었다.

"동욱이는 곧 결혼할 거야. 그러니 더는 시끄럽게 하지 말고 조용히 물러나."

최 회장이 냉정한 어조로 내뱉었고 수안은 침착함을 유지하고 있었지만 사실은 금방이라도 심장이 멎어버릴 것만 같아 호흡은 점점 거칠어지고 있었다.

"알아들었겠지?"

'아뇨.'

뭐라고 하시든 믿지 않을 겁니다, 수안은 그렇게 말하고 싶었지만 아무런 대꾸도 하지 못했다. 필사적으로 유지하고 있는 담담한 겉모습과는 달리 속에서 애간장이 녹아내리고 있었기 때문이다. 목구멍이 달라붙고 입술이 달라붙어 한마디도 할 수가 없었다.

"이게 다 자네를 위해서야. 자네가 우리 집안에 들어와서 버틸 수 있을 거라고 생각하나? 우리 집안 사람들도 그렇고 자주 만나고 어울리는 사람들도 그렇고 자네하고는 차원이 다른 사람들이야. 아무도 자네를 인정해 주지 않고 돈이나 바라보고 달라붙는 여자로 보고 있는데 그 속에서 자네가 제대로 버틸 수 있겠어?"

들어보니 틀린 말은 아니었다. 구구절절 옳은 말이었다. 하지만 받아들일 수가 없었고 받아들이고 싶지 않았다. 어떻게든 부정하고 어떻게든 틀리다는 것을 증명하고 싶었다.

"회장님께서도 그렇게 생각하십니까? 제가 돈이나 배경 때문에 동욱 씨를 잡고 있다고요?"

수안이 용기를 끌어 모아 가까스로 물었다.

"그러네."

"잘못 알고 계십니다."

다행스럽게도 한마디 입을 떼기 시작하자 용기가 생겨났고 용기가 생겨나자 더욱 오기도 생겨났다.

"아니, 내 말이 맞아."

"아닙니다."

수안이 고집스럽게 대답하자 최 회장은 눈썹을 치켜세우며 수안을 노려보았다.

"전 동욱 씨의 돈이나 배경 때문이 아니라 동욱 씨 자체가 좋아서 만나고 사랑하는 겁니다. 돈 때문이 아닙니다."

"세상 사람 아무도 그 말을 믿지 않을 거야. 거지를 사랑할 수 있는 사람은 거지밖에 없어. 그 말을 나더러 믿으라는 건가?"

"믿어주십사 하는 말이 아닙니다. 저는 부모님이 일찍 돌아가셔서 작은아버님 밑에서 어렵게 자랐습니다. 하지만 그런 환경이 저를 망가뜨려 놓았다고는 생각하지 않습니다. 전 단 한순간도 성실하지 않은 적이 없습니다. 제 자신에게나 돌아가신 부모님께나 조금도 부끄럽지 않게 최선을 다해 살았습니다. 제가 살아온 시간에 대해선 오해하지 마시고 쓰레기처럼 취급하지 말아주세요. 전 그런 취급을 받을 이유가 전혀 없습니다."

"……."

"어차피 제가 어떤 예쁜 짓을 해도 회장님 눈에는 들지 않을 거라는 거 알고 있습니다. 하지만 돈 때문에 동욱 씨를 붙잡고 있다는 오해만큼은 받고 싶지 않습니다."

"내 말은 달라지지 않아. 동욱이와 관계를 정리하도록 해."

"저희는……."

수안은 어금니를 꽉 다물며 기운을 냈다. 어차피 여기까지 온 것 할 얘기는 다 하고 나가자 싶었다.

"저희 두 사람은 헤어지는 경우가 오더라도 다른 사람의 강요에 의해서가 아니라 저희 의지대로 할 겁니다."

"뭐야?"

최 회장은 세상에 이런 맹랑한 것이 있느냐는 얼굴로 수안을 노려봤다.

"전 회장님이 아니라 동욱 씨가 헤어지자고 할 때 그때 떠날 겁니다. 동욱 씨와 그렇게 약속했습니다."

수안이 최 회장 당신이 그토록 고집스럽다면 나 역시 만만치 않다는 듯 최대한 용기와 오기를 끌어 모아 말했다.

"동욱 씨가 헤어지자고 하면 그땐 미련없이 돌아서겠습니다. 저희에게 맡겨주십시오."

"나하고 한번 싸워보겠다는 건가?"

"제가 감히 회장님과 상대가 되겠습니까."

수안이 솔직하게 말했다. 비아냥거릴 생각은 추호도 없었기에 솔직하게 말했다.

"제가 무슨 수로 회장님과 싸우겠습니까. 처참하게 전사할 것이 틀림없는데요."

"나도 자네에게 상처를 주고 싶진 않네. 그래서 부탁하는 거야. 내가 자네에게 더 큰 상처를 주기 전에 떠나게. 동욱인 유성그룹을 이끌어가야 하는 막중한 임무가 있는 사람이야. 이런 일로 머리를 아프게 해선 안 돼. 회사를 경영하고 이끌어가는 일이 쉬운 일인 것 같나? 동욱이 혼자 잘났다고 해서 되는 일이 아니야. 뒤를 받쳐 줄 든든한 버팀목이 있어야 하는 거야. 회사가 어떤 일로든 어려운 지경에 처했을 때 자네가 도와줄 수 있나? 뒷받침을 해줄 여력이 있고 힘이 있어? 없지 않나. 그저 곱게 집에서 집안일만 한다고 능사가 아니야. 동욱이와 혼인하기로 약조한 여자의 집안은 우리 유성그룹에 못지않은 배경을 갖고 있어. 동욱이에게 많은 도움이 될 거야."

수안은 가까스로 끌어올렸던 용기와 오기가 또다시 와르르 무너지는 것을 느꼈다.

최 회장의 말이 맞았다. 수안은 동욱에게 도움을 줄 수 있는 사람은 아니었다. 그저 평범한 아나운서로 얼굴 조금 알려진 것 외에는 아무것도 가진 것이 없었다. 얼굴 조금 알려진 것이 동욱에게 도움이 될 수는 없었다. 아나운서는 그냥 아나운서일 뿐이니까.

회장님이 말하는 자격이라는 건 바로 그런 것이었다. 동욱만을 위한 것이 아니라 회사를 위해서 대단한 집안의 규수를 들여야 한다는 것, 이 거대한 회사가 어떤 된서리를 맞더라도 끄떡없으려면 말이다.

수안은 알고 있었다. 최 회장의 말대로 수안은 아무리 해도 유성그룹에는 도움되지 않는 존재라는 것을. 그리고 결국 동욱에게도 든든한 동반자는 아니라는 것을.

"말을 알아들은 것 같으니까 그만 하지. 다신 동욱이를 만나는 일이 없도록 하게."

"……."

"만약에 다시 한 번 동욱일 만난다는 얘기가 내 귀에 들어오면 그땐 조용히 넘어가지 않을 거야. 알겠나?"

"……."

수안은 받아주지 않는 인사를 남긴 후 전의를 완전히 상실한 얼굴로 회장실을 나왔다.

회장실을 나오자 박형도 실장이 밖에서 기다리고 있다가 엘리베이터로 안내해 주었다. 엘리베이터에 같이 오르는 것으로 봐서 집에까지 데려다 줄 모양이었다.

"혼자 갈게요. 혼자 갈 수 있어요."

수안이 억양없는 목소리로 중얼거리듯 말했다.

"모셔다 드리겠습니다."

"저 혼자 가고 싶어요."

"모셔다 드리라는 말씀이 있으셨습니다."

"그냥…… 혼자 가고 싶어서요."

"밤이 늦었습니다."

"제발…… 혼자 가겠습니다."

수안이 금방이라도 울음을 터뜨릴 것 같은 얼굴로 중얼거리자 박형도는 수안의 얼굴을 가만히 쳐다보다가 말했다.

"알겠습니다. 그럼 조심해서 들어가십시오."

수안은 지옥 같은 유성그룹 빌딩에서 나와 인적이 드문 거리를 걷기 시작했다.

참담한 기분을 감출 수가 없었다. 아무것도 가진 것이 없다는 것이 동욱에게 어떤 힘도 되어줄 수 없는 스스로가 이렇게 부끄럽고 참담할 수가 없었다. 이만하면 됐다고 생각했었는데 이 정도로 성공했으면 됐다고 기뻐했었는데 그들이 원하는 성공이라는 것은 너무나 높고 멀리 있어서 감히 상상조차 할 수도 없었다.

결국 동욱은 너무도 멀고 높은 곳에 있는 사람이었던 것이다. 부르면 달려오고 언제든 만날 수 있는 내 남자라고 생각했었는데, 너무나 가까이 있는 줄로만 알았는데, 동욱은 하늘 위에 구름 위에 까마득하게 보이지 않는 나라에서 사는 사람이었다.

그때 헤어졌어야 했는데, 영욱의 여자친구가 목숨을 끊었다는 얘기를 들었을 때 그만두었어야 했는데, 그때 동욱이 유성그롭 사람이라는 걸 알았을 때 그와 점심을 먹은 것으로 모든 것을 끝냈어야 했는데 동욱과 헤어질 수 있었던 기회를 모두 놓친 것이 자꾸만 후회가 됐다.

수안은 아무도 없는 거리에 놓인 벤치에 앉아 울기 시작했다. 울고 싶지 않았는데, 눈물이 흐를 것 같지 않았는데 담담할 줄 알았는데 어느새 눈물은 눈꺼풀을 비집고 나와 볼 위로 흐르고 있었다.

닦아도, 닦아도 눈물은 멈추지 않았다. 서러워서도 아니었다. 속이 상해서도 아니었다. 동욱을 미리 놓아주지 않았던 후회 때문이었다.

정확하게 사흘 후 수안은 동욱을 만났다. 아무 일도 없는 것처럼 밝은 얼굴로 동욱을 만나 늘 그랬던 것처럼 수안의 방송국 얘기와 동욱의 회사 얘기를 나누며 즐겁게 식사를 했다.

수안은 식사하는 내내 최 회장님과 만났다는 사실을 잊은 듯 무척 행복한 듯 웃었다. 동욱 역시 아버지와 심하게 다투었다는 것을 잊은 듯 웃었다. 하지만 식사가 끝나고 디저트가 나왔을 때 수안은 더 이상 웃지 않았다.

"여기서 그만 멈춰요."

디저트로 나온 아이스크림을 손도 대지 않고 물끄러미 쳐다보고 있던 수안이 어렵게 입을 열었다.

"갑자기…… 무슨 소리야?"

동욱의 표정도 달라졌다.

"여기서 그만둬요, 우리."

수안이 단호한 표정으로 동욱을 바라보며 말했다.

"수안아, 갑자기 왜 이래?"

"지난주에…… 회장님 뵙고 왔어요. 박형도 실장님 보내서 부르셔서……."

수안의 말에 동욱의 표정이 즉시 굳었다.

"……그래서?"

"예상했던 대로죠. 알잖아요."

"듣지 말라고 했잖아."

"귀가 뚫려 있는데 어떻게 안 들어요."

수안이 일부러 가볍게 웃으며 말했지만 동욱의 표정은 심각했다.

"결혼할 사람 있다는 말도 들었어요."

"나 그 여자하고 결혼 안 해."

동욱이 거친 어조로 내뱉은 후 신경질적으로 넥타이를 느슨하게 풀었다.

"내가 지쳐서 그래요."

"조금만 버티면 돼."

"동욱 씨, 회장님 못 이겨요."

수안이 진실을 말하자 동욱이 찌푸린 얼굴로 수안을 바라봤다.

"동욱 씨, 못 이겨요."

"이길 거야."

"싸우지 말아요. 아들이 아버지 이겨서 좋을 게 뭐예요."

"싸울 거야."

동욱이 이를 갈며 내뱉었다.

"그러지 말아요."

수안이 고개를 저었다.

"거의 일 년 가까이 동욱 씨하고 만나는지 안 만나는지 감시하는 사람들 붙어 다니는데 그거 모른 척하는 것도 너무 힘들고…… 이젠 정말 너무 지쳤어요. 버틸 자신이 없어요."

"버티기로 했잖아."

"막바지까지 온 것 같아요. 버틸 만큼 버틴 것 같고."

"조금만 더 버텨."

동욱이 수안의 손을 움켜잡았다.

"그만 멈춰요."

"수안아!"

"우리 만난 세월이 7년인데…… 7년 동안 사랑하고 겨우 1년 만에 손드는 거…… 나도 자존심 상해요. 방송국에서 2년 동안 자리 못 잡고 천덕꾸러기로 지내면서도 꿋꿋하게 버텼는지 고작 1년 만에 나가떨어지는 거 나도 창피하고 부끄러워요. 그런데 1년이 지옥 같았어요. 방송국에서 천덕꾸러기로 2년 지낸 것보다 지난 1년이 몇 곱절 더 고통스러웠어요. 나도 자존심있어요.”

　수안이 두 눈에 분노를 싣고 동욱을 노려봤다.

　“동욱 씨 아니면 나 굉장히 당당한 사람이에요. 더 부끄럽지 않게 해줘요.”

　수안은 미련을 남기지 않기 위해 일부러 더 냉정하게 말했다.

　수안의 냉정한 태도 때문에 동욱은 정말 미쳐 버릴 것 같은 얼굴로 주먹을 틀어쥐었다.

　“그런 말 하지 마. 마음에도 없는 말 하지 말라고!”

　“마음에 없는 말 아니에요. 더 못 버티고 더 못 기다려요.”

　“수안아!”

　“소리치지 말아요.”

　수안이 동욱을 똑바로 쳐다보며 말했다.

　“소리치지 말아요, 동욱 씨.”

　“이러지 마. 나한테 이러지 마.”

　“내 말 들어요. 내가 약속했었죠? 만약 우리가 헤어지는 순간이 오면…… 절대 죽진 않겠다고. 지금이 그때고 약속대로 절대 죽진 않을게요.”

　“정말 왜 이래, 수안아.”

　동욱이 답답해서 당장이라도 미쳐 버릴 듯한 얼굴로 수안을 바라봤다.

　“내가 너무 힘들어서 그래요. 내가 버티면 난 계속 더 힘들어질 테고…… 못 버텨요.”

"수안아."

"미안해요. 내가 손들게요. 먼저 손들어서 미안해요. 그런데 정말…… 죽을 것 같아요. 죽을 것 같아서 그래요."

"조금만, 조금만 더 기다리면 돼. 아니, 내가 다 때려치울게. 우리 다 집어치우고 떠나자."

수안이 다시 고개를 저었다.

"동욱 씬 큰일 할 사람이에요. 나 같은 여자한테 발목 잡혀서 능력을 썩히지 말아요."

"수안아."

"미안해요. 정말 미안해요."

수안의 눈에 눈물이 고였다.

"사람들 눈에 띌까 봐 이렇게 레스토랑 밀실에서 훔쳐 먹듯 밥 먹고 절대 안 만난 척 따로 나가서 몇 시간 뒤에 집에서 만나 고…… 이런 거 이제 싫어요."

"……"

"내가 계속 더 나쁜 여자가 되고 더 큰 죄를 짓는 것 같고…… 싸구려가 된 기분이에요."

수안의 눈에서 눈물이 흘러내렸다.

"동욱 씨하고 회장님 싸움 붙이는 여자가 된 것 같아서 너무 비참하고 자존심 상해요."

"그런 것 아니야. 절대 그런 것 아니야."

"여기서 그만 멈춰요. 이제 그만둘 때예요."

수안이 냉정하게 내뱉었다.

"오늘이 끝이에요. 집 정리할 거고 조용히 이사할 거예요. 제발…… 찾아오지 말아요."

"수안아."

"부탁할게요."

수안은 동욱에게 억지로 웃어 보인 후 먼저 일어났다.

"먼저 갈게요."

수안이 레스토랑 특실을 나가려는데 동욱이 달려와 수안을 끌어안았다.

"난 못 끝내. 절대 안 돼."

동욱이 헐떡거리며 소리쳤다.

"이렇게 가지 마. 안 돼, 수안아."

"……."

"아버지한테 말했어. 너하고 끝내게 하려면 날 죽여야 할 거라고."

"그러지 말아요."

"농담 아니야. 절대 안 돼."

"……우리 끝나는 거예요. 조용히."

수안이 동욱의 품에서 벗어났다.

"미안해요. 더 잘해주지 못해서."

"수안아."

"하지만 최선은 다했어요."

"……안 돼. 안 돼, 수안아."

"고마워요…… 고마웠어요."

수안은 아픈 눈물을 남겨놓고 레스토랑을 나왔다.

그리고 휴대폰에서 동욱의 번호를 지웠다.

수안이 화장실 바닥에 주저앉아 엉엉 소리 내서 우는 동안 동욱은 엉망으로 취한 채 박형도에게 이끌려 집으로 들어왔다.

최 회장은 스스로 몸을 가누지 못할 정도로 취한 동욱을 냉정한 눈길로 바라보다 돌아섰다.

"아버지."

동욱이 방으로 들어가려는 아버지를 붙잡았다.

"아버지."

"올라가서 쉬어라."

"아버지!"

동욱이 아버지의 팔을 붙잡은 채 무릎을 꿇었다.

"아버지…… 이렇게 빌겠습니다. 수안이만 주십시오. 수안이만 주십시오."

"올라가서 쉬어."

최 회장이 동욱을 뿌리치려고 했지만 동욱은 아버지를 놓아줄 수가 없었다. 이대로 아버지를 놓아주면 영원히 수안을 놓칠 것만 같았기 때문이다.

"이렇게 빌겠습니다. 제발…… 수안이만 주십시오."

동욱의 눈에서 굵은 눈물이 굴러 떨어졌다.

"아버지가 하라는 대로 다 하겠습니다. 회사에 목숨을 걸라면 걸겠습니다. 뼈가 부서지도록 일하라면 하겠습니다. 수안이만 주십시오, 아버지. 제발…… 수안이만 주십시오."

"못난 놈."

"이렇게 빌겠습니다, 아버지. 앞으로는 죽을 때까지 어떤 것도 들어주십사 부탁드리지 않을 테니 수안이만 주십시오. 수안이만 받아주십시오."

"몹쓸 놈!"

최 회장은 동욱을 뿌리치고 방으로 들어가 버렸다.

"아버지!"

동욱이 방문 앞에 엎드려 울부짖으며 아버지를 외쳐 불렀지만 최 회장은 끝내 동욱을 외면했다.

열흘 후 최 회장은 가슴이 온통 무너지도록 울부짖는 아들을 위해 특별한 선물을 준비했다. 아들을 활짝 웃게 할 선물이 아니라 어리석게도 여태 놓지 못하고 있는 부질없는 미련을 완전히 놓아버리게 하기 위한 무섭고도 특별한 선물이었다.

3 장

행복은 당신

"정말 한턱 쏜다니까."

철호와 같은 방송국에서 일하다 보니 꽤 자주 마주치는 편이었는데 오늘은 웬일로 사무실까지 찾아와서 저녁을 살 테니 무조건 시간을 비우라고 떼를 썼다.

"이현준 피디도 초대했어."

"피디님두요?"

"네 덕분에 현준 씨하고 친해져서 술 몇 번 먹었거든. 너하고 같은 팀인데 어떻게 현준 씨만 빼놓냐. 그래서 불렀지."

"피디님 가신대요?"

"당연하지. 오늘 확실히 쏴줄게. 깜짝 놀랄 놈으로다 먹여줄 테니까 기대해."

"좋은 일 있어요?"

"좋은 일 있지. 무조건 시간 비워라."

"알았어요."

철호가 저렇게나 설레발을 치는데 거절할 수가 없어서 몽땅 현준의 차에 올라 음식 값 비싸기로 소문난 콘티넨탈 호텔로 몰려갔는데 수안은 미리 예약된 자리에 앉아서야 그곳이 함정이었다는 것을 알게 됐다.

보지 않으려고 아무리 애써도 안 볼 수가 없는 자리에 동욱과 최 회장 부부 그리고 목소리가 유달리 탁한 노인과 중년 부인 그리고 젊은 아가씨가 앉아 있었기 때문이었다.

한눈에 알 수 있었다. 저들의 모임이 단순한 저녁 모임이 아니라 중요한 일을 위해 마련된 자리라는 것을.

철호가 파놓은 함정은 아니었다. 철호가 수안보다 먼저 동욱과 최 회장을 발견했고 두 사람을 발견하는 순간 그 누구보다 난처해했으니까.

수안은 유성그룹 최명복 회장이 파놓은 함정에 빠져 보지 않아도 될 것을, 아니, 보지 말아야 될 것을 보고 말았다. 그리고 유감스럽게도 그들이 나누는 대화까지도 고스란히 듣고 말았다.

"결혼은 언제쯤 했으면 하나, 최 회장?"

"시간 끌 필요 있겠습니까."

"그렇지? 되도록 해를 넘기지 않았으면 좋겠는데."

"저도 같은 생각입니다."

"이런 얘기는 안사람들한테 맡겨둬야겠지?"

"결혼은 저희 여자들이 맡아서 할 테니 걱정 마세요, 회장님."

최 회장 부인이 그렇게 말하자 젊은 아가씨 곁에 앉아 있던 중년 부인이 그럼요 하고 한마디 거들었는데 이로써 모임의 성격을 분명하게 알게 됐다. 동욱과 젊은 아가씨의 결혼을 위한 일종의 전초전이었던 것이다.

듣고 싶지 않아도 들을 수밖에 없는 대화, 아니, 대화 내용 때문에 철호가 안절부절못하더니 결국 낮게 욕설을 뱉어냈다.

"수안아, 이게 어떻게 된 거냐? 결혼이라니…… 이게 무슨 소리야? 니들…… 안 좋은 거야?"

"……네."

수안이 가라앉은 목소리로 대답했다.

"미치겠다……. 아, ××……. 사람을 뭘로 보고…….."

철호는 최 회장이 파놓은 함정에 자신이 도구로 이용당했다는 것을 알아차렸다. 그래서 철호의 얼굴은 그 어느 때보다 심하게 일그러져 있었다.

"다른 자리로 옮겨달라고 할까?"

"됐어요."

"나갈래?"

"아뇨."

벌써 요리가 서비스되기 시작했는데 지금 나갈 수는 없었다.

"끝까지 들어보죠."

수안이 버티자 철호와 현준도 별수 없이 버텨야 했다.

현준은 동욱을 알아봤지만 한마디도 하지 않고 굳은 얼굴로 수안만 바라보고 있었다.

"수안아, 솔직하게 말할게. 사실은…… 최 회장님 비서라는 사람이 찾아와서 회장님이 보냈다면서 다른 뜻은 없고 동욱이 친군 거 알고 있다고 식사하라면서…… 여기 레스토랑 티켓을 주더라고. 라디오 상품 협찬받은 게 있는데…… 감사하다고 전화를 드렸더니 언제 식사 한번 하자고 하시더라고. 그냥 하는 소린 줄 알았는데 비서를 보냈기에 식사를 같이 하진 못해도 챙겨주는구나 고맙게만 생각했는데……. 후배 중에 윤수안이라는 아나운서가 있다는 것도 알고 있다면서 동욱이도 아마 참석할 거라고 같이 식사하라고……. 이런 자리 만든 것 알면 네가 부담스러워할지도 모르니까 그냥 내가 사는 척하고 밥이나 먹으라 해서…… 미안하다. 이런 자린 줄 몰랐다. 정말 꿈에도 몰랐다."

이런 줄 몰랐다는 철호의 말은 진심인 듯했다. 진땀을 흘리면서까지 미안해했으니까.

"알아요. 몰랐을 거예요."

"기분 더럽네. 사람 병신 되는 거 순식간이구나."

철호가 낮게 욕설을 내뱉었다.

"동욱이 너하고 문제없다 했었어. 너하고 결혼한다고 했단 말이야. 어떻게 된 거야?"

철호의 물음에 수안은 대답 대신 현준을 바라보며 픽 웃었다.

"피디님, 그때 했던 말 생각나세요?"

"무슨 말?"

"결혼하자는 말…… 결혼 직전까지 믿어서는 안 된다고 했던 말요."

"……."

"그게 사실이더라구요."

수안이 쓸쓸하게 미소 짓는데 동욱의 자리에서 또다시 대화 소리가 날아들었다.

"특실 놔두고 시끄럽게 왜 바깥에 자리를 잡았나, 최 회장."

"특실이 좀 답답한 것 같아서 말입니다. 조금 시끄럽기는 하지만 답답하지 않고 좋지 않습니까."

회장님과 회장님의 대화를 들으며 수안은 최 회장이 확인 사살 차원에서 일부러 바깥 홀에 자리를 잡았다는 것을 다시 한 번 확인할 수 있었다.

그토록 훌륭한 요리들을 단 한 점도 먹지 못하는 것은 당연했다. 이 상황에 어떻게 음식을 먹을 수가 있을 것이며 먹는다 한들 음식의 맛을 느낄 리도 만무했다.

수안 때문이 아니라 철호 역시 음식에는 손도 대지 않고 위스키 한 병을 주문하더니 세 잔을 연거푸 들이켰고 현준은 음식이

식을 때까지도 음식이 아니라 수안만 바라보고 있었다.

수안은 되도록 동욱이 있는 쪽을 쳐다보지 않으려고 애를 썼지만 시선이 자꾸만 그쪽으로 향하는 것은 어쩔 수가 없었다. 동욱은 마치 돌을 씹은 듯 내내 찌푸린 얼굴로 테이블에 놓인 물잔만 노려보고 있었는데 수안은 동욱의 어두운 표정을 보면서 그가 원해서 나온 자리는 아니라는 것을 알 수 있었다.

하지만 그의 마음을 알 수 있다고 해서 그를 이해한다고 해서 달라지는 것은 아무것도 없었다. 수안과 동욱은 끝날 수밖에 없는 사람들이라는 것을 다시 한 번 확인한 셈이고 역시 끝난 사람들이었다.

"분위기…… 정말 칙칙하죠?"

칙칙한 분위기를 바꿔보기 위해 한 말인데 수안은 자신도 모르게 울먹거리고 말았다.

"아무래도…… 가야겠어요."

금방이라도 엉엉 소리 내서 울어버릴 것만 같아 더는 앉아 있을 수가 없었다.

"철호 선배, 미안해요. 가야겠어요."

"그래, 가자."

"피디님, 죄송해요."

"아니, 갑시다. 더 앉아 있으면 저 친구 죽여 버릴 것 같아."

현준이 낮은 목소리로 내뱉은 후 수안의 손을 잡고 일으켜 주었고 수안은 혼자가 아니라 철호와 현준이 있어서 그나마 다행이라고 생각하며 자리에서 일어나는데 그때 그 순간 동욱과 눈이 마주치고 말았다.

1초, 2초, 3초.

두 사람은 얼어붙은 채 수안은 경악한 동욱의 눈을 동욱은 참담한 수안의 눈을 바라보고 있었다.

"가요."

현준이 수안을 끌어당겼고 수안은 다행스럽게도 4초 만에 동욱의 시선을 외면하고 레스토랑을 나가 버렸다.

수안이 현준의 손에 이끌려 레스토랑을 나가는 것을 지켜보던 동욱은 주먹을 움켜쥐며 벌떡 일어났다. 수안을 저렇게 보낼 수는 없었다. 수안이 오해한 채로 떠나게 할 수는 없었기 때문이다.

"어디 가는 거냐."

최 회장이 수안을 쫓아가려는 동욱을 제지했다. 하지만 동욱은 아버지가 무슨 소리를 해도 들리지 않았다. 머릿속에는 오직 수안밖에 없었고 지금 당장 수안을 붙잡아야만 했다.

자리를 박차고 달려나간 동욱이 로비를 가로지르는데 박형도가 달려와 동욱을 막아섰다.

"전무님, 들어가십시오."

"물러서!"

동욱이 짐승처럼 고함을 내지르자 동욱의 기에 질린 박형도가 움찔 물러섰다.

"전무님."

"닥쳐! 닥치라고!"

동욱은 또다시 자신의 앞을 막으면 면상을 후려칠 듯 고함을 친 후 수안을 붙잡기 위해 밖으로 달려나갔다. 동욱은 박형도가 또 앞을 가로막으면 또다시 붙잡으면 맹세코 죽여 버릴 준비가 되어 있었다.

동욱은 사람들을 밀치며 밖으로 달려나와 현준의 차에 오르려는 수안을 가까스로 붙잡았다.

"수안아."

동욱이 달려나올 줄은 몰랐기에 수안은 당황하고 말았다.

"왜 나왔어요? 들어가요."

"이리 와. 나하고 얘기하자."

"어서 들어가요."

"오해야!"

수안이 동욱의 손을 털어내자 격분한 동욱이 자신도 모르게 고함을 질렀다.

"오해라고!"

"……알았으니까 들어가요."

"나도 끌려온 거야. 내가 원해서 온 자리가 아니야."

동욱은 필사적으로 해명해야 했다. 정말 필사적이었다.

"사람들 보는데 이러지 말아요."

"이렇게는 못 보내. 이리 와. 집에 가자. 집에 가서 얘기하자."

동욱이 수안의 손을 잡고 잡아끄는데 수안이 뿌리쳤다.

"나중에 얘기해요. 어서 들어가요."

"수안아."

"동욱아!"

보다 못한 철호가 나섰다.

"자식아, 너만 생각하냐? 수안이 생각은 안 해?"

"수안이를 왜 여기 데려왔어!"

동욱이 철호의 멱살을 거머쥐며 고함을 질렀다. 지금은 친구고 뭐고 없었다. 전부 적이었고 전부 원수들로만 여겨졌다.

"니 아버지가 오게 만들었어, 자식아! 나도 오고 싶어서 온 게아니야. 니 아버지한테 나도 이용당해서 기분 더러워, 새끼야!"

철호가 동욱의 손을 격하게 쳐내며 지지 않고 고함을 내질렀다.

"이러지들 말아요, 제발."

상황이 걷잡을 수 없이 악화되자 수안은 미쳐 버릴 것만 같았다.

"가자, 수안아. 집에 가자."

"당장 들어가요. 동욱 씨하고 안 가요. 안 갈 거예요!"

수안이 냉정하게 내뱉고 돌아서는데 동욱이 수안의 손을 움켜잡았다.

"내 말 들어!"

그때였다.

"수안 씨는 내가 모셔다 드리겠습니다."

현준이 동욱을 막아섰다.

"당신 뭐야."

"이러시면…… 수안 씨만 더 난처해집니다. 수안 씨도 얼굴이 알려졌는데 이 정도는 보호해 줘야 남자친구라 할 수 있지 않겠습니까?"

현준이 지금 당장 손을 놓지 않으면 한 대 칠 듯한 눈길로 동욱을 노려보며 말했다.

"여자친구 불러다 놓고 결혼할 여자 보여주는 짓까지 했으면 그만 보내주시죠. 끝까지 치졸하게 굴어야겠습니까?"

현준은 동욱과 주먹다짐을 할 준비가 되어 있었다. 동욱이 주먹을 날리면 얼마든지 맞받아 갈겨줄 준비가 되어 있었다.

이런 상황은 결코 원하지 않았는데 네 사람이 어쩌다가 이런 식으로 꼬여들어 서로를 죽일 듯 노려보게 된 것인지 수안은 갑작스레 지쳐 버렸다. 최 회장은 이걸 노린 것이 틀림없었다. 수안을 지치게 만드는 것, 지쳐서 도망가게 만드는 것.

원하는 것이 도망가는 것이라면 도망가 줘야 했다. 도망가야 했다.

동욱과 현준이 서로를 죽일 듯 노려보는 것도 지치고 최 회장에게 이용당해 불쾌함에 어쩔 줄 몰라 하는 철호를 보는 것도 지쳤다. 지금은 무조건 피하고 싶었다. 피하고 그리고 쉬고 싶었다.

수안은 피하기 위해 쉬기 위해 동욱의 손을 털어낸 후 인사도 남기지 않고 돌아서서 현준의 차에 올랐다.

동욱이 간절한 눈길로 바라보고 있다는 것을 알았지만 수안은 동욱을 바라보지 않았다. 바라봐서는 안 된다는 것을 알았기 때문이다. 이대로 떠나야 한다는 것을 이대로 떠나야 끝낼 수 있다는 것을 알았기 때문이다.

"실례 많았습니다."

현준은 동욱에게 정중하게 인사한 후 운전석에 올랐고 철호가 조수석에 타자마자 떠나 버렸다.

동욱이 모든 것을 잃어버린 듯한 텅 빈 눈길로 수안을 태운 차가 떠나는 것을 바라보고 있는데 정윤아가 동욱의 곁으로 다가왔다.

"언제까지 계실 거예요?"

윤아의 목소리에 고개를 돌린 동욱은 멍한 눈길로 윤아를 쳐다보다가 곧 고개를 돌려 버렸다.

"어머니께서 나오시려고 해서 내가 말렸어요. 내가 나오는 게 나을 것 같아서요."

"……."

"나하고 결혼하기 싫은 거죠?"

"예."

동욱은 망설이지 않고 그렇다고 대답했지만 윤아는 서운해하지 않았다.

"아까 그 여자분 때문에요?"

"예."

"아나운서죠?"

"사랑하는 사람입니다."

"알아요. 눈치 챘어요."

윤아가 미소를 지으며 대답했다.

"그래서 회장님하고 그렇게 살벌하게 싸웠던 거였군요?"

"……."

"부럽네요, 그 사람. 질투나게 부럽네요."

윤아의 말에 동욱이 고개를 돌려 윤아를 쳐다봤다.

"체면 따위 다 내팽개치고 달려나가는 거 쉬운 일 아니잖아요. 그런 사랑받는 그 사람…… 부럽네요."

"미안합니다."

동욱이 진심으로 말했다. 아버지 때문에 아무런 잘못이 없는 윤아에게까지 피해를 입힌 것 같았기 때문이다.

"괜찮아요. 나도 그런 사람 있으니까."

윤아의 솔직한 말에 동욱이 조금 놀란 눈으로 윤아를 쳐다봤다.

"그런데 왜…… 나와 결혼하겠다고 했습니까?"

"우리 같은 사람…… 전부 다 가졌지만 한 가지는 못 가졌잖아요. 내 마음대로 사랑할 자유…… 그 자유는 못 가졌잖아요."

윤아의 말이 맞았다. 전부 다 가졌는데 안타깝게도 마음대로 사랑할 자유는 가지지 못한 것이다.

"여기서 본 거 우리 집에는 말 안 할게요. 서로 좋을 게 없으니까.”

“……미안합니다.”

“응원할게요. 진심이에요.”

“…….”

“해피엔딩하세요.”

윤아가 진심으로 말했다.

머리가 터져 나갈 것 같은 두통을 느끼며 녹화를 겨우 끝내고 분장실로 들어와 두통약을 찾아 삼키는데 현준이 분장실 문 앞에 서 있는 것이 보였다.

“아직도 괴로워요?”

“티나요?”

“아니.”

“그런데 어떻게 아세요?”

“난 알겠더라고.”

“……죄송해요. 녹화 망친 거 아니에요?”

“아니. 아무도 몰라.”

“정말이죠?”

“정말이에요.”

“다행이네요. 죄송해요. 피디님한테 들켜서.”

“나한테는 들켜도 돼.”

현준의 말에 수안은 낮은 한숨을 내쉬며 희미하게 웃었다.

"소주 한잔할까?"

"소주요?"

"술친구 필요할 것 같아서."

"그래 보여요?"

"응."

"……이용당한다는 생각 안 하세요?"

"무슨 이용?"

"다른 때는 모른 척하다가 술 고플 때 아는 척해서요."

"술 하자는 말 내가 했는데 뭘. 그리고 기꺼이 이용당해 줄게."

"……그럼 낯 두껍게 한잔할까요?"

"갑시다."

"네."

술이 고픈지 몰랐는데 현준의 말을 듣고 보니 지금이야말로 그 어느 때보다 술이 필요했다. 열흘 넘게 잠을 못 자고 두통 때문에 미칠 것 같았는데 내일 쉬는 날이겠다 양껏 마시고 잠이나 푹 자자 싶었다.

현준과 엘리베이터를 타고 1층으로 내려와 출입문으로 향하던 수안은 로비에 서 있는 동욱을 보고 깜짝 놀라 걸음을 멈추었다.

수안이 걸음을 멈추자 현준도 걸음을 멈추었는데 곧 동욱을 알아본 듯 현준의 미간에 잔주름이 잡혔다.

수안이 동욱에게 가려고 하자 현준이 수안을 막았다.

"가지 마. 헤어지기로 작정했으면 가지 마."

"알아요. 다른 뜻 없어요. 그냥…… 1분만 기다려 주세요."

수안은 어떤 감정도 드러내지 않으려고 노력하며 동욱에게 다가갔다.

"녹화 끝났니?"

"왜 왔어요?"

"보고 싶어서."

"우리 끝났다고 했잖아요."

"난 아니야. 집에 가자."

"이러지 말아요."

"집에 가서 얘기해."

"저기 밖에 벤치에 있는 사람들…… 박 실장이 붙인 사람들이에요."

수안의 말에 동욱이 고개를 돌려 벤치에서 이쪽을 흘낏거리고 있는 사람들을 쳐다봤다.

"상관없어."

"난 상관있어요. 그리고 약속 있어요. 그러니까 가세요."

"수안아."

동욱이 급히 수안의 손을 잡았지만 수안이 동욱의 손을 털어냈다.

"가세요, 제발."

수안이 애원하는 눈길로 속삭인 후 몸을 돌려 현준에게 돌아갔다.

"가요, 피디님."

현준은 참담한 표정으로 수안을 바라보고 있는 동욱을 잠깐 쳐다보다가 수안과 함께 밖으로 나왔다.

"수안 씨는 끝낸 것 같은데 저쪽에선 아직 못 끝냈네."

"……저도 아직이에요."

수안이 낮은 목소리로 중얼거리듯 말했다.

"끝낸 척하는 거예요."

"…… 끝내야만 한다면 계속 노력해요. 울지 말고."

"그러려구요."

수안은 동욱이 지켜보고 있다는 것을 알면서도 현준의 차에 올라 방송국을 떠났다.

"죄송해요, 피디님."

"뭐가?"

"또…… 이용해 먹어서요."

"얼마든지 이용해요. 기꺼이 받아줄 테니까."

포장마차로 온 두 사람은 누가 먼저랄 것도 없이 소주를 마시기 시작했다. 서로 주거니 받거니 따라주지 않고 각자 급한 사람이 먼저 따라 마시며 답답한 속을 달랬다.

수안은 동욱을 그렇게 보내야만 했던 사정 때문에 답답해서 견딜 수 없었고 현준은 상처만 주는 남자를 잘라내지 못해 아파

하는 수안이 답답해서 견딜 수 없어 마시고 또 마셨다.

　수안이 안주로 주문한 낙지볶음과 어묵에는 손도 대지 않은 채 깡소주만 들이켜자 보다 못한 현준이 소주병을 잡는 수안의 손을 붙잡았다.

　"속 버려."

　"이미 버렸어요."

　"그 까짓것 끝내 버리고 나한테 와."

　현준이 소주병을 잡은 수안의 손을 꽉 틀어잡은 채 말했다.

　"치사한 꼴 안 당하게 해줄게."

　"……피디님은 다른 사람 만나야 해요."

　"왜?"

　"다른 남자하고 치사하게 엉킨 것 보여주는 여자 말고 연애 경력 없는 여자나 깨끗하게 과거 정리한 여자나 그런 분 만나세요."

　"깨끗하게 정리하고 오면 되잖아."

　현준의 말에 수안이 쓸쓸하게 웃으며 현준의 손아귀에서 손을 빼내려는데 현준이 수안의 손을 놓아주지 않았다.

　"농담 아니야. 나 심각해."

　현준의 심각한 얼굴을 바라보던 수안이 낮은 한숨을 내쉬며 입을 열었다.

　"내가 기다리고 있다는 거 알잖아."

　"기다리지 말라고 했잖아요."

　"왜? 내가 그렇게 부족해?"

"부족하지 않아요. 넘치는 분이죠. 넘치는 분이라…… 미안하죠."

"미안해하지 마. 내가 원해. 내가."

"난 싫어요."

"왜?"

"그게 있죠…… 동욱 씨하고 난 조금도 지저분하지 않고 치열한 사랑인데 그 사랑이 끝나고 다른 사람한테 건너갈 땐 그게 지저분해지거든요. 그토록 치열했던 사랑도 끝나면…… 숨기게 되거든요. 마치…… 불륜이라도 저지른 듯이. 그래서 사랑할 때마다 처음 사랑인 듯이 사랑이라는 거 한 번도 해본 적이 없다는 듯이…… 그렇게 되잖아요. 남자나 여자나 서로 첫사랑이 아니라는 걸 알면서도 속아주잖아요. 보지 못했으니까…… 말하지 않으니까……. 언젠가 아주 먼 날에 다시 사랑을 하게 된다면 나도 그렇게 할 거예요. 처음 사랑인 듯이. 사랑 같은 거 한 번도 해본 적이 없는 듯이. 그렇게 하고 싶어요. 그런데…… 피디님한테는 다 들켜 버려서 다 보여줘서 숨길 수가 없잖아요. 속일 수가 없잖아요."

"윤수안 씨 나한테 첫사랑 아니야. 나도 꽤 여러 번 사랑을 했고 나한테 숨길 수가 없는 게 걸리는 거라면 내 연애 경력도 다 깔게. 다 까서 말해줄게."

현준이 여전히 수안의 손을 꼭 잡은 채 말했지만 수안은 고개를 저었다.

"내 연애 경력이 수안 씨보다 백배는 화려할 거야. 최동욱 그 사람 수안 씨한테 첫사랑이라는 거 알고 있으니까. 그러니까 나한테 와."

수안은 이번에도 고개를 저었다.

"왜? 대체 왜?"

"그 사람 사랑해요."

수안의 말에 현준의 미간에 깊은 주름이 잡혔다.

"그 사람 사랑하는데 어떻게 피디님한테 가요."

"끝낼 거라 했잖아."

"관계는 끝나겠지만…… 사랑은…… 끝날 것 같지가 않아요."

수안이 서글픔이 가득 찬 눈길로 현준을 바라보며 말했고 현준은 소리없이 한숨을 내쉬며 수안의 손을 놓아주었다.

"기다려 볼게."

"기다리지 마세요."

"사랑도 끝이 나면 그땐 나한테 와."

"……."

수안은 끝내 대답하지 않았다.

두 사람은 더 이상 아무 말도 없이 소주 세 병을 나눠 마셨고 택시를 타고 집으로 향하는 동안에도 두 사람은 아무 말도 하지 않았다.

수안의 집 앞에서 함께 내린 현준은 말없이 수안을 따라 아파트로 향했다.

"어디까지 따라오시려구요?"

"엘리베이터."

"뭐 하려요."

"엘리베이터에 토할까 봐."

현준의 말에 푹 하고 웃음을 터뜨리던 수안이 갑자기 걸음을 멈추었다.

아파트 입구에서 동욱과 박형도 실장이 실랑이를 벌이고 있는 것이 보였기 때문이다.

수안은 자신도 모르게 돌아서서 아파트 모퉁이 풀숲으로 숨어버렸다.

"전무님, 이러시면 안 됩니다. 회장님께서 아시면 역정 내실 겁니다. 그만 돌아가십시오."

"누구 맘대로 가라 마라야!"

"전무님."

"가라니까!"

동욱이 위협적으로 소리쳤지만 박형도는 물러서지 않았다.

"전무님, 이러시면 윤수안 씨만 곤란해지십니다."

"당신, 지금 협박하는 거야?"

동욱이 고함을 내지르며 박 실장의 멱살을 움켜잡았다.

"전무님."

"수안이가 곤란해지다니, 무슨 뜻이야!"

"전무님이 이러실수록 윤수안 씨만 더 나쁜 사람으로 몰릴 뿐입니다. 회장님께서는 윤수안 씨가 전무님을 붙잡고 있다고 오해하고 계십니다. 전무님이 아니라 모든 책임을 윤수안 씨에게 물리고 계십니다."

"그게 아니라는 걸 알잖아! 아버지한테 그렇게 보고한 건 바로 당신이야. 당신이라고!"

동욱은 박 실장을 한 대 갈길 듯이 소리쳤다.

"저는 회장님께서 시키는 일만 할 뿐입니다, 전무님."

"그렇겠지. 아버지가 원하는 답만 골라 보고했겠지."

"진정하시고 가시죠, 전무님. 전무님이 여기 오신 거 회장님께서 알고 계십니다. 그래서 저를 보내신 겁니다. 지금 댁에서 기다리고 계시니 가시죠."

"안 가. 못 가!"

"윤아 아가씨와 결혼 날짜가 잡혔습니다."

"뭐? 뭐가 잡혀?"

"결혼 날짜가 잡혔습니다."

충격에 빠진 얼굴로 박형도를 노려보던 동욱이 박형도의 멱살을 뿌리친 후 급하게 자동차에 올라 떠나자 박형도 역시 함께 왔던 경호원들과 함께 급히 떠났다.

현준은 그제야 풀숲에 숨어 있는 수안에게 다가왔다.

수안은 동욱과 박형도가 떠났다는 것을 알면서도 여전히 풀숲에 숨어 있었다.

"꼴좋죠?"

"……."

"결국…… 이렇게 끝나는 거예요. 끝나는 거예요……."

수안이 울지 않으려고 애쓰며 말했고 현준은 가만히 고개를 끄덕였다.

수안은 그만 눈물을 떨어뜨리고 말았다.

너무 창피하고 자존심 상하고 부끄럽고 화가 나서 눈물을 떨어뜨리고 말았다.

현준은 소리도 없이 어깨만 들썩이며 우는 수안을 바라보다가 가만히 끌어당겨 안았다. 수안은 동욱이 아닌 다른 남자의 품에 안겨 오랫동안 정말 오랫동안 울었다.

동욱이 문을 부술 듯 열고 들어오자 어머니가 소파에 앉아 있다가 깜짝 놀라며 벌떡 일어났다.

"아버지, 어디 계십니까?"

"서재에……."

동욱은 노크도 없이 서재 문을 열어젖혔다. 책상에 앉아 책을 보고 있던 최 회장이 고개를 번쩍 들었다.

"뭐 하는 짓이야?"

"결혼 날짜를 잡아요?"

"그랬다."

"누구 마음대로 결혼 날짜를 잡았습니까, 누구 마음대로요!"

동욱이 악을 썼다.

"이런 돼먹지 못한 놈 같으니라고!"

"예. 전 돼먹지 못한 놈입니다. 아들을 그렇게 만드셔서 좋으십니까?"

"이런 망할 자식!"

최 회장이 책을 집어 던지면서 벌떡 일어났다.

"회사 그만두겠습니다. 절대 아버지가 원하시는 대로 되지는 않을 겁니다."

"뭐라고?"

최 회장의 얼굴이 곧 폭발할 듯 붉게 타올랐다.

"알거지가 되어서 굶어 죽는 한이 있더라도 상관없습니다. 전 수안이와 결혼합니다."

"이런 망할 자식! 이 애비 얼굴에 똥칠을 할 작정이냐!"

"예! 그렇게 할 겁니다. 그렇게 할 거란 말입니다!"

"이런 불효막심한 놈!"

최 회장은 동욱의 얼굴을 후려쳤다.

"그래, 어디 네 마음대로 해봐. 네 마음대로 해."

"예! 전 제 마음대로 할 겁니다!"

동욱은 서재를 나와 버렸다.

"네 이놈, 당장 돌아오지 못해!"

아버지가 고함을 내질렀지만 동욱은 멈추지 않았다.

듣다 못한 어머니가 달려와 동욱을 붙들었다.

"동욱아, 왜 이러니? 너마저 이러면 어떻게 해? 영욱이도 저렇게 돼버렸는데, 너까지 이러면 아버진 어떻게 하고 나는 어떻게 하니?"

"영욱인 아버지 때문에 그렇게 됐습니다. 모르세요?"

"동욱아……."

"왜 모른 척하세요? 영욱이가 불쌍하지도 않으세요?"

"동욱아."

"나쁜 놈, 나쁜 놈!"

최 회장이 달려나와 또다시 동욱의 뺨을 후려치려는 순간 어머니가 남편의 허리를 붙들었다.

"아버지가 싫습니다. 전 한 번도 아버질 좋아한 적이 없습니다!"

"이 자식!"

아버지가 부들부들 떨며 동욱을 노려봤다.

"예! 전 아버지가 싫습니다. 내 어머니한테서 날 떼어냈던 그때부터 전 아버지가 싫었습니다."

동욱의 눈에서 불길이 치솟았다.

"네 이놈, 네 이놈!"

"내 어머닐 그렇게 내치고 아버지는 그동안 행복하셨습니까? 내 어머니 가슴에 그렇게 지독한 대못을 박아놓고 아버지는 행복하셨습니까? 아버지가 시키는 대로 다 할 테니 수안이만 달라고 하지 않았습니까! 수안이만 달라고 하지 않았습니까!"

동욱이 악을 썼다.

"신물이 납니다. 신물이 나요! 절대 아버지를 용서하지 않을 겁니다."

동욱은 그 말을 뒤로하고 석고처럼 굳은 채 서 있는 아버지를 내버려 두고 집을 나와 버렸다.

다음날 동욱은 미련없이 사표를 제출하고 잠적했다.

"미국으로 연수를 가라뇨?"

"공부하러 가. 한 2, 3년 미국에 다녀와. 공부도 하고 특파원 노릇도 좀 해주고. 자주자주 미국 연결해서 얼굴 비치게 해줄게."

"갑자기 무슨 말씀이세요? 저는 아나운서인데, 특파원을 하라뇨? 지금 맡고 있는 프로도 다음 개편 때까지는 넉 달이나 남았어요."

"다른 사람이 하면 돼. 후배들한테도 기회를 줘야지. 윤수안 씨 때문에 얼굴 한번 못 내놓고 놀고 있는 후배들이 얼마나 많은데."

"그게 이유예요? 그건 아니죠? 본부장님, 말씀해 주세요. 무슨 일이에요? 다른 이유가 있죠?"

"이유는 무슨! 잘하니까 더 잘하라고 보내준다는 건데, 다른 사람은 가고 싶어 안달을 해도 기회가 없어 못 가는데, 왜 그래?"

"갑자기 연수를 가라시니까 이상하잖아요."

"이상할 것 없어. 한 달 안에 출발하게 될 거야."

"한 달요?"

수안은 기가 막혀서 할 말을 잃고 말았다.

한 달 안에 미국으로 가라니, 이러는 법은 없었다. 연수를 보낼 예정이었다면 적어도 석 달, 아니, 반년 전에는 미리 예고를 해주는 것이 정상적인 절차였다. 그런데 말 한마디 없다가, 귀띔도 없다가 갑자기 미국으로 연수를 보내준다니! 그것도 한 달 안에 떠나야 한다니!

"한 달 안에 미국으로 가라구요?"

"이왕 결정된 거 빨리 가면 좋지 뭐. 그리고 윤수안 씨는 별로 정리할 것도 없잖아."

"전 가고 싶지 않아요."

"왜 가기 싫어? 얼마나 좋은 기회인데? 가서 공부해. 미국에서 묵을 집하고 타고 다닐 자동차하고 학비까지 다 대줄 테니까 가서 많이 배우고 와. 갔다 오면 수안 씨의 입지가 아주 튼튼해질걸?"

"누가 대줘요? 누가 그걸 다 대준대요? 본부장님, 누구예요?"

"누구라니? 회사에서 대주는 거지?"

본부장은 시치미를 뗐다.

"아시잖아요."

"무슨 소리야? 우리 방송국에서 대는 거지. 아나운서 하나 제대로 키워보려고."

"유성그룹이죠?"

수안의 말에 본부장의 얼굴에 당황한 기색이 감돌았다.

"유성그룹이군요."

"수안 씨."

"그렇죠? 그런 거죠?"

"수안 씨."

"숨기지 마세요. 예고도 없이 갑자기 이러는 건 다 이유가 있기 때문이에요. 유성그룹 사람이 와서 그렇게 해달라던가요? 어째서 유성그룹이 하라는 대로 하시는 거예요?"

"좋아, 그렇다면 사실대로 말하지. 유성그룹에서 사람이 왔었어. 수안 씨를 한 2, 3년만 다른 데로 보냈으면 좋겠다고. 국외로 말이야."

"……."

"이유를 물어봤는데, 말을 안 했어. 설명해 줄 수 없대. 그냥 부탁하는 대로 하지 않으면 협찬 중지하겠다는 거야. 광고도 마찬가지고."

"그래서 그렇게 한다고 하신 거예요?"

"윗선에서 그러자고 한 모양이야. 난 시키는 대로 할 뿐이야."

"그래서 보름 안에 내가 묵을 집도 마련됐고, 타고 다닐 자동차도 마련됐고, 학비까지 다 마련이 된 거로군요."

"그래, 그쪽으로 이미 손을 쓴 모양이야."

"이건 연수가 아니라 유배예요. 전 못 가요."

"무슨 일이야? 유성그룹이 왜 수안 씨를 걸고 넘어가는 거야?"

"……."

"나한테 말해봐. 내가 도와줄 수도 있잖아."

"말씀드릴 수 없어요."

"그럼 어쩔 도리가 없어."

"사장님을 뵐게요. 사장님한테 말씀드려 볼게요."

"가지 않는 게 좋을 거야. 사장님께서도 유성그룹 사람이 다녀간 후에 수안 씨가 방송국 이미지 나빠지게 이상한 짓 하고 다니는 거 아니냐고 묻더라고. 그래서 아니라고 했지. 그럴 사람 아니라고. 하지만 만약에 그렇다면, 그리고 수안 씨가 미국에 안 가겠다면 사표를 받으라고 하셨어."

수안은 어처구니없다는 얼굴로 본부장을 쳐다봤다.

"사표를 쓰는 것보다 미국이 나아."

"……아뇨. 사표를 쓰는 한이 있더라도 사장님은 봬야겠어요."

본부장실을 나온 수안은 곧장 사장실을 향해 거침없이 나아갔지만 결국 사장실 문을 두드리지 못했다. 은주의 전화를 받았기 때문이었다.

1층 로비로 은주를 만나러 내려갔을 때 은주는 마치 죽을병에 걸린 듯 끔찍하게 일그러진 얼굴로 수안을 기다리고 있었다.

"은주야."

"수안아."

은주가 수안의 손을 부여잡더니 수안의 곁에 바짝 다가앉았다.

"무슨 일이야?"

"수안아, 큰일 났어."

"무슨 일인데?"

"살려줘, 수안아."

은주의 얼굴은 이미 사색이었다.

"무슨 일인데 그래? 무슨 일이야?"

"저기……."

은주가 주변을 한번 훑어보더니 금방이라도 울음을 터뜨릴 얼굴로 수안을 바라봤다.

"유성그룹에서 어떤 사람이 찾아왔는데……."

유성그룹에서 은주에게까지 찾아갔다니 정말 믿을 수 없는 일이었다.

"유성그룹에서?"

"우리 그이한테 찾아와서…… 너 한국 떠나게 하지 않으면 예전에 대전에서 있었던 일 다 까발리고 그이 회사에서 쫓아낸다고……."

은주가 말을 잇지 못하고 울먹거리기 시작했다.

"정현이 일을?"

"수안아, 살려줘. 우리 부모님 그이 예전에 대전에서 있었던 일 몰라. 그 일 알면 안 돼. 절대 안 돼."

은주가 수안의 손을 잡고 사정했다.

"안 되고말고…… 절대 안 되고말고……."

은주가 사정하지 않아도 정현의 과거가 까발려지는 것은 수안도 원치 않았다. 결코 원하지 않았다. 하지만 생각할수록 기가 막혔다. 어떻게 그 일까지 알아냈을까. 어떻게 그 오래전 일을 알아냈을까. 정말 무서운 사람들이었다.

"수안아, 정말 미안한데⋯⋯. 동욱 선배랑 그렇게 된 줄 모르고 있었어. 잘되고 있는 줄 알았는데 갑자기 찾아와서⋯⋯. 그이는 너 한국 떠나게 할 수 없다고 회사 그만두면 다른 일자리 알아보면 된다고 하는데⋯⋯ 나도 회사 그만두는 건 걱정 안 해. 그런데 예전에 대전에 있었던 일은, 제발 그 일만큼은 들춰지지 않았으면 좋겠어."

은주가 당황하고 놀란 나머지 두서없이 내뱉었다.

"당연하지. 안 되지. 안 돼. 절대 안 돼."

"미안해, 수안아. 너무 미안해. 어떻게 돼가는지 모르겠지만 그이 과거 들춘다는 말에 너무 놀라고 너무 기가 막히고 너무 급해서⋯⋯. 수안아⋯⋯ 야속하겠지만⋯⋯ 나 둘째 임신했어. 나 그냥 이렇게 살고 싶어. 그냥 이렇게 아무 일도 없는 듯이 살고 싶어. 우리 그이 과거 들통나서 친정 식구들한테 손가락질당하는 거 싫어. 세상에서 제일 좋은 남자 만나서 제일 행복한 여자로 그렇게 살고 싶어."

"그래, 알아. 그래야지. 그래야 해."

"미안해, 수안아."

"아니야. 아니야, 은주야. 미안할 것 없어."

"정말 미안해⋯⋯."

은주가 미안함에 수안의 손을 잡고 눈물을 쏟고 말았다.

"울지 마."

"그이는 나 여기 온 줄 몰라."

"말하지 마. 절대 말하지 마."

"미안해……."

"미안할 것 없어. 아기 가졌니? 둘째 가졌어?"

"응."

"고맙다. 조카를 둘이나 갖게 해주고. 고맙다, 은주야."

수안이 은주의 배를 쓰다듬으며 몇 번이나 고맙다는 말을 중얼거렸다.

정말 고마웠다. 세상에서 제일 고마운 사람을 꼽으라면 첫 번째로 은주를 꼽을 만큼 수안은 늘 은주에게 고마워하고 있었다.

정현의 허물을 덮고 쓸어안아 준 사람이 은주이지 않은가. 지울 수만 있다면 깨끗하게 흔적없이 지워 버리고 싶은 흉이었는데 은주는 그 흉마저도 끌어안아 준 사람이 아닌가. 어떻게 고맙지 않을 수 있으며 어떻게 꾸려진 가정인데 그 가정이 깨지도록 내버려 둘 수 있을까. 다른 사람도 아닌 누나가.

정현과 은주가 결혼식을 올리던 날 얼마나 많이 울었었는데. 어느 외진 동네 허름한 예식장에서 더없이 조촐하게 치러진 결혼식이었지만 늘 가슴 한구석을 아프게 했던 정현이 비로소 제자리를 찾아간 것이 너무나 기쁘고 벅차서, 부족한 정현을 남편으로 맞이한 것을 한없이 기뻐만 하는 은주가 너무도 고맙고 미안해서 정말 많이도 울었었다.

첫 아이를 낳고 그 소중한 첫 아이가 돌을 맞이하기도 전에 벌써 둘째 아이를 가졌다는데 어떻게든 정현의 가정은, 아니, 은주의 가정은 지켜줘야만 했다. 고민도 필요없고 분해할 필요도 없이 정현과 은주의 가정을 위해서라면 기꺼이 희생해야만 했다.

수안에게 남은 선택은 하나밖에 없었다. 군소리하지 않고 조용히 한 달 안에 미국으로 떠나는 것. 하지만 그전에 꼭 다짐은 받아야 했다. 시키는 대로 할 테니 정현은 건드리지 말아달라는 다짐.

최 회장은 만나주지 않을 것이 뻔했기에 수안은 박형도에게 마지막으로 만나달라고 부탁했고 박형도는 약속된 장소에 약속된 시간을 1초도 넘기지 않고 수안을 만나러 나와주었다.

"원하시는 대로 미국으로 갑니다."

"예."

"미국으로 갈 테니 제 동생은 내버려 두세요."

"예, 걱정 마십시오."

"그 약속만큼은 꼭 지켜주셔야 합니다."

"약속드리겠습니다."

"그런데…… 동욱 씨와 정리를 했는데 왜 밖으로 내쫓으려고 하십니까? 꼭 이렇게까지 하셔야겠어요?"

"수안 씨가 서울에 계시면 도련님께서 마음을 못 잡으십니다."

틀린 말은 아니었다. 이왕 헤어질 거면 눈앞에서 완전히 사라져 주는 것이 서로에게 좋을 터였다. 최 회장에게는 더더욱 좋고.

"도련님께서…… 사표를 내셨습니다. 지금 잠적하셔서 찾고 있는 중입니다."

"동욱 씨가…… 잠적했다고요?"

"연락 못 받으셨습니까?"

"번호 바꿨어요. 아시잖아요."

"도련님께 바뀐 번호 알려주지 않았습니까?"

"조사 안 하셨어요?"

"추궁하는 것이 아니라 여쭙는 겁니다."

"놀랍네요. 유성그룹에서 동욱 씨를 잃어버렸다니."

수안은 자신도 모르게 비꼬고 말았다.

동욱이 그렇게까지는 못할 줄 알았는데 동욱이 사표를 내고 잠적할 정도로 온몸으로 최 회장과 부딪히고 있다는 것을 알게 되자 미안하면서도 가슴이 아팠다. 그런 사람을 두고 떠나야 한다니……. 그토록 애를 쓰는 사람을 두고 떠나야 한다니.

"수안 씨에게 연락을 하려던 참이었습니다. 마지막으로…… 전무님을 한번 만나주십시오."

"왜요? 난 떠날 텐데요."

"……죄송하지만 전무님께 헤어지지 않고 버티겠다고 말씀해 주십시오."

"동욱 씨를 찾으려고 절 이용하시는 거군요."

"부인하지 않겠습니다."

"……동욱 씰 찾아서 제자리에 앉혀놓고 미국으로 떠나라는 말씀이죠?"

"그렇게 해주시면…… 동생분 가족에겐 아무 피해가 없을 겁니다."

미국으로 떠나주면 정현의 가족을 다치지 않게 해주겠다더니 순식간에 또 말을 바꾼 것이다. 몹쓸 인간들.

"대한민국이 뭐 그렇게 넓은 땅이라고 유성그룹에서 사람 하나 찾아내고 사람 하나 죽이는 거 우습지 않나요?"

동욱과 끝나고 미국으로 쫓겨나는 판국에 더는 저자세일 필요가 없었다. 이왕 이 지경으로까지 내몰린 것 그동안 밟히고 밟혔던 거 삼분의 일이라도 되갚아주고 싶었다.

"난 상관하고 싶지 않습니다. 전 해달라는 대로 다 해드렸어요. 미국으로 가죠. 그것만으로도 내 동생을 건드리지 않을 이유는 충분해요."

"수안 씨가 화났는 거 충분히 이해합니다."

"네, 이해하시겠죠. 하지만 이해보다는 동욱 씨를 찾아야 해서 비아냥거림을 참아주고 계신 거겠죠."

"……회장님께서는 혹시라도 도련님이 안 좋은 생각을 하실까 봐 걱정하고 계십니다."

"설마 그런 걸 걱정하시겠어요? 이미 아들 하나 망쳐 놓고도 눈 하나 깜빡 안 하신 분이신데 그깟 아들 하나 더 망친다고 대수겠습니까?"

"수안 씨."

"전 회장님께서 원하시는 대로 다 했습니다. 더는 해드리고 싶지 않아요."

"도련님과의 정을 봐서……."

"그 정 기어이 끊어놓은 분이 누군지 아시잖아요."

"부탁드립니다. 도와주십시오."

"……."

"서운하지 않으실 정도로 사례를……."

"닥치세요!"

수안이 낮지만 거친 어조로 내뱉었다.

"난 이미 갈기갈기 찢겼을 정도로 서운해요. 더는 날 서운하게 만들 수도 없어요."

"수안 씨……."

"아무짝에도 쓸모없는 인간 취급하시더니…… 다행히 한군데 써먹을 데를 발견하셨군요."

"죄송합니다."

"참 끝까지 알뜰하게 써먹으시네요."

"부탁드립니다."

"어림없어요."

박형도의 부탁을 매몰차게 거절하고 나왔지만 수안은 어쩔 수 없이 동욱에게 전화를 걸어야 했다. 도저히 외면할 수가 없었다. 동욱이 나쁜 생각을 하고 있을까 봐 걱정한다는 말을 들었을 때 이미 자신과는 상관없는 일인 척했지만 수안 역시 동욱이 잠적했다는 말을 듣는 순간부터 두려움에 떨기 시작했었다.

동욱이 잘못됐다……. 상상조차 하고 싶지 않았다. 그런 비극은 영욱에게서 끝나야만 했다. 참혹한 비극이 동욱마저 삼키도록 내버려 둘 수는 없었다.

이미 한참 전에 지워 버린 번호였지만 지웠다고 해서 잊혀질 번호가 아니었다. 예상했던 대로 동욱의 휴대폰은 전원이 꺼져 있었고 그래서 수안은 메시지를 남겼다.

제발 메시지를 들어주길 소망하면서. 제발…….

"혼자 도망치지 말고 나하고 같이 도망쳐요. 나 데려가요…… 제발 나 데리고 가요."

수안이 간절한 목소리로 메시지를 남기고 피 말리는 다섯 시간이 지난 후 동욱에게서 전화가 걸려왔다.

[수안아.]

"어디 있어요. 어디 있는 거예요, 지금."

동욱의 목소리를 듣는 순간 수안은 울음을 터뜨리고 말았다.

"어디 있어요. 내가 갈게요. 지금 내가 갈게요."

[내장산.]

수안은 즉시 동욱이 있는 내장산으로 달려갔다.

동욱은 오래전 수안과 함께 묵었던 호텔 방에서 폐인이나 다름없는 몰골을 하고 수안을 기다리고 있었다.

동욱은 아무 말도 하지 않고 정말 오랫동안 수안을 껴안고 있었고 수안은 동욱의 품에 안겨 터지려는 눈물을 필사적으로 참고 있었다.

"유성그룹 후계자께서 어쩌다 이런 데 숨어 계세요?"

"여기 기억 안 나?"

"여기?"

"우리 처음으로 사랑한 곳인데."

"아…… 그렇구나."

"잊었어?"

"생각나요. 그날 우리 참…… 촌스럽게 굴었었죠."

"순진한 우리 수안이 그날 부끄러워서 숨 한 번 안 쉬고 내 팔만 꽉 붙들고 있었지."

"그랬나요?"

"그랬어."

"부끄럽게…… 그런 걸 뭐 하러 기억하고 있어요?"

"그날 알았거든."

"뭘요?"

"너 없으면 못 산다는 걸."

동욱의 말에 수안의 눈에 눈물이 고였다.

"그렇게 늦게 알았어요?"

"넌? 넌 언제 알았는데?"

"동욱 씨가…… 나한테 처음 키스했던 날. 난 그때 알았어요. 당신이라는 거…… 당신이 내 사람이라는 거."

"그런데도 날 떠나려고 했구나."

"……미안해요. 잘못했어요."

수안이 동욱의 얼굴을 감쌌다.

"잘못했어요."

진심이었다. 이 순간만큼은 너무나 미안해서 잘못했다는 말밖엔 할 수가 없었다. 그토록 사랑했던 사람인데 떠나려고 했던 것이 너무 미안하고 먼저 포기해 버린 것이 너무 미안했고 지금 동욱을 속일 수밖에 없는 것이 너무 미안해서 죽고 싶은 심정이었다.

"미안하다, 수안아. 힘들게 해서."

"잘못했어요."

"힘들게 해서 미안해."

"잘못했어요."

"사랑한다, 수안아."

"잘못했어요."

"사랑해."

"잘못했어요."

수안은 동욱을 끌어안고 한참을 울었고 동욱 역시 수안을 끌어안은 채 흐느껴 울었다. 오늘이 마지막 밤인 줄도 모른 채 오늘 밤이 두 사람이 사랑을 나누는 마지막 밤인 줄도 모른 채.

이틀 후 수안은 동욱과 함께 서울로 돌아왔다.

수안이 다 꾸린 짐 가방을 거실로 끌고 나오는데 초인종이 울렸다.

순간 동욱이 찾아온 것은 아닐까 잔뜩 걱정하며 짐 가방을 숨기기 위해 두리번거리는데 바깥에서 누나 하고 부르는 정현의 목소리가 들렸다.

정현이 찾아온 것은 의외였지만 어쨌거나 동욱이 아닌 것은 다행이었다.

수안이 현관으로 달려가서 문을 열자 정현이 술을 마셨는지 눈두덩이 빨갛게 달아오른 채로 수안을 쳐다봤다.

"이 시간에 웬일이야?"

"누나 보러."

"은주한테 여기 온다고 말은 하고 왔어?"

"아니."

"말하고 와야지. 말없이 늦으면 걱정하잖아."

"들어가도 돼?"

"되고말고."

수안이 비켜서자 정현이 안으로 들어왔다.

"술 했니?"

"조금."

"와이프 임신 중인데 술 자제해."

수안의 충고에 정현은 아무런 대답도 없이 거실에 놓인 짐 가방들을 쳐다봤다.

"누나 내일 연수 가는 거 알지?"

수안이 일부러 밝은 척하며 말했다.

"훌륭하지 않니? 회사에서 연수 보내주는 아나운서 몇 안 되는데 누나가 얼마나 훌륭하면 연수까지 보내주겠니. 이 누나를 자랑스러워하렴."

"가지 마."

정현이 굳은 표정으로 말했다.

"무슨 소리야?"

"가지 마, 누나."

"애가 많이 취했네. 내일 떠나는 사람한테 가지 말라니. 잘 갔다 오라고 해야지. 실없게."

"제발 가지 마."

"쓸데없는 소리 하려면 집에나 가. 가서 애 좀 봐주고 은주 도와줘."

"나 때문에 가는 거 다 알아. 나 완전히 까이고 개박살나도 되니까 가지 마. 나 때문에 미국까지 쫓겨가지 말라고!"

정현이 울분에 찬 목소리로 소리쳤다.

정현의 외침에 잠깐 동안 당황했던 수안이 억지로 밝게 웃어 보였다.

"너 때문에 쫓겨가는 거 아니야. 누가 그딴 소릴 해? 내가 가고 싶어서 가는 거야. 아무나 갈 수 있는 연수 아니야. 얼마나 좋은 기횐데 엉뚱한 소리야?"

"다 알고 있어. 나 때문에 쫓겨가는 거 다 알고 있다고."

"쫓겨가는 거 아니야, 정현아. 누나가 가고 싶어서 가는 거야."

"누나."

정현의 얼굴이 비참하게 일그러졌다.

"왜 그래, 그러지 마. 누나 마음 아프게 왜 그래? 누나 아무렇지 않다니까. 정말 가고 싶어서 가는 거야. 누나 행복해."

"거짓말하지 마. 누나 얼굴 지금…… 얼마나 초라한데."

"초라하지 않아. 절대 아니야."

"동생이라고 하나 있는 게 누나 속만 썩이고 못된 짓이나 하고 다니고…… 누나 발목만 잡았는데……."

정현의 눈에 쓰디쓴 눈물이 고였다.

"나 때문에 누나 미국까지 쫓겨 나가게 만들고 내가 무슨 낯으로 살아. 내가 어떻게 사람인 척하고 사냐고."

정현의 눈에서 눈물이 흘러내렸다.

"가지 마. 집사람 둘째 가졌는데 설마 과거 들통났다고 장인 장모가 이혼하게 만들지는 않을 테고 몇 달 쪽팔리면 괜찮아. 그 정도는 견딜 수 있어. 백번도 견뎌. 당해도 싸고. 회사에서 쫓겨나면 다른 일자리 구하면 돼. 나 실력 좋아. 오라는 데 많아. 굶어 죽지 않아. 그러니까 가지 마."

"너 때문에 쫓겨 나가는 거 아니야. 만나면 안 되는 사람 만나서 그런 거야. 나 때문이지 너 때문이 아니야. 쓸데없는 걱정 하지 마."

"누나."

정현이 수안의 손을 잡았다.

"지금까지 누나한테 잘한 게 하나도 없는데…… 이것만이라도 해야지. 하나라도 잘하는 짓이 있어야지."

"서울 안 떠나고 버텨서 너 창피하게 만드는 거 절대 잘하는 짓 아니야. 네가 왜 잘한 게 없어? 은주하고 결혼해서 한눈팔지 않고 열심히 일하면서 행복하게 살아주는 게 얼마나 예쁜 짓인데. 세상에서 제일 예쁜 짓 하고 있어."

"나 같은 놈 보호하려고 누나가 희생할 필요 없어. 이젠 나 때문에 누나가 고생할 필요 없다고. 내 앞가림할 수 있어. 그러니까 가지 마."

"너 때문에 내가 무슨 고생을 한다고 그래."

수안의 눈에도 눈물이 고였다.

"그런 말 하면 누나 정말 마음 아파. 웃으면서 보내줘. 응?"

"어떻게 웃어. 누나 똥통에 처넣고 어떻게 내가 웃어!"

정현이 흑득흑득 흐느끼며 소리쳤다.

"자식이 정말 왜 이래."

수안이 뚝 하고 떨어지는 눈물을 훔쳐내며 정현을 나무랐다.

"얼른 집에 가. 집에 가서 은주 도와줘. 몸 무거워 힘들어해."

"누나."

"누나 걱정하지 마. 누나 몰라? 윤수안, 세상에서 제일 씩씩한 사람이야. 끄떡없으니까 아무 걱정 말고 집에 가."

"누나……."

정현이 수안을 와락 껴안았다.

"잘못했어."

수안을 끌어안은 정현이 끌어안긴 수안의 몸까지 흔들릴 정도로 격하게 울부짖었다.

"잘못했어. 잘못했어."

"이 자식이 정말 왜 이러는 거야. 울지 마. 내가 죽은 것도 아닌데 왜 울고 그래?"

정현에게 울지 말라고 했지만 결국 수안도 눈물을 쏟고 말았다.

"진심이야. 나 어떻게 돼도 상관없어. 가지 마."

"너 어떻게 되는 거 나한테는 상관있어. 그리고 네가 아니더라도 최 회장님 어떻게든 날 내쫓았을 거야. 절대 너 때문이 아니야. 나 때문이야. 나만 조용히 나가면 깨끗하게 해결돼. 그러니까 다른 생각하지 말고 지금처럼 살아. 그게 누나 행복하게 해주는 거야."

"누나……."

"울지 마, 정현아. 울지 마."

수안이 정현의 얼굴을 흠뻑 적신 눈물을 닦아주었다.

"울지 말고 활짝 웃고 집에 가는 거야. 응? 은주 너한테나 나한테나 정말 고마운 사람이니까 은주 마음고생하게 만들지 말

자. 응?"

"누나······."

"웃어줘야지. 너 웃는 거 봐야지 누나가 마음 놓고 떠나지."

"미안해."

"아니, 내가 미안해."

"······힘들면 언제든지 돌아와."

"그럴게."

"외로운데 버티지 말고 힘들면 곧장 돌아와. 내가 먹여 살릴게. 먹여 살릴 수 있어. 얼마든지 먹여 살릴 수 있어."

"그럼, 우리 동생이 날 먹여 살리고말고. 그래서 내가 얼마나 든든한데."

수안은 자신의 눈물은 닦지도 못하고 정현의 눈물만 연신 닦아주며 말했다.

"자주 전화해 줘."

"그래. 알았어."

"몸조심하고."

"물론이지."

"절대······ 아프지 말고."

정현이 수안의 무릎에 쓰러지듯 엎드려 서럽게 흐느꼈다.

수안은 자신의 무릎에서 흐느끼는 정현의 등을 쓰다듬으며 정현만큼이나 아프게 흐느꼈다.

그리고 다음날, 최 회장은 기어이 씻지 못할 죄를 저지르고 말았다.

노크 소리와 함께 조용히 사무실 문이 열리며 비서가 예쁘게 포장된 상자를 들고 안으로 들어왔다.

"전무님, 소포가 도착했습니다."

비서가 동욱의 책상 위에 상자를 내려놓았다.

"누가 보냈나?"

"윤수안 씹니다."

수안의 이름을 듣는 순간 동욱의 입가에 미소가 감돌았다.

"알았어요."

비서가 나간 후 동욱은 상자에 묶여 있는 매듭을 조심스레 푼 후 뚜껑을 열어보았다. 상자 안에는 또 작은 상자가 들어 있었고, 편지가 동봉되어 있었다.

큰 상자 안에 들어 있던 또 다른 작은 상자를 열어본 동욱의 얼굴에는 처음보다 조금 더 큰 미소가 걸렸다.

작은 상자 안에는 시계가 들어 있었는데 얼마 전 아주 기발하고 뜻깊은 무엇인가를 발견했다면서 2천 일 기념으로 선물하겠다던 수안의 말이 생각났기 때문이다.

동욱은 수안이 발견한 기발하고 뜻깊은 무엇인 시계가 마음에 꼭 들었다. 설령 시계가 아니라 아주 보잘것없는 무엇이었더라도 수안이 골랐다면 무조건 마음에 꼭 들었을 동욱이었다.

동욱은 수안이 선물한 시계를 손목에 차고 흐뭇한 미소를 지으며 동봉된 편지를 펼쳤다.

오늘이 우리가 만난 지 2400일. 알고 있죠?

2400일을 날짜로 따져 보니까 6년 하고 210일이에요.

햇수로는 7년인데 정확하게는 6년 210일이에요.

그런데 6년 210일, 어쩐지 멋없지 않아요? 그래서 그냥 2400일로 했어요.

딱 떨어지고 좋잖아요. 엄청 오래 만난 것 같기도 하고.

2400일을 시간으로 따지면 얼마나 될까 생각하다가 시계로 골랐어요.

정말 기발하고 뜻깊지 않아요?

몇 시간, 몇 분, 몇 초인지 동욱 씨가 계산해서 알려줘요.

그리고 그 시계로 우리의 3천 일은 언제쯤인지도 알려줘요.

축하해요.

당신과 나의 2400일.

동욱이 정말 기발하고 뜻깊은 발견이라고 생각하며 수안에게 고맙다는 인사를 하기 위해 휴대폰 폴더를 여는데 노크 소리와 함께 비서가 조용히 문을 열었다.

"전무님, 회의 시간입니다."

"알았어요, 5분만."

동욱이 서둘러 단축 버튼을 눌러 수안에게 전화를 걸었지만 수안의 휴대폰은 꺼져 있었다. 아마도 라디오 뉴스나 회의에 참석하느라 휴대폰을 꺼둔 것 같았다.

휴대폰을 들고 사무실을 나온 동욱은 회의실로 향하며 아나운서실로 전화를 걸었다.

[네, 아나운서실입니다.]

"윤수안 씨 부탁합니다."

[자리에 안 계신데요.]

"언제 들어오실까요?"

[음……. 당분간은 안 계세요.]

"예?"

당분간은 없다니 동욱은 도무지 무슨 말인지 알아들을 수가 없었다.

"당분간 안 계신다니요? 오늘 중으로 안 들어옵니까?"

[그게…… 실례지만 윤수안 씨하고는 어떻게 되시죠?]

"……친굽니다."

[그러세요? 윤수안 씨는 미국으로 연수를 갔습니다.]

"예?"

회의실로 향하던 동욱의 발걸음이 우뚝 멈춰 섰다.

[오늘 미국으로 떠납니다.]

"오늘 미국으로 간다고요?"

동욱은 쇠망치로 뒤통수를 언어맞은 듯 순간적으로 머릿속이 하얗게 바래는 기분에 사로잡혔다.

"미국으로 간다니…… 그게 무슨 말씀입니까?"

[연수 떠났다니까요.]

"언제요?"

[오늘요. 음, 11시 비행기니까 지금쯤 공항에 있겠네요.]

동욱은 바위처럼 굳은 얼굴로 멍하게 휴대폰을 쳐다보다가 퍼뜩 정신을 차리고 시계를 들여다봤다. 9시 40분이었다. 운이 좋다면 11시 전에 공항에 도착할 수 있을 것 같았다. 아니, 무슨 짓을 해서라도 11시 전에 공항에 도착해야만 했다.

동욱은 즉시 유성그룹 사옥을 뛰쳐나왔다.

"전무님!"

동욱을 수행하던 직원들이 깜짝 놀라 동욱을 외쳐 불렀지만 지금 동욱의 귀에는 아무 소리도 들리지 않았다.

회의도 그 무엇도 동욱을 막을 수는 없었다.

지금 동욱이 할 수 있는 일은, 해야만 하는 일은 무슨 짓을 해서라도 11시 전에 공항으로 달려가 미국으로 떠나려는 수안을 잡는 일 그것밖엔 없었다.

차에 오르자마자 미친 듯이 액셀러레이터를 밟은 동욱은 바퀴에서 터져 나오는 꿍음을 듣지 못했다. 마치 진공 상태에 빠진 듯 아무 소리도 들리지 않고 다른 생각은 할 수조차 없었다.

오로지 수안이 비행기에 오르기 전에 잡아야 한다는 생각밖에 없었다. 수안을 실은 비행기가 이륙하기 전에 붙잡아야 한다는 생각밖에는 없었다.

동욱은 비상등을 켜고 최고 속도로 공항으로 달려갔다.

드디어 저 멀리 공항이 보이기 시작하자 동욱의 심장은 터져 나갈 것만 같았다. 수안을 태운 비행기가 이륙할 것만 같아서 벌써 떠났을 것만 같아서 견딜 수가 없었다.

'절대, 절대 보낼 수 없어.'

이렇게 보낼 수는 없었다. 이런 식으로 빼앗길 수는 없었다.

동욱은 공항 주차장에 아무렇게나 차를 주차시킨 다음 청사 안으로 뛰어들어 갔다. 1초도 지체할 수 없었다. 숨이 차고 심장이 터져 죽는 한이 있더라도 수안에게 향해 달려가는 이 발걸음을 멈출 수도 늦출 수도 없었다.

"전무님."

사내들이 동욱의 앞을 막아서서 정신을 차리고 보자 유성그룹 비서실에서 나온 사람들이었다.

"비켜요."

"돌아가십시오, 전무님."

"비켜!"

동욱이 당장 비키지 않으면 주먹을 날릴 기세로 고함을 질렀다.

"감히 내 앞을 막아? 감히!"

동욱이 가장 가까이에 있는 사람의 멱살을 거머쥐고 고함을 지르자 비서실 사람들이 서로 눈치를 보다가 조용히 동욱의 곁에서 떨어졌다.

동욱은 따라오면 죽여 버리겠다고 소리친 후 허겁지겁 2층 출국 카운터로 올라갔지만 수안의 모습은 보이지 않았다.

동욱은 2번 출국장으로 달려가서 직원을 부여잡았다.

"뉴욕행 11시 비행기 떠났습니까?"

"아뇨, 늦으셨네요. 5분 남았습니다. 지금 들어가시면 타실 수 있습니다. 표 주시죠."

"아뇨, 아뇨. 그 비행기를 탄 사람을 붙잡아야 해요."

동욱의 외침에 직원이 이상한 눈으로 쳐다봤다.

"찾을 사람이 있어요. 아주 중요한 일입니다. 들어가서 데리고 나오게 해주세요."

"그건 안 됩니다."

"제발요. 부탁합니다."

"그럴 수는 없습니다."

그러나 동욱은 안 된다는 직원을 밀어젖히고 안으로 뛰어들어 갔다. 뒤에서 소리치며 달려왔지만 동욱은 내달렸다. 이어서 엑스레이 검사대를 지나고, 대기실이 보일 때까지 미친 듯이 달렸다.

"수안아! 어딨어, 수안아! 수안아!"

동욱이 대기실 안으로 들어가 고함을 질러대자 승객들 사이에서 소란이 일어났다. 곧이어 공항 경비원들이 달려와 동욱을 붙잡았다.

그때 대기실 한쪽 구석에 숨은 듯 앉아 있던 수안이 석고처럼 굳은 얼굴로 일어섰다.

"수안아."

동욱은 경비들을 밀쳐 내고 수안에게 달려가 수안의 손목을 움켜잡았다.

"가자."

"놔요."

"가자고."

"놔요, 놓고 조용히 가요."

"가잔 말이야!"

동욱이 미친 사람처럼 소리쳤고, 수안은 아무 말도 하지 못하고 절망으로 가득 찬 동욱의 눈을 바라보았다.

유성그룹 비서실에서 동욱이 공항에서 벌인 소동을 정리하는 동안 수안을 데리고 공항을 빠져나온 동욱은 차에 오르자마자 공항으로 달려오는 동안 가슴을 졸였던 시간을 보상받으려는 듯 수안을 향해 분통을 터뜨리기 시작했다.

"이게 무슨 짓이야. 나한테 무슨 짓을 했는지 알아!"

"……."

"나한테 어떻게 이럴 수가 있어. 어떻게 날 떠나려고 한 거냐고!"

"……."

동욱이 격렬하게 고함치는 동안 수안은 아무 말 없이 창밖을 바라보고 있었다.

"왜 말하지 않았어?"

"……"

"아버지야? 어머니야? 아버지가 그랬어?"

"……네."

동욱은 부들부들 떨며 수안을 바라보았다.

"왜 말 안 했어!"

동욱이 분노에 차서 고함쳤다.

"나한테 말했어야지, 나한테 말했어야 했어!"

"닥치고 시키는 대로 하랬어요."

수안이 낮게 가라앉은 목소리로 뇌까렸다. 너무 낮은 목소리였기 때문에 수안이 입에서 닥치라는 험한 말이 튀어나왔다는 것도 모를 정도였다.

분노에 찬 동욱과는 달리 수안은 더없이 침착했다. 너무 침착해서 너무나 차갑게 느껴질 만큼.

"너, 닥치고 시키는 대로 하란다고 하는 사람 아니잖아. 갑자기 왜!"

"치사하고 더러워서요…… 나 하나 잡아먹으면 그만이지 죄 없는 정현이까지 잡아 잡수려고 해서요."

침착한 수안의 목소리에는 싸늘함이 감도는 이갈림이 섞여 있었다.

"정현이?"

"올케한테…… 정현이 과거 까발려서 못 살게 만들어놓겠다고…… 아기 낳고 잘사는 애까지 발겨놓겠다는데 어떻게 해요.

까라면 까야지."

이제 수안의 목소리에는 동욱의 분노와는 비교할 수 없을 만큼의 커다란 분노가 담겨 있었다. 치욕의 분노가.

"나 하나 토막 내겠다면 얼마든지 토막이 나주겠는데 정현이까지 뭉개면 안 되는 거잖아요. 어찌나 치사하신지……."

길게 내쉬는 수안의 한숨에 물기 가득한 흐느낌이 묻어났다.

"미국으로 가면…… 그렇게 가버리면 난 어쩌라는 거야?"

동욱이 답답해서 숨이 막힐 것 같은 심정으로 물었지만 수안은 대답이 없었다.

동욱은 대답없는 수안 때문에 더욱 숨이 막힐 것 같아 목을 조이고 있던 넥타이를 풀어헤쳤다.

"난 어떻게 되든 상관없었던 거야?"

"식구 수대로 절단나게 생긴 사람한테 푸념하는 거예요?"

수안이 싸늘한 어조로 쏘아붙였다.

"이천사백 일 기념 선물 보내놓고 감쪽같이 속이고 떠나려 했다는 게……. 어떻게 해석해야 하니?"

"해석은 무슨…… 토플 보는 것도 아니고."

수안이 냉랭하게 웃으며 중얼거렸다.

"정말…… 내가 어떻게 되든 상관없었던 거야?"

"동욱 씬 마음만 다치면 되지만 난…… 몸과 마음 모두 다치잖아요. 나뿐만 아니라 정현이까지, 올케까지, 조카들까지."

"난, 나는?"

"……날 찾아낼 거라고 생각했어요."

수안의 대답에 동욱이 고개를 돌려 수안을 쳐다보자 수안이 냉기가 흐르는 눈길로 동욱을 노려보다가 낮은 한숨을 내쉬며 동욱의 손을 잡았다.

"당신이 날 찾아낼 거라고…… 틀림없이 날 찾아낼 거니까……. 당신이 날 찾아내면…… 그럼 어쨌거나 난 당신 부모님과 약속은 지키는 거니까……."

수안의 말에 동욱이 미간을 찌푸리며 한숨을 내쉬자 수안이 다시 냉랭해진 눈길로 동욱을 노려봤다.

"날 찾아내지 않을 생각이었어요?"

"내가 여기까지 달려오면서 어떤 심정이었는지 넌 상상도 못할 거야. 심장이 멎어버리는 줄 알았어."

"투정 부리지 말아요."

수안이 꼭 잡고 있던 동욱의 손을 놓으려고 하자 이번엔 동욱이 수안의 손을 움켜잡았다.

"투정 아니야. 정말 죽을 것 같았어."

"꺼지지 않으면 동생까지 밟아놓겠다는 말 들었을 때 내 심정이 어땠는지 동욱 씨는 상상 못할 거예요. 그러니까 투정하지 말아요."

수안의 말에 짙은 한숨을 내쉰 동욱은 미안하고 부끄러워서 더는 어떤 푸념도 못한 채 입을 꼭 다물고 한참 동안 생각에 빠져 있었다.

수안의 말이 맞았다. 투정이라니. 지금까지 수안은 자신에게 그 어떤 투정도 부리지 않고 꿋꿋하게 참고 견뎠었는데 아버지의 치사한 등쌀에 못 이겨 결국 떠나려고 했던 수안에게 투정을 부리다니. 참 못난 짓이었다.

수안 하나 들볶는 것으로도 모자라 가족이라고는 하나밖에 없는 동생 정현까지 짓밟아놓겠다 했다니.

얼마나 막막했을까. 우직해서도 그렇다고 마냥 착해서도 아니고 치사하고 더러워서 일러바치고 고해바치는 것 싫어하는 수안이 그 모진 협박들을 혼자 감당하며 얼마나 힘이 들었을까.

"이렇게 하자."

동욱이 불쑥 입을 열었고 창밖 저 멀리에 보이는 하늘로 날아오르는 비행기를 바라보고 있던 수안이 고개를 돌려 동욱을 쳐다봤다.

"뭘요?"

동욱은 수안의 물음에 대답없이 회사로 전화를 걸었다.

"이 부장, 나 최동욱입니다. 한 시간 후에 기자회견할 겁니다. 믿을 만한 기자들 몇 사람만 부르세요."

동욱은 다짜고짜 그렇게 말하고는 전화를 끊었다.

"기자회견은 왜요?"

"이 방법밖에 없어. 우리, 결혼 발표하는 거야."

"동욱 씨……."

수안의 얼굴이 근심으로 즉시 일그러졌다.

"내가 하자는 대로 해줘."

"하지만……."

"너 나 없이 살 수 있어?"

"그거야…… 안 살아봐서 모르죠."

수안의 목소리는 표정만큼이나 일그러져 있었다.

"수안아."

"나 생매장당할지도 몰라요. 정현이 가족까지 죄 산 채로 묻어버릴지도 모른다구요. 회장님 충분히 그러실 분이에요."

"내가 그런 짓 못하게 해."

"동욱 씨."

"난 이런 식으로 엄마도 뺏겼어."

동욱이 낮은 목소리였지만 새빨간 불꽃이 타오르는 눈빛으로 수안을 바라보며 말했다.

"넌 안 뺏겨. 넌 안 돼."

동욱이 확고한 어조로 말하며 수안의 손을 꽉 틀어잡았다.

"넌 절대 안 돼."

"꽤 멋지긴 한데……."

수안이 픽 웃었다. 하지만 웃는 얼굴 속에는 말할 수 없는 두려움이 가득 차 있었다.

"당신 감당 못해요."

"해!"

"못해요."

"할 수 있어! 해! 너만 안 떠나면 돼. 너만."

"······."

"할 수 있지? 할 수 있다고 해줘."

"난······ 겁나요. 어떻게 표현할 수 없을 만큼 겁나요."

"잠깐만 견뎌줘. 잠깐이면 돼······ 잠깐만······."

"······."

"수안아."

"······."

"너하고 정현이······ 내가 지켜줄게."

동욱이 두 손으로 수안의 손을 꽉 틀어잡으며 약속했다.

"목숨 걸고 지켜줄게."

"목숨까지야······."

수안이 일부러 장난치듯 우스갯소리를 했지만 어느새 눈에는 눈물이 고이고 있었다.

"사랑은 참······ 불친절하네요."

수안은 눈물이 굴러 떨어지기 직전 재빨리 닦아냈다.

"가자."

"그래요······ 가요."

수안이 동욱을 향해 미소 지었고 동욱도 수안을 향해 미소 지었다.

수안의 미소는 어떻게 해도 동욱과 함께할 수밖에 없음을, 헤어져 살 수 없음을 알고 있기에 또다시 아프게 되더라도 동욱과 함께하겠다는 의미의 미소였고 동욱의 미소는 힘들게 될 줄 알면서도 다시 한 번 자신의 손을 잡아준 수안에 대한 고마움의 미소였다.

동욱은 공항을 빠져나와 사무실로 향하며 다짐했다.

이번만큼은 아버지에게 지지 않겠다고, 두 번 다시는 사랑이 수안에게 불친절하게 굴지 못하게 하겠다고.

공항 고속도로에 막 접어들려는데 수안이 긴장된 목소리로 속삭였다.

"뒤에 누가 따라와요."

동욱이 사이드미러로 뒤에 바짝 붙어 따라오는 차를 살폈다.

"비서실 사람들이에요."

"좀 돌아가야겠다."

동욱은 차선을 변경해 속력을 높이기 시작했다.

수안은 긴장한 채 동욱의 굳은 얼굴을 바라보았다.

결국 미국으로 가지 못하게 된 것은 운명이라는 생각이 들었다.

미국으로 떠나라는 명령을 받았고 그 명을 받아들이며 이제야말로 동욱과는 영원히 끝이라고 이렇게 끝나는 것이 운명이라고 생각했는데 운명은 동욱과 헤어지는 것이 아니라 결국 동욱이 내민 손을 더욱 꼭 붙잡는 것이었다.

"꽉 잡아."

동욱이 긴장한 목소리로 소리쳤다.

너무 빨리 달려서 수안은 눈앞이 어지러울 지경이었다.

비서실 사람들은 아직도 바싹 붙은 채 따라오고 있었다. 따라오는 정도가 아니라 바로 옆에 붙으며 창문을 열고 뭐라고 손짓을 했다.

"미친놈들!"

동욱이 분노에 차서 소리 질렀고, 수안은 동욱이 차선을 어기고 앞의 차들을 추월하는 것을 지켜보다가 눈을 감고 말았다.

"속도 줄여요. 큰일 나겠어요."

그 순간 수안은 차가 한쪽으로 급하게 기우는 것을 느꼈다.

수안이 눈을 뜨자 동욱은 급커브를 돌고 있었다.

급커브를 채 돌기도 전 수안은 자신들이 타고 있는 차 앞으로 커다란 덤프트럭이 돌진해 오고 있는 것을 바라보고 있었다. 아니, 어쩌면 자신들이 타고 있는 차가 덤프트럭을 향해 돌진하고 있는 것인지도 몰랐다.

"동욱 씨!"

수안은 해일처럼 덮쳐 오는 덤프트럭을 보며 비명을 질렀다.

동시에 그들이 탄 승용차는 진행 중이던 차선에서 반대편으로 완전히 꺾였고 어마어마한 굉음과 함께 어딘가에 정면으로 부딪혔다. 이어서 하늘로 붕 떠오르는 것 같더니 거꾸로 바닥에 처박혔다.

4 장

삶이라는 것이 어느 날 갑자기, 단숨에, 찰나의 순간처럼 그토록 순식간에 고꾸라질 수도 있다는 것을 수안은 그제야 알게 됐다. 삶은 정말…… 그대를 속인 것이다.

수안은 앞으로 튕겨 나갈 듯이 출렁거리다 어렴풋이 안전띠에 걸려 제자리로 돌아온 것을 느꼈다. 그리고 차가 멈춰 섰다는 것을 느꼈다.

다행이었다. 드디어 질주가 끝난 것이다. 저들을 따돌리기 위한 살인적인 질주를 멈추게 된 것이다.

죽음의 질주가 멈추는 동시에 숨이 끊어질 것만 같은 통증이 몰려왔다. 도저히 참아내지 못할 것 같은, 저절로 비명이 터져 나오는 끔찍한 통증이었다. 하지만 목구멍이 막혀 버린 듯 비명조차도 터져 나오지 않았다. 아무것도 그 어떤 것도 할 수 없는 절망적인 순간이었다.

동욱은 몸을 움직이려고 애를 썼다. 하지만 온몸이 부서질 것만 같은 통증 때문에 도저히 움직일 수가 없었다. 안전띠는 가슴을 압박하며 단단히 조여져 있었고 차체가 찌그러지면서 차 안이 너무나 좁아져서 어떻게 해볼 도리가 없었다.

동욱은 나락으로 떨어지려는 정신을 악착같이 붙잡으며 옆에 수안이 타고 있었다는 것을 기억해 냈다.

"수안아."

동욱이 외쳐 불렀다.

"수안아, 수안아!"

수안을 외쳐 부르던 동욱은 구석에 처박혀 있는 수안을 발견하고 필사적으로 수안을 향해 팔을 뻗어 수안을 끌어당겼다.

"수안아!"

동욱은 수안의 처참한 모습에 비명을 내지르고 말았다.

수안의 얼굴은 피와 유리 파편으로 뒤범벅되어 있었다. 어딘가에서 흘러나온 검붉은 피가 얼굴을 타고 목을 타고 흘러내려 수안의 치자색 옷을 흠뻑 적시고 있었다.

온통 피였다. 얼굴을 알아볼 수조차 없을 지경이었다. 동욱은 수안의 목을 손으로 받치며 자신의 쪽으로 더욱 가까이 끌어당겼다.

"수안아! 수안아!"

동욱은 미친 듯이 소리쳤지만 수안은 들리지 않는 모양이었다. 동욱이 수안의 가슴에 손을 대보았다. 아무것도 느껴지지가 않았다. 심장은 멎어버린 것 같았고 온기도 느낄 수가 없었다.

"안 돼, 안 돼, 수안아. 정신 차려…… 눈을 떠봐, 수안아."

동욱은 애원했지만 수안은 대답이 없었다.

그때 누군가 고함을 질러대는 게 희미하게 들렸다. 누군지 알 수는 없지만 여러 사람이 둘러서서 시끄럽게 소리를 질러대며 차 문을 열기 위해 애를 쓰고 있는 것이 보였다. 괜찮냐고 묻는 것도 같고 뭘 찾는 것도 같았지만 이상하게도 바로 옆에서 고함을 질러대는데도 무슨 소린지 하나도 알아들을 수가 없었다.

시끄러운 굉음과 차체가 흔들리나 싶더니 문짝이 떨어져 나갔고 한 사람이 고개를 안으로 들이밀었다.

"괜찮습니까? 견딜 수 있겠어요?"

낯선 남자가 동욱의 얼굴을 살피며 물었다.

"우리 수안이가 숨을 쉬지 않아요! 우리 수안이 좀 어떻게 해 줘요! 수안이가, 수안이가 숨도 안 쉬고 말도 안 해요!"

동욱이 소리치자 남자는 그제야 수안을 발견한 모양이었다. 그리고 곧 낯을 찌푸렸다.

"저쪽 문 빨리 떼어내. 의식이 없어. 출혈도 심해. 빨리!"

남자가 고함치기 무섭게 여러 명이 수안이 타고 있던 쪽 문을 뜯어내더니 수안의 사지를 붙잡고 조심스럽게 끌어내기 시작했다.

"수안아, 수안아!"

동욱이 소리치자 남자가 동욱의 어깨를 붙잡았다.

"진정하세요. 저희들에게 맡기시고 일단 진정하세요."

남자는 이번에는 동욱의 몸을 조심스럽게 만지며 물었다.

"자, 이제 차 안에서 꺼낼 거예요. 혹시 어디가 아픈지 알겠어
요? 여긴 어때요?"

동욱은 아무런 느낌도 없었다. 고통스럽다는 것조차 못 느끼
고 있었기 때문이었다.

"전무님!"

누군가 동욱을 불렀다. 동욱이 고개를 돌렸다. 박형도 실장이
었다.

"전무님, 괜찮으십니까?"

"너, 이 새끼!"

동욱이 박형도의 멱살을 틀어쥐었다.

"수안이 살려내. 수안이 살려내!"

"뭐 하는 겁니까? 빨리 밖으로 꺼내요. 즉시 병원으로 옮기란
말이오!"

박형도가 사람들에게 소리를 질렀고 동욱은 박형도의 멱살을
더욱 강하게 틀어쥐었다.

"수안이가 잘못되면 당신은 나한테 죽어. 수안이 살려내, 수
안이 살려내!"

"진정하세요. 많이 다치셨습니다. 진정하세요."

"수안이 살려내란 말이야!"

동욱이 충혈된 눈을 부릅뜨고 무섭게 노려보자 박형도가 두려움에 찬 얼굴로 동욱을 쳐다보다가 고개를 끄덕였다.

"제가 보고 오겠습니다."

동욱이 멱살을 놓아주자 박형도는 수안에게 달려갔다.

동욱은 사람들의 손에 의해 천천히 밖으로 끌어내려졌다. 그리고 손길들이 부산하게 동욱의 온몸을 보호대로 감싸기 시작했다.

"수안이요? 수안이는요?"

동욱이 구급차에 실리는 수안을 보며 소리치자 박형도가 일그러진 얼굴로 뛰어왔다.

"무사합니다. 걱정하지 마세요."

"살아 있어요?"

"살아 있습니다. 확인했습니다."

"얘기해 봤어요? 괜찮아요?"

"예, 얘기했습니다. 눈을 떴어요."

"살아 있군요. 수안이가 살아 있어요."

그제야 동욱의 얼굴에 안도의 표정이 떠올랐다.

"살아 있어요."

동욱이 들릴 듯 말 듯 중얼거렸다.

"수안이가 살아 있단 말이죠?"

"예, 살아 있습니다."

동욱은 그 말을 마지막으로 정신을 놓았다.

병실 문을 부술 듯 박차고 들어온 사람은 동욱의 생모였다.

사고 즉시 응급실로 이송돼 1시간 후 수술실로 옮겨진 동욱은 열여섯 시간의 긴 수술을 견뎌내야 했고 중환자실로 옮겨져 위험한 고비를 넘긴 끝에 열흘 후 병실로 옮겨졌다. 하지만 깨어 있을 때보다 잠들어 있는 시간이 더 길었고 사고 열흘 후에야 동욱의 사고 소식을 듣고 달려온 생모는 제정신이 아니었다.

하루 온종일 깊은 잠에 빠져 있는 동욱을 쓰다듬으며 소리없이 절규하던 생모의 독기 찬 시선이 꽂힌 것은 최 회장이 지금의 아내 영욱의 생모와 함께 병실에 들어서던 그 순간이었다.

오래전에 버렸던 조강지처를 본 최 회장의 얼굴은 도저히 말로는 설명하지 못할 만큼 암담했고 동욱의 생모는 넋이 나간 전 남편의 얼굴을 짐승처럼 노려보다가 천천히 다가왔다.

"당신……."

최 회장이 입을 떼던 그 순간이었다.

전처의 매서운 손이 최 회장의 얼굴을 후려쳤다.

한 번, 두 번, 세 번.

전처의 손이 최 회장의 얼굴을 독하게 후려쳤다.

박형도가 전처를 붙잡지 않았다면 전처는 최 회장의 얼굴이 찢어지도록 후려쳤을 것이 틀림없었다.

"이 악마!"

박형도에게 붙들린 동욱의 생모가 악을 썼다.

"천벌을 받을 악마!"

전처가 그토록 모질게 악을 썼지만 최 회장은 차마 한마디 변명도 할 수 없었다. 동욱의 생모는 박형도의 손을 세차게 뿌리치고 최 회장의 멱살을 부여잡고 미친 듯이 흔들어댔다.

"짐승도 제 새끼는 잡아먹지 않아. 짐승도 제 새끼는 잡아먹지 않는다고!"

"……."

"당신은 짐승보다도 못한 인간이야!"

"……."

"동욱이 잘못되면 내 목숨을 걸고 최명복 당신을 파멸시킬 거야. 내 목숨을 걸고!"

동욱의 생모가 악을 쓰며 울부짖었고 유성그룹 최 회장은 전처에게 얻어맞아 새빨갛게 물든 낯을 차마 들지도 못한 채 도망치듯 병실을 나갔다.

한 달 후 동욱에게 죽는 날까지 걷지 못할 것이라는 진단이 내려졌다.

현준이 동욱을 찾아온 것은 동욱에게 천벌과 같은 진단이 내려지기 일주일 전이었다.

"괜찮으십니까?"

"수안이도 여기 있습니까?"

"수안 씨는 다른 병원에 있습니다."

"수안이는…… 어떻습니까? 깨어났나요?"

"예."

"만날 수 있습니까?"

"……그거야, 최동욱 씨한테 달렸죠."

현준이 굳은 어조로 말했다.

"내가 만나러 갈 거라고 전해주시겠습니까? 곧 만나러 갈 거라고."

동욱의 부탁에 말없이 동욱을 노려보던 현준이 무거운 한숨을 내쉰 끝에 입을 열었다.

"수안 씨가…… 임신 중이었다는 거 알고 계셨습니까?"

현준의 말에 동욱은 마치 몽둥이로 뒤통수를 얻어맞은 듯 멍한 얼굴이 되어버렸다.

"뭐, 뭐라고…… 했습니까?"

"임신 중이었습니다…… 아기는 구하지 못했습니다."

"……"

"수안 씨 사고 소식 듣고 제일 먼저 달려간 사람이 나였고…… 가족이냐고 물어서 급한 나머지 가족이라고 했는데 의사 선생님이 묻더군요. 아기 아버지냐고……. 병원에 도착했을 때는 이미 손을 쓸 수 없는 상황이었다고…… 유감이라 하더군요. 수안 씨에게도 다른 가족에게도 아직 알리지 못했습니다."

"……."

"하지만 최동욱 씨는 알고 있어야 할 것 같아서요."

"……."

동욱은 끝내 아무 말도 못했고 현준은 사형 선고를 받은 표정의 동욱을 남겨두고 병실을 나왔다. 그리고 얼마 후 동욱의 처절한 울음소리를 들을 수 있었다.

"수안아, 수안아."

이모의 목소리에 수안이 가까스로 눈을 떴을 때 눈시울이 붉어진 이모의 눈이 보였다.

"수안아…… 잠깐만 정신 차려봐."

'정신 차렸어요.'

수안이 마음속으로 대답했다.

"이거…… 이거……."

이모가 수안에게 무엇인가를 보여주었고 수안은 흐릿한 초점을 맞추기 위해 애를 쓰다가 가까스로 이모가 흔들고 있는 것이 무엇인지 보게 됐다.

"목걸이…… 생일 선물……."

정말 목걸이였다. 초점이 흐릿해서 정확하게 알아볼 수는 없지만 예쁜, 분명히 너무나 예쁜 펜던트가 달린 목걸이.

수안이 목걸이를 바라보며 미소 짓자 이모가 수안의 손에 펜던트를 쥐어주고 펜던트를 쥔 수안의 손을 꼭 감싸 쥐었다.

"좋지? 마음에 들지?"

'좋아요…… 너무 좋아요.'

"어서 일어나서 목에 걸어봐야지."

이모가 수안의 얼굴을 쓰다듬으며 안타깝게 말했다.

'동욱 씨가 보냈죠?'

수안이 희미하게 미소 지으며 그렇게 물었지만 이모는 눈물만 훔칠 뿐 대답이 없었다.

"일어나야지…… 그만 일어나야지, 수안아……."

'동욱 씨한테 고맙다고 전해줘요, 이모. 너무 고맙다고…… 사랑한다고.'

"수안아, 그만 일어나자. 응?"

'동욱 씨한테 사랑한다고 전해줘요, 이모. 꼭.'

수안이 희미하게 미소를 머금은 채 천천히 눈동자를 돌려 주변을 살폈다. 누군가 가까이 서 있는데 누군지 알아볼 수가 없었다. 몇 번이나 눈을 깜빡거리고 남아 있는 모든 기운을 모아 눈동자에 집중했을 때 비로소 가까이 서 있는 사람이 눈에 들어왔다.

'동욱 씨…….'

수안이 동욱을 향해 환하게 웃었다.

'고마워요.'

기운을 잃은 수안이 스르륵 눈을 감는데 따뜻한 손길이 수안의 손에 닿았다.

수안은 억지로 다시 눈을 뜨고 동욱을 바라봤다. 그리고 최선을 다해 환하게 미소 지었다.

"기운 내요. 제발…… 이겨내요."

현준이 속삭였다.

'걱정 말아요. 나 일어날 거예요. 조금만 더 자고…….'

"동욱 씨……."

수안이 가까스로 입을 열었다.

"사랑……."

수안의 눈은 다시 감겼고 곧 잠들었다.

현준은 수안이 자신을 동욱으로 착각한 것을 알고 있었지만, 이토록 심하게 다쳤으면서도 여전히 수안의 가슴에는 동욱밖에 없다는 것을 알게 됐기에 너무나 가슴이 아팠지만 그럼에도 수안의 잡은 손을 놓지 못했다.

"저 기억하시겠어요?"

영욱의 물음에 수안이 활짝 웃었다.

"안녕하세요, 영욱 씨. 오랜만이에요."

"네, 오랜만이에요."

"하필…… 이렇게 다시 만나네요."

"예, 하필이면."

영욱도 미소 지었다.

"기분은 어떠세요?"

"괜찮아요. 많이 좋아졌어요."

"다행입니다."

영욱이 진심으로 말했다.

"동욱 씨는요?"

수안의 물음에 영욱은 쉽게 입을 열지 못하고 망설이는 표정으로 수안이 덮고 있는 환자용 이불만 오랫동안 쳐다보고 있었다.

"왜 그래요? 우리 동욱 씨한테 무슨 안 좋은 일이라도 있나요?"

"……"

"영욱 씨, 벌써 두 달째인데 아무도 동욱 씨에 대해서 말해주려고 하질 않아요. 물론 그쪽에서 동욱 씨에 대해 어떤 말도 하지 않으려는 건 이해하지만……. 난 단지 그 사람이 괜찮은지만 알고 싶은 거예요. 이런 사고까지 당하고 다시 동욱 씨하고 어떻게 해보겠다는 생각 없으니까 그 사람 괜찮은지만 말해주세요."

"드릴 말씀이 있습니다."

"동욱 씨는 괜찮은 거죠?"

수안의 물음에 영욱이 고개를 들고 수안을 바라봤다.

"사고났을 때 동욱 씨가 내 이름 외쳐 부른 거 기억해요. 정신 차리라고 눈 뜨라고 소리치던 거 기억하고 있어요. 괜찮다고 대답해 줬는데 난 괜찮으니까 걱정 말라고 대답했는데, 동욱 씬

내 대답 소리가 들리지 않았나 봐요. 아니…… 어쩌면 내가 마음속으로 괜찮다고 대답했을지도 몰라요. 그땐 정말 너무 아파서…… 제정신이 아니었거든요."

"예…… 예……."

"동욱 씬 여기 못 오겠죠?"

"예, 못 옵니다."

"내가 가도…… 회장님께서 못 만나게 하시겠죠?"

"……예."

"그래요. 이해해요. 하지만 괜찮은 거죠? 그것만 알려줘요. 괜찮은지만 알면 돼요. 회복된 거죠? 괜찮은 거죠?"

수안이 초조한 얼굴로 재차 묻자 영욱이 가만히 수안을 바라보다가 조심스레 손을 뻗어 수안의 손을 잡았다.

수안은 자신의 손을 잡은 영욱의 손을 쳐다보다가 이상한 예감에 너무나 불길하고 오싹한 예감에 불안한 눈으로 영욱을 쳐다봤다.

"영욱 씨……."

"마음…… 굳게 잡수세요."

"뭘…… 왜요?"

수안의 얼굴에서 핏기가 가시기 시작했다.

"죄송합니다. 형은…… 잘못…… 됐습니다."

영욱은 차마 수안과 눈도 마주치지 못한 채 낮은 목소리로 들릴 듯 말 듯 중얼거렸다.

수안은 못 들은 것 같았다. 아니, 못 알아들은 것 같았다. 아니, 들었고 알아들었는데 이해가 안 됐다. 잘못됐다니 무슨 말일까?

"영욱 씨?"

"형, 잘못됐습니다. 여기 없어요. 이 세상에 없어요."

"뭐라고요?"

수안이 온통 멍해진 얼굴로 영욱을 바라봤다.

"잘못됐어요. 수술 도중에 죽었습니다."

"뭐라구요?"

수안은 정말 아무도 듣지 못할 만큼 입속말로 되물었다.

"죄송합니다."

"영욱 씨."

수안은 정신을 차리려고 애쓰며 영욱을 불렀다.

영욱은 자신이 형을 죽이기라도 한 듯 죄인의 얼굴로 수안을 바라봤다.

"동욱 씨가 어떻게 됐다고요? 죽었다고요?"

수안이 확실하게 자신이 믿을 수 있게 다시 말해보라는 듯이 물었다.

"죄송합니다. 형, 갔어요."

"그 사람이 죽었다고요?"

"예······."

믿을 수 없었다. 그 사람이 죽다니, 동욱이 죽다니.

영욱이 놀리고 있는 것이 틀림없었다. 아니, 최 회장의 농간이 틀림없었다.

아들을 죽일 뻔했지만 되살아나자 다시 예전처럼 마귀의 욕심이 솟구쳐 오른 게 틀림없었다. 그래서 당신의 욕심대로 아들을 수안에게서 떼어놓으려는 게 틀림없었다. 그래, 회장님이다. 우리 이 모양 이 꼴로 만들어놓은 원흉, 그 늙은 마귀가 또 장난질을 쳐대는 것이다.

"이러지 말아요. 회장님이 시키셨어요? 만나지 말라고, 아니, 만나지 말라고 하면 떨어지지 않을 테니 아예 죽었다 하라고 하셨어요? 그래요? 동욱 씨는 어딨어요? 어딨어요?"

수안이 침대에서 뛰어내렸다.

"동욱 씨한테 가요. 어떻게, 어떻게 이렇게까지 지독할 수가 있어요? 아무리 내가 싫어도 어떻게 아들을 죽은 사람으로 만들면서까지 이러냐고요!"

수안이 격분해서 소리쳤고 영욱은 의자에 앉은 채 꼼짝도 하지 않았다.

"가요. 가서 봐야겠어요. 내가 봐야겠어요. 죽었다고요? 그럼 죽은 시체라도 내놔요. 나쁜 사람들, 나쁜 사람들!"

수안은 미친 듯이 소리를 질러댔다.

"영욱 씨! 당장 가자구요!"

영욱이 오한이 든 듯 후들후들 떨고 있는 수안에게 다가갔다.

"아니라고 해줘요. 두 번 다시는 동욱 씰 만나지 않을게요. 절대 안 만나요. 그러니까 제발 아니라고 해줘요."

"……."

"동욱 씨가 내 생일에 목걸이 보내줬어요. 이 목걸이 동욱 씨가 보내준 거라고요."

수안이 목에 걸고 있는 목걸이를 보여주며 말했다.

"생일이 되면 날 세상에서 제일 행복한 여자로 만들어줬단 말이에요……. 그럴 리가 없어요. 동욱 씨가 그럴 리가 없어요."

"……죄송합니다."

"아니라고…… 제발 아니라고 해줘요."

수안이 숨이 넘어갈 듯한 목소리로 애원했다.

"죄송합니다."

영욱이 끝내 아니라는 말을 하지 않자 수안의 몸이 격하게 떨리기 시작했다.

"그럴 리가 없어요…… 그럴 리가 없다구요."

수안이 넋이 나간 듯한 얼굴로 고개를 가로저었다.

"우리 동욱 씨가…… 그럴 리가…… 없다구요."

하얗게 질린 채 정신이 나간 듯 중얼거리던 수안은 영욱이 잡아주기도 전에 쓰러져 버렸다.

ON AIR 불이 꺼지자 안도의 한숨을 내쉬던 수안이 자신도 모르게 왈칵 눈물을 쏟아내고 말았다.

3년 만의 방송이었고 3년 만의 복귀였다.

수안이 지금 라디오 스튜디오 부스 안에 앉아 있는 것은 기적이라고도 할 수 있는 일이었다. 동욱이 세상을 떠나면서 수안의 삶도 끝난 것이나 다름없었기 때문이었다.

윤수안을 아는 모든 사람들이 윤수안의 인생은 참혹하게 끝이 났다고 생각했었다. 수안 스스로도 이대로 어느 날 어디선가 소리도 없이 생을 마감할 것이라고 생각했었다.

하지만 수안은 이겨냈다. 물론 스스로 이겨낸 것은 아니었다. 수안은 포기했지만 수안을 사랑하는 사람들은 수안의 손을 끝까지 놓지 않았던 것이다.

길고 긴 어둠의 터널을 비로소 벗어나 수안은 지금 라디오 부스 안에서 설움과 감격이 뒤섞인 눈물을 쏟아내고 있었다.

동욱이 살아 있었더라면 훨씬 더 빨리 재기했을 터였다. 동욱이 살아 있었더라면 지금 이 순간이 백배는 더 행복했을 터였다.

다시 살아보겠다고, 그럼에도 살아보겠다고 일어섰고 드디어 다시 살아갈 힘을 얻었지만 이렇게 혼자 살아남은 것이 너무나 미안해서 그는 떠나고 없는데 혼자 살아보겠다고 발버둥치는 자신이 너무나 부끄러워서 서러운 눈물이 멈추지 않았다.

세 번의 수술과 끝이 날 것 같지 않았던 재활의 시간.

다친 육체를 회복시키는 재활은 얼마든지 견뎌낼 수 있었다. 하지만 재기가 불가능해 보일 정도로 다쳐 버린 정신은 수십 차례 수안을 거꾸러뜨리며 절망의 극점까지 내몰았다.

이모가 곁에서 24시간 감시하듯 수안을 돌보지 않았더라면 어쩌면 수안은 이미 오래전에 이 세상 사람이 아니었을지도 모를 만큼 절망이라는 외줄에 위태롭게 매달려 있었다. 아니, 수안이 매달려 있었던 것이 아니라 수안을 아는 모든 사람들이 한 손으로는 수안의 손을 붙잡고 남은 한 손으로는 금방이라도 끊어질 듯한 외줄을 필사적으로 붙잡고 있었던 것인지도 모른다.

생각해 보면, 살아 있는 것도 기적인데 라디오를 진행하다니.

길고도 힘들었던 시간을 어떻게 견뎌왔는지 오직 끔찍하고 또 끔찍한 것밖에는 기억에 남는 것이 없는 긴 세월 끝에 드디어 재기에 성공한 것이다.

"수고했다, 윤수안."

철호가 스튜디오로 들어와 흐느껴 울고 있는 수안의 등을 다독였다.

"엉망이었죠? 너무 부끄러워요."

"아니. 너무 훌륭해서 나도 눈물 난다. 이현준 피디도 울고 있다. 고개 들어봐. 스텝들 전부 울고 있어."

수안이 고개를 들고 유리벽 너머를 바라보았을 때 철호의 말대로 라디오 방송으로 재기한 수안을 축하하기 위해 모인 사람들이 모두 울고 있었다.

수안이 밖으로 나오자 한 사람씩, 한 사람씩 모두 수안을 안아주었고 수안의 그들의 품에 안겨 또 울었다.

현준과 철호가 흉악한 범죄를 저지른 죄인처럼 숨어 살던 수안을 찾아온 것이 넉 달 전이었다. 수안은 더 이상 떨어질 곳이 없는 완전한 밑바닥에 누워 모든 것을 포기하고 살아남은 것을 저주할 때였다.

미쳐서 정신 병원에 있다는 소문도 돌았고 자살했다는 소문도 돌았고 외국으로 이민 갔다는 소문도 돌았고 결혼했다는 소문도 돌았다.

온갖 소문과 소문이 꼬리를 물었지만 수안은 스스로 나서서 미친 것도 자살한 것도 이민을 간 것도 결혼한 것도 아니라고 나 윤수안은 멀쩡하게 살아 있다고 너무 멀쩡해서 정말 미쳐 버릴 것 같다고 그렇게 해명을 해야 한다는 생각조차 하지 못했다.

아니, 해명 따위에는 관심도 없었다. 차라리 정말 미쳐 버렸으면 싶었기 때문이다. 죽는 것도 나쁘지 않을 것 같았다. 이민이나 결혼은 망측하지만 차라리 미치거나 죽는다면 이 고통에서 벗어날 수 있을 것 같았기 때문이었다.

수안이 그렇게 완전한 절망의 끝에서 위태로운 숨결을 붙잡고 있을 때 현준과 철호가 수안에게 손을 내밀었다.

살아보자고. 살려주겠다고.

손을 잡은 건 수안이 아니었다. 철호와 현준이 수안의 손을 잡고 절망의 터널 밖으로 끌어내 준 것이다.

얼굴을 내보여야 하는 텔레비전 프로그램이나 뉴스가 아니라 목소리만 들려주면 되는 라디오 방송을 재기의 발판으로 삼은 것은 정말 탁월한 선택이었다. 그 또한 철호와 현준의 생각이었다.

수안을 진심으로 걱정하고 수안의 재기를 그 누구보다 원했던 현준과 철호가 수안에게 꼭 맞는 재기의 무대를 마련해 준 것이다.

"오늘 파티하는 거야."

철호가 외쳤고 수안은 기꺼이 감사하게 받아들였다.

방송국 근처 호프집으로 가서 생맥주와 치킨 안주를 시켜놓고 시원하게 한 잔씩 들이켤 때 수안도 사이다 한 잔을 시원하게 들이켰다. 수안도 생맥주 한 잔이 간절했지만 수안에겐 지금 금주령이 떨어진 상태였고 수안은 충실하게 금주령을 지켜내고 있었다.

"맥주 마시고 싶어도 참아요."

현준이 싱싱한 기포가 솟아오르는 생맥주 잔을 쳐다보고 있는 수안에게 말했고 속마음을 들킨 수안은 부리나케 시선을 돌리며 픽 웃었다.

"1년 정도 지나면 한 잔씩 마시게 해줄게."

"날마다 감시하려구요?"

"그럴까? 아예 수안 씨 집으로 들어가서 감시할까?"

"어림없어요."

"불시에 점검 나갈 거야. 숨겨놓은 술 찾아내러."

"없어요. 한 병도."

"정말?"

"정말이에요. 이모가 날마다 감시해요. 그리고 이젠 참을 만하구요."

정말 참을 만했다. 바로 눈앞에 생맥주 잔이 놓여 있는데도 바라만 볼 뿐 손을 대지 않고 견딜 정도로.

사고가 난 후 4개월 만에 퇴원했다가 2차 수술을 위해 다시 입원해서 한 달. 불면증과 통증을 잊기 위해 먹기 시작한 수면제와 진통제가 어느 순간 말을 듣지 않자 점점 더 강한 수면제와 진통제를 찾게 됐고 결국 세상에 나와 있는 약들이 아무런 약효도 내지 못하자 급기야 술에 손을 댄 것이다.

한 병으로 시작된 술은 금세 두 병이 됐고 두 병이 세 병이 되더니 어느 날부턴가 하루 종일 술만 마시며 살게 됐다. 깨어 있는 것이 괴로워 마시고 숙취 때문에 괴로운 몸을 달래기 위해 또 마시고. 알코올중독 진단이 내려진 것은 당연한 결과였다.

철호와 현준이 제일 먼저 한 일이 집에 있는 술을 전부 치워버린 것이고 수안을 병원에 입원시켜 알코올중독을 치료했다.

"실은 약 끊은 지 한 달 됐어요."

"약?"

"수면제, 진통제, 두통약, 신경안정제…… 뭐 그런 것들요."

"계속 먹었던 거야?"

"2차 수술 후에 진통제 처방받아 먹다가 불면증이 생겨서 수면제 처방받아 먹고……. 이상한 짓 해서…… 신경안정제, 그거 있잖아요. 우울증 약 그것도 먹고……. 수면제가 말을 안 들어서 잠을 못 자니까 두통이 생겨서 두통약 먹고……. 약들이 다 말을 안 들어서 술을 마셨는데 중독돼서요."

"멋진 여자야."

현준의 놀림에 수안이 낮게 웃음을 터뜨렸다.

"술 끊으면서 또 잠을 못 자서 수면제 처방받아 먹고 술 생각 나지 말라고 안정제 처방받고 비 올 때마다 몸이 쑤셔서 진통제 먹고 머리 수술한 후유증인지 자주 머리가 아파서 두통약 먹고……."

"다음엔 또 술 마시겠네."

"그러니까요. 그래서 먹어도 아프고 안 먹어도 아픈데 그냥 견뎌보자 생각해서 참았는데 한 달 됐어요."

"이번엔 정말 멋진 여자네."

"이상하게 약 끊으면서 덜 아파요. 두통도 가끔 생기고……. 비 오기 전이나 비 올 때 쑤시면 일부러 막 운동해서 몸 지치게 만들어서 자고……. 약 한 알 먹어버릴까 싶을 만큼 막 아플 때도 있는데 어쨌거나 한 달 참았으니까 참는 데까지 참아보려구요. 그러다 보면 완전히 끊게 될 테니까."

"맞아. 그러면 돼."

"고마워요, 피디님."

"뭐가?"

"붙잡아줘서."

"붙잡아줬으니까 결혼할까?"

현준의 말에 수안이 눈을 흘겼다.

"붙잡아준 사람하고 결혼해야 하면 철호 선배하고도 결혼해야 해요. 셋이 살아요?"

"유부남은 빼고."

"저 누더기예요. 말짱하게 건강한 분 만나세요."

"이렇게 예쁜 누더기도 있나?"

현준이 턱을 괴고 수안을 빤히 쳐다보며 말했다.

"팔다리 조각조각 이어 붙이고 머리도 열었다 닫았다 열었다 닫았다. 저 반은 쇠붙이 인간이에요."

"사람한테서 쇳소리 나고 재밌고 좋지 뭐."

"진심이에요. 조각조각 이어 붙인 쇠붙이 인간 이제 그만 내버리고 말짱하게 건강하고 예쁜 분 만나세요."

"버렸으면 좋겠는데…… 버려지지가 않네."

현준이 맥주잔 손잡이를 만지작거리며 혼잣말처럼 중얼거렸다.

석 달 후.

"조만간 발표가 있을 기미예요."

처음에 수안은 기자들이 주고받는 대화를 귀담아듣지 않았다.

"많이 안 좋나?"

"작년인가 재작년인가 얘기가 돌았잖아요. 뇌졸중이라는 말도 있고, 간이 안 좋다는 말도 있고. 근데, 뇌졸중은 아닌 것 같아요. 두어 달 전인가 필드에 나왔는데 멀쩡하더라는데요 뭐. 간이 안 좋다는 말은 꽤 신빙성 있죠. 워낙에 술을 좋아하는 양반이니까."

"대충 언제쯤이래?"

"이사회 임원들이 손을 들어줘야 하니까요."

"확률은?"

"거의. 잘한다는 소리 듣잖아요."

수안은 두 사람이 누구 얘기를 하건 전혀 관심이 없었기 때문에 맞은편에 앉아 있는 현준에게 청취율이 갈수록 올라가서 정말 다행이라고 말하고 있었다.

"아침 시간에 방송하는 거 힘들지 않아?"

"괜찮아요. 정말 아침형 인간인지 새벽에 일어나는 게 좋아요."

"몸은?"

"비만 안 오면 좋아요."

수안의 말에 현준이 큰일 났네 그 나이에 할머니 다 됐네 하고 말했고 수안은 웃었다.

"철호 선배가 여자 소개했다면서요?"

"와이프 친구."

"그쪽에선 좋다고 했다던데."

"그랬대."

"피디님은요?"

"난 아직 뭐……."

"그런 아가씨 또 만나는 거 쉽지 않을 테니까 좋다고 할 때 결혼하세요."

"나 같은 남자는 쉽나?"

"그러게요. 피디님도 만나기 쉬운 남자는 아니죠. 진작에 품절남이 됐어야 하는 분인데."

수안의 말에 현준이 수안 씨 때문이야 하고 말했다.

"그러게요. 그런데 전 끝까지 기다리지 마시라고 하지 않았었나요?"

"그랬나?"

"그랬어요."

"난 기다리라고 한 줄 알았는데."

현준의 농담에 수안이 눈을 흘겼다.

"국수 먹여주세요."

"언제든지. 오늘 먹으러 가자."

"결혼 국수요."

"……정리되면."

"무슨 정리요?"

"윤수안 정리."

"끈질기시네요."

"나보다 수안 씨가 더 끈질겨."

"전 싫다고 했잖아요. 피디님한테 안 간다고 했잖아요. 아니, 못 간다고 했잖아요."

"조각조각 이어 붙여 살려낸 몸뚱이라도 상관없다 했잖아. 의사 선생님이 솜씨 좋게 잘 이어 붙여서 꽤 쓸 만하니까 쇠붙이 인간이라도 걱정 말고 오라고 했잖아."

"전 혼자 살 거예요."

"왜? 뭐 하러? 아직 팔팔한 나이야."

"……다 줘버려서 남은 게 없거든요."

수안이 툴툴거리듯 말한 후 유자차를 한 모금 마셨다.

"뭘 다 줬어? 뭐가 안 남았다는 거야?"

"사랑요."

"누구한테?"

"그 사람한테 다 줘버려서 남은 게 없어요. 피디님한테 가려면 손바닥만큼이라도 갖고 가야 하는데…… 없어요. 동났어요. 빈 마음으로 가서 어떻게 살아요."

"어디다 짱박아놓지 그걸 다 퍼줘?"

"……그러게 말이에요. 조금만 남겨둘걸."

"내가 담아주면 되잖아."

현준의 말에 수안이 고마우면서도 미안한 듯 웃었다.

"서로 주고받을 분 만나세요. 그래야 해요."

"3년이야…… 아니, 3년 반. 3년 반이면 완전하게 다 잊었다고 해도 욕할 사람 없어.”

현준이 진지한 표정으로 말했고 수안 역시 진지한 표정으로 현준을 바라보다가 낮게 한숨을 내쉬었다.

“3년 반인데…… 한 가지도 못 잊었어요.”

“……바보 같으니라고.”

“그러게 말이에요.”

수안이 다시 한 번 낮게 한숨을 내쉬며 무심히 고개를 들어 방송국 휴게실에 설치된 커다란 모니터로 눈길을 돌리다가 유성그룹 회장이 임원회의 도중에 쓰러져 병원으로 실려갔고 병원으로 옮겨져 수술을 받고 있다는 뉴스를 보게 됐다.

수안은 유성그룹이란 단어가 나올 때부터 가슴이 두근거리기 시작하더니 회장이 쓰러졌다는 말을 듣자 철렁 내려앉는 것만 같았다.

유성그룹 회장님, 최명복 회장님.

수안은 현준에게 자신이 당황했다는 것을 들키지 않기 위해 모니터에서 시선을 떼고 되도록 천천히 유자차를 마셨다.

“발표가 당겨지겠네. 기자들 바쁘게 생겼네.”

“그러게 말이야.”

뉴스를 보고 웅성거리는 소리가 또 들려왔다.

“최영욱이지?”

귀에 익은 이름이 나오자 수안은 자신도 모르게 고개를 돌려 건너편 자리에 있는 기자들을 쳐다봤다.

"외아들인가?"

"외아들 아니야. 배다른 아들이 얼마나 많은데. 내가 알기론 최영욱이 둘째 아들이야."

"둘째야? 맏아들 두고 왜 둘째가 올라가?"

"첫째 아들이 다쳤다지?"

"다쳐? 언제?"

"3년 전인가 교통사고로 다쳤다지 아마."

"얼마나 다쳤기에 둘째가 올라가나? 보통은 맏이가 물려받지 않나?"

"많이 다쳤다는 것 같더라고."

차라리…… 그냥 다쳤더라면…… 죽지 말고 다쳤더라면…….

수안은 또다시 한숨을 내쉬었다.

"그렇게 많이 다쳤는데 난 왜 몰랐지?"

"말도 마. 그거 알고 있는 사람 몇 없어. 유성그룹 쪽에서 돈을 뭉치로 풀어서 틀어막았잖아. 아주 죽다 살아난 모양이더라고. 나도 아주 운 좋게 얻어들었어. 구조대원 중에 우리 매형 친구 사촌 동생이라나 육촌 동생이라나 하여튼 거기서 흘러나온 소식이야."

"그래?"

"사고 당시에 동승한 여자도 있었다는데 엄청 심하게 다쳤대. 그 사람 살아도 멀쩡한 것 같진 않아 보였다던데. 왜 있잖아, 4년 전엔가 유성자동차 노사분규 때문에 난리났을 때. 문을 닫던가

공권력 투입해서 해결 본다고 했을 때 한 달 만에 협상 타결시킨 사람. 그 친구가 맏아들이었잖아."

"아, 그래, 그래. 들었던 것 같다. 맞아, 맞아! 기억나. 생각나네. 잠깐만, 죽었다는 거 같던데. 그래, 죽었다고 하지 않았어?"

수안은 더는 듣고 있을 수가 없어 그만 일어나야겠다고 생각하는데 갑자기 낮은 한마디가 송곳처럼 수안의 귀에 파고들었다.

"죽진 않았어."

수안은 정말 누군가 엄청나게 커다란 손으로 심장을 뜯어내는 것 같은 충격에 숨을 멈추고 말았다.

"안 죽었어?"

"죽은 거 아니래. 영국에 있대."

"영국? 요양하고 있나?"

"명노식 선배가 그러는데…… 누구라고 했지? 최 회장의 오른팔이던 비서 말이야…… 박 뭐라 하던데? 그 사람 은퇴할 때 인터뷰했는데, 사고가 난 회장님 맏아들은 어떠냐고 물어봤대. 기사로 쓰지 않겠다고 약속하니까 영국에 있다고 하더래. 얼마나 다쳤다는 말은 없고. 나한테 얘기해 주면서도 밖에 나가서 떠들지 말라고 신신당부하는 거 보니까 죽은 게 아닌 건 확실해."

"한국에 편하게 있을 정도가 아니니까 영국까지 간 모양이네."

"그렇지?"

수안은 핏기 없는 얼굴로 멍하게 초점없이 앞만 쳐다보고 있었다.

동욱이 죽지 않고 영국에 있다니, 저 사람이 말하는 비서는 분명히 박형도인데, 그 사람이 영국에 있다고 말했다면 틀릴 리가 없었다. 하지만 죽었다더니, 죽은 사람인데, 왜 영국에 있다고 했을까. 저 사람이 잘못 알고 있는 게 틀림없었다.

아니다. 박형도가 헛소릴 지껄일 사람은 아니었다. 그러면 동욱이 살아 있다고?

하지만 전부 다 자신이 알고 있는 사람은 하나같이 동욱이 죽었다고 하지 않나. 영욱도 그랬고, 은주도 그랬고. 철호 선배도 그랬고…… 전부 다, 모조리 다. 그런데 동욱이 영국에 있다니.

영국이라면, 영국이라면 동욱의 생모가 사는 나라가 아닌가. 그럼, 그럼 동욱 선배는 친엄마하고 같이 영국에서 살고 있단 말인가?

"수안 씨."

현준의 목소리에 수안이 고개를 들자 현준 역시 뭐라고 설명할 수 없을 만큼 심각한 얼굴로 수안을 바라보고 있었다.

"들었죠? 들었죠, 피디님?"

"……."

"내가 잘못 들은 거 아니죠?"

"……."

"알고 계셨어요?"

"아니……."

현준이 아니라고 말하는 순간 수안은 자리에서 일어났다.

"수안 씨."

현준이 급하게 수안을 붙잡았다.

"어디 가려고?"

"……가야 해요."

수안이 현준의 손을 뿌리치고 달려갔다.

수안은 방송국을 나오자마자 미친 듯이 손을 흔들어 택시를 잡았다.

"유성그룹 본사로 가주세요."

수안이 헐떡거리며 소리쳤다.

유성그룹 본사 안으로 들어간 수안은 막무가내로 엘리베이터에 오르려다 경비원들에 의해 제지당했다. 수안은 최영욱을 만나러 왔다고 했고, 경비원들은 수안의 불안정한 모습에 두 눈을 부릅뜨고 노려볼 뿐 최영욱을 만나도록 해주지 않았다.

"윤수안이, 윤수안이 만나러 왔다고 전해주세요. 전화라도 해보라고요. 날 만나줄 거예요. 만난다고 할 거라고요."

그냥 두면 더욱 크게 소란을 피울 것 같아서인지 경비원들 중 한 명이 할 수 없이 어디론가 연락을 취했고 잠시 후 수안을 붙들고 있던 다른 경비원에게 놓아주라며 눈짓을 했다.

"17층 맨 끝 방입니다. 소란 피우지 마시고 올라가십시오."

경비원이 주의를 주었고 수안은 고개를 끄덕이며 그를 따라 엘리베이터로 향했다. 경비원은 지시를 받은 듯 직접 승강기를 잡아주었고 수안 외에는 아무 타지 못하게 해주었다. 17층에서 승강기가 멈춰 서고 문이 열렸을 때 영욱이 엘리베이터 앞에서 기다리고 있었다.

"오셨습니까."

영욱이 깍듯이 수안을 향해 인사를 했다.

"여긴 어떻게 오셨습니까?"

"물어볼 게 있어요. 물어볼 게 있어요."

수안의 심하게 흔들리는 목소리에 영욱은 당황한 표정으로 수안을 쳐다봤다.

영욱은 넋이 나간 듯한 수안의 모습에서 뭔가 좋지 않은 일이 생겼다는 것을 직감했다. 그렇지 않고서야 수안이 이런 모습으로 자신을 찾아올 리가 없다. 3년이 넘도록 어디 숨어버렸는지 알 수조차 없던 수안이 아니던가.

"무슨 일이십니까?"

"동욱 씨…… 동욱 씨가 살아 있나요?"

수안의 단도직입적인 물음에 영욱의 얼굴에 당혹감이 감돌았다.

"동욱 씨…… 살아 있어요?"

"지금 무슨 말씀을……."

"영국에 있어요? 그래요?"

영욱은 아무 대답도 못하고 창백해진 얼굴로 바라보기만 했다.

"이리 오세요. 진정하시고 이리 오세요."

영욱은 금방이라도 쓰러질 듯이 떨고 있는 수안을 부축해 자신의 사무실로 데리고 들어갔다.

"앉으세요."

"다 알고 왔어요. 사실대로 말해줘요."

수안이 떨리는 목소리로 말했다.

"무슨 말을 어떻게 들으셨는지 모르지만 잘못 들으신 것 같습니다. 잘못 들으신 거예요. 어디서 들으신 건지 모르지만……."

"기자들이 근거없는 소리 함부로 하지 않아요. 동욱 씨가 영국에 있다는 얘기는 유성그룹 쪽에서 흘러나온 얘기예요."

수안이 몰아붙이자 영욱은 당황한 얼굴로 수안을 바라보다가 입을 꾹 다물었다.

"제발 말해줘요. 제발요……."

수안의 목소리에서 물기가 배어 나오기 시작했다.

"말해줘요. 영욱 씬 알고 있잖아요."

"……."

"영국에 있어요?"

수안의 눈에 눈물이 고였다.

"그렇죠? 살아 있죠?"

영욱은 수안의 눈에서 흘러내리는 눈물을 바라보면서 더 이상 수안을 속일 수 없다는 것을 깨달았다.

"말해줘요. 말해줘요. 살아 있죠? 동욱 씨는 살아 있죠?"

"……예."

한참 만에 영욱이 어렵게 가라앉은 목소리로 대답했다.

수안은 곧 쓰러질 것처럼 눈을 감고 숨을 몰아쉬다가 가까스로 정신을 차렸다.

"살아…… 있어요?"

"예."

수안은 흐느끼기 시작했다.

"그랬군요…… 살아 있었군요."

수안이 가슴이 문드러지고 무너져서 견딜 수 없는 얼굴로 헐떡거리며 중얼거렸다.

흐느껴 울던 수안의 목소리에 갑자기 날이 섰다.

"왜 죽었다고 했어요? 왜요? 왜 그랬어요?"

살아 있는 사람을 죽었다고 하다니…….

이 믿을 수 없는 현실이, 이 기절할 것처럼 미치도록 기쁜 현실이, 가슴이 찢기고 패이도록 무서운 현실이 수안을 격분하게 만들었다.

"……형이 원했습니다."

영욱이 가라앉은 목소리로 말했다.

동욱이 원했다고? 동욱이?

수안이 고개를 가로저었다. 그럴 리가 없었다. 동욱이 그럴 리는 없었다.

"동욱 씨가 원했을 리가 없어요."

"형이 원했습니다."

"아니에요. 아니에요."

수안이 고개를 세차게 저었다.

"그럴 리가 없어요. 그럴 리가 없다구요. 동욱 씨가 나한 테……."

믿을 수 없다는 얼굴로 영욱을 바라보던 수안은 영욱의 표정에서 그가 진심을 말하고 있다는 것을 눈치 챘고 동욱이 정말 스스로 원해서 죽은 사람이 됐다는 것을 깨닫는 그 순간 극심한 분노와 함께 온몸을 뒤트는 통증을 느꼈다.

동욱이 어떻게 그럴 수가 있을까…… 세상에 존재하는 여자가 윤수안이 유일한 여자라고 알던 사람인데 윤수안을 행복하게 해주기 위해 애쓰고 윤수안을 울리지 않기 위해, 윤수안과의 약속을 지키기 위해 최선을 다하던 사람이 동욱인데, 동욱 스스로 죽은 사람이 되다니.

배신…….

수안의 머릿속에 순간 배신이라는 단어가 떠오르며 치가 떨리는 것을 느꼈다. 치가 떨렸다. 이가 갈리도록 치가 떨렸다.

동욱이, 다른 사람도 아닌 동욱이 속이다니.

죽은 사람이 돼서라도 윤수안과 헤어지고 싶었다는 뜻일까?

차라리 죽은 사람으로 살게 되더라도 윤수안과 영원히 결별하고 싶었던 것일까?

윤수안이 그토록 지긋지긋했던 걸까? 그토록 끔찍했던 걸까?

나쁜 사람…….

동욱이 이 세상 사람이 아니라는 말을 듣던 그 순간부터 지금까지 하루하루가 지옥이었는데. 하루하루 숨을 쉬고 있다는 것이 씻을 수 없는 죄를 짓는 것 같아 지옥을 헤매는 기분이었는데, 하루하루 죽지 않고 혼자 살아남았다는 것이 미치도록 미안하고 죄송해서 하루라도 빨리 그를 만나러 가게 해달라고 기도했는데, 동욱만 험하고 외로운 곳으로 보낸 것이 죄스러워 영원히 그 죄를 사함받지 못해 지옥불에 떨어질 것이라 생각했는데……. 견디지 못할 만큼 괴로운 시간을 어떻게 버텨왔는지…… 말로는 결코 표현하지 못할, 결코 설명하지 못할 참담함으로 일그러졌던 세월을 지나왔는데…….

죽었다던 동욱은 살아 있고 동욱이 죽은 사람으로 살길 원했다니…….

배신자…… 배신자…… 배신자!

"동욱 씨한테 가야겠어요."

수안이 이를 악물며 뇌까렸다.

"수안 씨……."

"물어봐야겠어요. 나한테 어떻게, 어떻게……."

수안이 분함에 억울함에 슬픔에 숨이 멎을 것 같아 깊이 숨을 들이마시며 이를 악물었다.

"괜찮으십니까?"

"아뇨!"

수안이 오열하듯 소리쳤다.

"괜찮지 않아요…… 괜찮지 않아요."

수안이 이를 악문 채 필사적으로 눈물을 참으며 대답했다.

"나한테 어떻게 그런 짓을 했는지…… 그런 짓을 할 수 있었는지…….

"수안 씨……."

"따져야겠어요. 날 이렇게 만들어놓고…… 날 이렇게 비참하게 만들어놓고 멀쩡하게 살아 있으면서 죽은 척하다니……. 가서 따져야겠어요."

"……"

"동욱 씨가 어디 있는지 알려줘요."

수안이 영욱을 무섭게 노려보며 말했다.

"안 됩니다. 그건 안 됩니다."

"가야 한다구요. 가서 따지겠다구요."

"……"

"나한테 왜 그런 짓을 했는지 알아야겠다구요!"

"형이…… 만나고 싶어하지 않습니다."

영욱이 어렵게 대답했다.

"그렇겠죠. 내가 지긋지긋해서 죽은 사람이 된 사람이니까 만나고 싶지 않겠죠. 하지만 난 만나야겠어요!"

"형이 원하지 않습니다."

"그 사람이 원하지 않아도 난 만나야겠다구요!"

"수안 씨."

"만나야겠어요, 난."

수안이 절대 한 치도 물러서지 않겠다는 듯 확고한 어조로 말했다.

한동안 가만히 수안의 얼굴을 바라보던 영욱이 긴 한숨을 내쉰 후 어렵게 입을 열었다.

"수안 씨, 형은……."

영욱이 난처한 듯 망설이다가 다시 수안을 바라봤다.

"형은…… 걸을 수가 없습니다."

"……뭐라구요?"

"걸을 수가 없어요."

"……."

"그래서…… 그런 모습을 보여줄 수가 없어서…… 죽은 사람으로 지내는 겁니다. 수안 씨가 싫어서도 미워서도 아니고…… 형은 자신의 처지가 너무 비참해서…… 나설 수가 없기 때문에 죽은 사람으로 지내는 겁니다."

영욱이 설명을 끝낸 후 땅이 꺼질 듯 무거운 한숨을 내쉬었다.

"걸을 수가…… 없다구요?"

수안이 떨리는 목소리로 되물었다.

"예⋯⋯."

그가⋯⋯ 그가 걸을 수 없다⋯⋯.

수안의 눈에서 굵은 눈물방울이 뚝 떨어졌다.

"형은 수안 씨한테 고통만 줬다고⋯⋯ 자기 욕심 때문에 수안 씨를 죽일 뻔했다고⋯⋯. 남아 있는 시간 동안에라도 행복해야 한다고 그래서 수안 씨를 떠난 겁니다."

"⋯⋯."

그가⋯⋯ 걸을 수 없다⋯⋯.

영욱이 무슨 말을 해도 수안의 귀에는 들리지 않았다. 오직 동욱이, 사랑하는 그 사람이 걸을 수 없다는 잔인한 현실에 사로잡혀 온몸이 절망 속으로 빨려 들어가 꼼짝도 하지 못하고 눈물만 흘리고 있었다.

"형님은 잊으시고⋯⋯ 이제 재기하셨으니 행복한 삶을 사세요."

동욱 없이 행복하라고? 행복은 그 사람인데⋯⋯ 그 사람으로 인해 행복했는데 그 사람 없이 행복하라고? 어떻게? 무슨 수로⋯⋯.

그래, 가자. 그 사람한테 가자.

그 사람 곁으로 가자! 그래야 내가 행복하니까. 내 행복은 그 사람이니까.

행복은 최동욱 당신이니까.

"동욱 씨한테 가야겠어요."

"안 됩니다."

"가야 해요."

"안 됩니다. 제발 잊으세요."

"못 잊어요! 못 잊어요. 못 잊어요."

수안이 고개를 저었다.

"수안 씨."

"동욱 씨한테는 내가 있어야 해요. 내가 곁에 있어야 해요."

"그럴 수 없습니다. 형은 형의 모습을 수안 씨한테 보여주고 싶어하지 않으세요. 그래서 죽었다고 말하라고 했던 거예요."

"동욱 씨가 어떻게 변했든 상관없어요. 영욱 씨도 알잖아요. 내 몸도 다 조각났었어요. 내 몸에도 구석구석 흉터예요. 보이 죠? 내 얼굴에도 온통 흉터예요. 화장하지 않고 맨얼굴로 나갈 수도 없어요. 나도 이런데 어떻게 멀쩡한 동욱 씨를 원하겠어 요. 그 사람이 어떻게 됐든 난 상관없어요. 난 아무렇지도 않아 요."

"말씀드렸지 않습니까. 형은…… 걸을 수가 없습니다."

"어떻게 변했든 나한테는 똑같이 동욱 씨예요. 상관없어요. 살아 있는 것만으로도 감사해요. 그것만으로도 너무 감사하고 행복해요."

수안의 눈에서 진심의 눈물이 쏟아져 내렸다.

진심이었다. 그가 살아 있다는 것만으로도 너무 감사했다. 너무 행복했다.

그가 살아 있는데, 죽지 않고 살아 있는데 그가 걷지 못하는 게 무슨 상관이겠는가. 아무 상관 없었다. 그런 것 따윈 아무것도 아니었다.

"어디 있는지 알려주세요."

"안 됩니다."

"아뇨! 난 봐야 해요. 동욱 씨가 싫다고 해도 난 봐야 한다구요."

"수안 씨."

"제발요."

"형도 수안 씨 표현대로 몸 구석구석 조각이 났었죠. 온통 흉터 자국이고. 하지만 그런 것들은 아무것도 아닙니다. 걸을 수가 없습니다. 평생 다른 사람의 도움이 없으면 활동할 수 없는 몸이 됐기 때문에……. 수안 씨를 죽일 뻔했는데 그것 때문에도 큰 죄를 지었다고 생각하는데 그렇게 망가진 몸으로 수안 씨 곁에 있는 건 수안 씨를 정말 죽이는 것이나 다름없다고……. 살아 있다는 걸 알면 틀림없이 수안 씨가 곁을 지킬 거라고, 그렇게 되면 수안 씨는 평생 병신이 된 자신을 돌보느라 인생을 망치게 될 거라고……. 그래서 죽은 사람으로 지내는 겁니다."

"동욱 씨가 죽었다는 말을 듣던 그날부터…… 나도 죽은 사람이었어요."

수안이 목이 메어 들릴 듯 말 듯 중얼거렸다.

죽은 사람이었다. 숨을 쉬고 걸어다닌다고 살아 있는 사람이 아니었다. 시체나 다름없는 사람. 마치 감정도 감각도 없는 좀비와 같았던 시간들.

수안은 지금에야 비로소 자신이 죽지 않고 살아남았던 것이 얼마나 큰 축복이었는지를 깨달았다. 이제야 비로소 살아 있는 것이 너무나 감사하고 기뻤다. 그가 살아 있다는 것을 알았으니까. 그를 다시 만날 수 있으니까.

그가 살아 있다는 것을 알았는데…… 그가 살아서 수안 자신 역시 살아남은 것이 이토록 감사하고 행복한데…….

수안은 천천히 자리에서 일어났다.

"괜찮으십니까?"

"네."

"모셔다 드리겠습니다."

"아뇨…… 아니에요."

"수안 씨 힘드시겠지만 형은 잊으세요. 잊고 새로운 삶을 사세요."

"아뇨."

수안이 고개를 저었다.

"나…… 짐 챙기러 가요. 동욱 씨한테 가려구요."

수안의 말에 영욱이 놀람과 곤란함이 뒤섞인 눈으로 수안을 바라봤다.

"갈 거예요…… 내가 동욱 씨 다리가 돼주면 돼요. 할 수 있어요. 못 걷는 거 그거 아무 상관 없어요. 살아 있잖아요. 살아 있는데 못 걸으면 어때요. 살아 있는데."

"수안 씨."

"내가 갔을 때 동욱 씨가 만나주지 않으면 만나줄 때까지 기다릴 거예요."

"만나주지 않을 겁니다. 형을…… 잊으세요."

"아뇨!"

수안이 단호하게 영욱의 말을 잘랐다.

"데려다 주지 않으면 나 혼자 갈 거예요. 영국을 다 뒤져서라도 찾아낼 거예요…… 죽기 전엔 찾겠죠."

수안이 확고한 어조로 말하고 영욱의 사무실을 나오려는데 영욱이 수안을 붙잡았다.

"말리지 말아요. 아무도 날 못 말려요. 아무도 날 못 막아요."

"아니…… 제가 모셔다 드리겠습니다."

영욱이 결심한 얼굴로 말했다.

"뭐라고?"

철호가 경악한 얼굴로 물었다.

"동욱 씨가 살아 있어요."

수안이 다시 한 번 침착한 어조로 말했다.

"동욱이가…… 살아 있어?"

철호가 도저히 믿지 못하겠다는 얼굴로 재차 물었다.

"네. 살아 있어요."

수안이 철호가 경악할 만큼 놀란 것을 이해할 수 있다는 표정으로 대답했다.

"어디?"

"영국에 있대요. 영욱 씨한테 확인하고 오는 길이에요."

"이게 대체…… 무슨 일이냐?"

"네, 저도 무슨 일인지 모르겠어요. 하지만…… 너무 기뻐요."

수안이 그렁그렁 눈물을 매단 채 말했다.

"왜, 왜 죽은 척…… 아니, 왜 그랬대?"

"많이 다쳐서요."

"아무리 많이 다쳐도 그렇지. 얼마나 다쳤다고, 살아 있는데 뭐 하러……."

"……못 걷는데요."

수안의 눈가에 매달려 있던 눈물이 뚝 떨어졌다.

"뭐?"

철호가 다시 한 번 경악한 얼굴로 수안을 쳐다봤다.

"못 걷는데?"

"네……."

수안이 흐느끼며 대답했다.

"못 걷는데요…… 그 사람 못 걷는데요……."

수안은 온몸이 토막나는 듯 고통스럽게 흐느꼈다.

영욱에겐 걷지 못하는 것 아무것도 아니라고, 살아 있는 것만으로도 감사하다고 말했지만 동욱이 사고 후에 단 한 번도 걷지 못하고 내내 누워 지냈다는 것을 생각하자 가슴이 찢어지는 것 같았다.

얼마나 괴로웠을까. 그래…… 차라리 죽고 싶었을 것이다. 살아 있는 것이 천벌을 받은 듯한 기분이었을 것이다. 윤수안이라는 여자만 만나지 않았더라면 지금까지 훌륭한 모습으로 힘차게 뛰고 걸으며 유성그룹을 이끌고 있었을 사람인데, 이 윤수안이 뭐라고, 그냥 놓아버렸더라면 그런 사고도 일어나지 않았을 것이고 죽은 사람으로 살지 않아도 됐을 것인데……. 윤수안이 뭐라고…… 이 구질거리고 허름한 여자가 뭐라고……. 이 보잘것없는 여자를 지키려고 끝내 지켜주려다 다리를 잃었다니…….

"선배, 난…… 동욱 씨 때문에 사람처럼 살았어요. 그 사람이 아니었다면…… 난 아무것도 아니었어요."

수안은 그동안 말하지 못했던 일들을 모두 철호에게 전해주었다.

어릴 적에 부모님을 잃고 작은아버지 집에서 어떻게 살았었는지, 동욱을 만나 얼마나 행복했었는지.

동욱은 이 세상에서 윤수안이라는 여자를 가장 행복한 여자로 만들어주었던 사람이라고. 동욱과 함께하면서 어릴 적 상처를 모두 치유했을 만큼 그는 완벽한 행복을 만끽하게 해주었던 사람이었다고.

하지만 영욱이 여자친구와 헤어지고 영욱의 여자친구가 슬픔을 이기지 못해 목숨을 끊으면서 수안과 동욱의 사랑에도 위기가 닥쳐왔다고.

어떻게든 견뎌보려고 애를 썼지만 수안의 힘으로써는 도저히 유성그룹 최 회장을 이길 수가 없었다고. 그분은 너무도 강했고 너무도 교묘했으며 너무도 차가워서 이길 수가 없었다고.

동욱을 원망하는 마음은 단 1%도 없었다고. 왜냐하면 그도 최선을 다했다는 것을 알기 때문이라고. 수안을 지키기 위해 최선을 다했지만 그 역시 아버지를 이길 수는 없었기 때문에 결국 헤어지는 수밖에는 다른 방법은 없었다고.

최 회장은 급기야 동생의 약점을 잡아 미국으로 내쫓으려고 했고 동생 가족을 보호하기 위해 미국으로 갈 수밖에 없었다고. 하지만 비행기가 이륙하기 직전 동욱의 손에 잡혔고 끝내 미국으로 가지 못하게 된 것은 운명이라 생각해 그의 손을 잡았는데 그의 손을 끝까지 뿌리치지 못한 바람에, 그의 손을 잡았던 탓에 사고가 난 것이라고. 그래서 수안은 동욱이 죽은 사람으로 알고 살았고 동욱은 죽은 사람처럼 살게 됐던 거라고.

그동안 아무에게도 말하지 못했던 비밀을, 앞으로도 그 누구에게도 말하지 못할 비밀을 철호에게 털어놓으며 흐느껴 울었다.

"그 사람 손을 잡지 말았어야 했어요. 그냥…… 뿌리치고 떠났어야 했어요. 그랬더라면 나도 그 사람도 다치지 않았을 테고 그의 손을 뿌리쳤다면 그가…… 걷지 못하는 일은 없었을 거예요."

수안의 눈에서 아프고 또 아픈 눈물이 끝없이 흘러내렸다.

"그렇지 않아. 그건 아니야."

"난 나 때문에 동욱 씨를 죽였다는 죄책감 때문에 살아 있는 게 미안하고 고통스러웠는데 동욱 씬 동욱 씨가 날 죽일 뻔했다고 동욱 씨 때문에 내가 고통을 받았다고 생각하고 있대요. 이제 아무것도 해줄 수가 없게 됐다고……. 난 그냥 동욱 씨만 있으면 되는데…… 동욱 씬 다친 몸을 나한테 보여주고 싶지 않다고…… 내가 붙잡아주면 되는데…… 걷지 못해도 아무 상관 없는데…… 그 사람만 있으면 되는데…… 그 사람만 있으면 행복한데……."

수안이 가슴을 부여잡으며 흐느껴 울자 철호가 수안의 등을 쓰다듬었다.

"동욱 씨 살아 있다는 거 알게 된 것도 선배 덕분이에요. 선배가 내 손 잡아주지 않았다면 난 계속 집에 틀어박혀서 술만 마시다 어느 날 그냥 소리없이 죽었을 텐데 선배 덕분에 방송국에 오게 됐고 그래서 동욱 씨 살아 있다는 걸 알게 됐어요."

"동욱이 찾아가려고?"

"네."

수안이 눈물을 닦아내며 고개를 끄덕였다.

"동욱 씨는 날 만나려고 하지 않는다지만 난 만나야 해요. 만나야 해요."

수안의 말에 철호가 걱정스러운 얼굴로 수안을 바라보다가 천천히 고개를 끄덕였다.

"그래. 네가 만나야겠다면 네가 원하는 게 그거라면 그렇게 해야지."

"선배, 나 이젠 정말 막, 막 살고 싶어요. 어떻게든 살고 싶어요. 그냥 죽었으면 미쳤으면 하면서 살다가 선배 덕에 그래 이렇게 살다가…… 이렇게 살다가 조용히 그 사람한테 가자 했었는데 지금은 정말 살고 싶어요. 그 사람하고 살고 싶어요."

"그래. 그렇게 해."

철호가 수안의 손을 꼭 잡아주었다.

"부탁드릴게요. 하루라도 빨리 다른 DJ 구해주세요. 나 하루라도 빨리 가고 싶어요."

"그래. 그렇게 해줄게."

"미안해요. 미안해요."

"아니. 동욱이 만나면…… 내가 아주 막 두들겨 팬다고 전해줘. 맞고 싶지 않으면 내 눈앞에 나타나지 말라고."

철호가 일부러 화난 듯이 말했고 수안은 밝게 웃으며 고개를 끄덕였다.

열흘 후 수안이 모든 주변 정리를 끝내고 공항으로 가기 위해

집을 나서려는데 초인종이 울렸다. 배웅해 주지 않아도 괜찮으니 절대 오지 말라고 했는데 아무래도 이모가 오신 모양이라고 생각하며 문을 열자 문 앞에는 이모가 아니라 현준이 서 있었다.

"피디님."

"준비됐어요?"

"무슨……."

"공항 가야지."

"네. 그런데 어떻게 알고……."

"치사하게. 왜 나한테는 말 안 해요? 내가 붙잡을까 봐?"

현준의 푸념에 수안이 미안한 얼굴로 미소 지었다.

"데려다 줄게."

"미안하게 왜 그러세요."

"미안하라고."

"……."

"갑시다."

현준이 수안의 짐 가방을 차에 실은 후 조수석 문을 열어주었다.

수안이 미안한 얼굴로 현준을 바라보고만 있자 현준은 안 타고 뭐 해요? 하며 재촉했다. 수안이 못 이긴 척 조수석에 오르자 현준이 친절하게 문을 닫아주고 운전석에 올랐다.

"피디님한테는…… 계속 신세만 지내요."

"신세만 지지 말고 같이 살자니까 징그럽게 말 안 듣더니 결국 오리알 만들고 도망가네."

현준이 서운하지 않은 척 말했지만 그의 표정은 그 어느 때보다 서운해 보였다.

"참…… 못됐죠?"

"어쩌겠어. 한 남자만 보인다는데."

"것도 병이에요."

"맞아, 병이야. 그런데…… 그래서 수안 씨가 좋더라고. 다른 남자 안 보고 한 남자만 바라봐서. 그 시선이 나한테 오면 오직 나만 바라볼 것 같아서."

"……이번 생애에선 한 사람만 바라보며 살아야 하나 봐요."

"다음 생애에도 한 사람만 봐. 그때는 나만……."

수안이 고개를 돌려 현준을 바라보자 현준이 슬픔이 배어 나오는 눈길로 수안을 바라보다가 쓸쓸하게 웃었다.

"갑시다."

현준이 차를 출발시켰고 수안은 미안한 마음에 한숨을 내쉬었다.

"한숨 쉬지 마. 가까스로 한숨 안 쉬고 살게 만들어났더니 괘씸한 사람, 또 채가네."

"……."

"다른 여자 생겼으면 뒤도 돌아보지 말고 와."

"다른 여자 안 생겼을 거예요."

"건 모르는 일이고."

"돌아오면요?"

"기꺼이 수거해 줄게."

현준의 말에 수안이 픽 웃었다.

"어쩐지 든든한데요?"

"농담 아니라. 안 되겠다 싶으면 와."

"……기다리지 마세요. 돌아와도 피디님한테는 안 가요. 못 가요."

"진짜 끈질기네."

현준의 말이 맞았다. 수안 스스로도 자신이 얼마나 끈질긴 사람인지 알고 있었다.

수안은 미안한 마음이 가득 담긴 눈길로 현준의 옆모습을 바라봤다. 현준이 마흔이 가깝도록 결혼하지 못한 것이 자신의 잘못인 것 같아 멀쩡하고 훌륭한 사람 노총각으로 만든 것이 자신의 잘못인 것 같았기 때문이다. 기다리지 말라고 했어도 기다린 현준의 탓도 있었지만 그럼에도 현준에게 많은 것을 잘못한 것 같아 마음이 무거웠다.

현준을 받아들일 수 있었더라면 좋았겠지만, 사고 후 죽지 않고 살아남았을 때 덕지덕지 이어 붙인 몸뚱이라도 좋으니 결혼하자고 그토록 애원하듯 매달렸을 때 그를 받아들였더라면 좋았겠지만 마음이 움직이지 않으니 어쩔 수가 없었다.

현준은 수안의 손을 잡고 울기까지 했었다. 포기하지 말라고.

윤수안은 너무나 아름다운 사람이니까 이렇게 포기하지 말라고. 윤수안과 함께할 테니까 죽을 때까지 함께해 줄 테니까 곁에 있게 해달라고 애원하며 울기까지 했었다.

한순간 마음이 흔들렸던 것도 사실이다. 그의 손을 잡아버릴까, 이렇게 끝없이 망가지느니 그의 손이라도 잡아 어떻게든 살아볼까 흔들렸었다. 하지만 차마 그의 손을 잡을 수가 없었다.

이런 몸으로 이렇게 다 떨어져 버린 몸으로 저토록 훌륭한 현준에게 의지하는 것은 그에게 정말 못할 짓이었고 평생 한 사람만 바라보다 그의 아기를 임신했다가 놓치기까지 했는데 온몸에 한 사람의 체취와 한 사람의 흔적이 고스란히 꽉 채워 배어 있는데 그런 몸으로 그런 마음으로 남은 삶이라도 추스르기 위해 그를 희생시키는 것은 정말 못할 짓이었다.

더는 늦지 않게 현준을 보내줘야 했다. 현준은 윤수안보다 몇 배 훌륭하고 아름다운 여자를 만나 그 여자의 사랑을 오롯이 만끽할 자격이 충분했기 때문이다.

"피디님."

"응?"

"결혼하면…… 꼭 불러주세요."

"왜? 버리고 가니까 마음이 안 좋아?"

"……네."

수안이 솔직하게 대답했다.

"정말 좋은 분 만나서 행복하게 사세요."

"……글쎄 그랬으면 좋겠네."

현준이 착잡한 목소리로 중얼거렸다.

공항에 도착해 출국장으로 향할 때에도 현준은 기꺼이 수안의 짐을 들어주었고 떠나는 것 보지 않아도 괜찮다고 하는데 고집스레 출국장까지 따라왔다.

영욱이 먼저 도착해 수안을 기다리고 있었지만 영욱이 있었음에도 현준은 작별 인사를 포기하지 않았다.

"이젠 정말…… 보내줘야 하네."

"……미안해요, 피디님."

"끝까지 버리지 않고 기다리면 올 줄 알았는데."

"……질기죠?"

"질기네. 징그럽게."

수안이 픽 웃자 현준도 웃었다. 하지만 결코 행복한 웃음은 아니었다.

"한 번만 안아봅시다."

수많은 감정이 담긴 눈길로 수안을 바라보던 현준이 어렵게 부탁했다.

"아무래도 마지막인 것 같으니까…… 한 번만 안아봅시다."

현준의 부탁에 수안 역시 복잡한 마음이 가득 실린 눈길로 현준을 바라보다가 고개를 끄덕였다.

"……제가 안아드릴게요."

수안이 먼저 현준에게 다가가자 현준이 수안을 가슴에 꼭 껴안았다.

"돌아올 땐 꼭 행복한 여자가 돼서 돌아와야 해. 당신이 불행하면 난 또 흔들릴 테니까."

현준이 수안을 품에 안은 채 속삭였고 수안은 고개를 끄덕였다.

"꼭 행복한 사람이 돼서 돌아와. 내가 절대 흔들리지 않게."

"네……."

현준은 끝내 수안의 볼에 입 한 번 맞춰주지 못하고 품에서 수안을 놓아주었다.

"잘 가요. 내 사랑."

현준이 들릴 듯 말 듯 속삭였고 수안은 너무나 미안한 눈길로 현준을 바라보다가 돌아섰다.

현준은 수안을 태운 비행기가 한국 상공을 완전히 벗어날 때까지도 공항을 떠나지 못했다. 현준은 수안을 태운 비행기가 사라진 후에도 수안이 떠난 하늘을 바라보며 눈물을 흘리고 있었다.

에필로그

행복은 당신 1

열흘째였다.

동욱을 찾아 영국에 도착한 첫날 동욱은 수안을 집에 들여놓지 않았다.

수안을 데리고 왔다는 이유로 영욱도 10분 만에 쫓겨났다.

동욱이 고함을 지르고 물건을 집어 던지는 소리가 거실에 서 있는 수안의 귀에도 고스란히 들렸을 만큼 동욱의 분노는 엄청났고 영욱이 쫓겨날 때 수안도 함께 쫓겨나고 말았다.

영욱이 다시 한 번 동욱과의 만남을 시도했지만 어림없었다. 수안과 영욱이 쫓겨나는 순간 대문은 굳게 잠겨 버렸고 그 후로 절대 열리지 않았다.

끝내 만나주지 않을 테니 서울로 돌아가자는 영욱에게 수안은 고개를 저었다. 동욱이 문을 열어줄 때까지 얼마든지 기다릴 수 있었고 대문 앞에서 말라 죽는 한이 있더라도 이대로 돌아갈 수는 없었기 때문이었다.

저녁 무렵 집사의 부인이 나와 동욱의 분노가 상상 이상이라며 지금까지 저토록 심하게 화를 내는 것은 처음 본다며 그때까지 돌아가지 않고 버티고 있는 수안에게 제발 돌아가라고 설득했지만 수안은 물러서지 않았다.

동욱이 만나줄 때까지 기다릴 작정이었다.

동욱이 살아 있다는 것을 알고 이 먼 곳까지 한 걸음에 달려왔는데 동욱이 거부한다고 해서 맥없이 단번에 물러설 수는 없었다.

반갑게 맞아주기는커녕 고함을 지르고 물건을 집어 던지며 동욱이 온몸으로 거부함에 하염없이 눈물이 쏟아졌지만 온 땅을 눈물로 적시는 한이 있더라도 수안은 동욱을 꼭 만나야 했다.

수안은 영원히 열리지 않을 것처럼 굳게 닫힌 대문 앞에서 고집스럽게 꿈쩍도 하지 않고 버텼다. 하지만 밤을 꼬박 새워 기다렸어도 끝내 문은 열리지 않았다.

밤새 문 앞에서 문이 열리길 기다리고 있다는 것을 알면서도 끝내 문을 열어주지 않는 동욱 때문에 수안은 또다시 눈물을 쏟고 말았다. 이런 사람이 아니었는데 이토록 매정한 사람이 아니었는데……. 그가 변한 것이 너무도 냉정하고 잔인한 사람으로 변해 버린 것만 같아 가슴이 무너지는 것 같았다.

수안이 밤을 꼬박 새워 기다린 다음날 영욱이 동욱을 만나기 위해 찾아왔다가 문 앞에 서 있는 수안을 보고 깜짝 놀랐다.

"밤새 여기 계셨습니까?"

"네…….."

"형이 문을 열어주지 않았습니까?"

"아직…… 화가 많이 났나 봐요."

바깥에서 밤을 새운 탓에 피곤한 기색이 역력한 수안을 바라보던 영욱이 굳은 얼굴로 대문을 두드리기 시작했다.

"문 열어요! 문 열라구요!"

영욱이 세차게 문을 두드렸고 잠시 후 놀란 표정의 집사가 문을 열었다.

"형 일어났습니까?"

"예."

"들어가세요."

영욱이 수안의 손을 잡고 집 안으로 끌어당기는데 수안이 고개를 저으며 영욱의 손을 털어냈다.

"전 여기 있을게요."

"들어가세요."

"아뇨. 동욱 씨 화나게 하고 싶지 않아요. 전 여기 있을게요."

수안이 물러서자 화가 난 듯 경직된 얼굴로 수안을 바라보던 영욱이 안으로 들어갔고 30분 후 밖으로 나왔다.

"아직 화 많이 났던가요?"

"꼭…… 형을 만나야겠습니까?"

"네."

수안이 확고한 어조로 말했다.

수안은 어떤 경우에도 물러서지 않겠다고 결심했기 때문이었다.

"금방 열어줄 것 같지 않으니…… 묵을 곳을 정해야겠습니다."

"네. 그렇게 할게요."

영욱이 동욱의 집에서 40분 거리에 있는 모텔에 방을 잡아주고 형을 잘 부탁한다는 말을 남긴 후 서울로 돌아간 후에도 수안은 흔들리지 않고 매일 아침 7시면 동욱의 집으로 찾아왔고 마법을 쓰지 않으면 영영 열릴 것 같지 않은 대문 앞에서 밤 9시까지 문이 열리길 기도하며 기다렸다.

보름을 넘겨서도 그대로였다.

동욱의 집 대문은 수안을 철저하게 거부했고 수안은 매정한 대문을 바라보며 눈물을 흘릴망정 포기하지 않고 끈질기게 기다리고 있었다.

동욱을 만나기 위해 주저없이 영국으로 달려왔는데도 보름이 지나도록 동욱의 얼굴 한 번 보지 못한 수안이었다. 하지만 얼마든지 견딜 수 있었다. 얼마든지 기다릴 수 있었다.

동욱의 집에 온 지 일주일째 되던 날 수안은 동욱을 보살피는 집사로부터 동욱의 방이 어디에 있고 동욱의 서재가 어디에 있는지 알게 됐다.

그때부터 수안의 시선은 1층 창가로 향했고 두꺼운 커튼으로 가려진 창문을 바라보며 꼭 한 번만 동욱이 내다봐 주길 기다렸다. 하지만 보름이 지나고 20일이 되도록 커튼은 단 한 번도 걷히질 않았고 동욱의 모습도 보이지 않았다.

스무 날째.

저녁 무렵부터 후드득후드득 비가 오기 시작하자 수안은 비를 피하기 위해 처마 아래에서 몸을 움츠렸다.

영국 날씨가 원래 좀 우중충하고 변덕스럽지만 다행히 비가 오진 않았는데 드디어 비가 오기 시작한 것이다.

금방 그칠 비처럼은 보이지 않아 조금 걱정이었다. 비가 오지 않았을 때도 제법 쌀쌀한 날씨였는데 비마저 오자 갑작스레 기온이 떨어져 몸이 떨릴 정도로 추워졌다. 하지만 갑자기 비가 오고 추워졌다고 해서 포기하고 돌아갈 수는 없었다. 아니, 어쩌면 비가 오고 날이 추워졌기 때문에 문을 열어줄 수도 있었기 때문에 수안은 밤 9시까지 어떻게든 견뎌야 했다.

동욱은 정이 많은 사람이니까 문을 열어줄 것 같았다. 이렇게 비가 많이 오는데 언제까지나 비를 맞힐 만큼 독한 사람이 아니니까 곧 문을 열어줄 것 같았다.

제발…… 제발 오늘은 문을 열어줬으면 좋겠다고 기도하길 한 시간.

몸에 한기가 돌아 으득으득 이가 부딪히는데 손잡이 돌아가는 소리가 들리는가 싶더니 문이 열렸다.

드디어 문을 열어준 것이다.

수안이 새파랗게 언 얼굴로 일그러진 미소를 지으며 돌아봤을 때 문 앞에는 동욱이 아니라 동욱을 돌보는 집사가 서 있었다.

수안이 동욱의 집을 찾아왔던 첫날부터 오늘까지 하루에 두세 번씩 밖으로 나와 그만 돌아가라고 설득하거나 하루 종일 굶고 있는 수안을 위해 샌드위치나 과일을 가져다주고 동욱 몰래 동욱의 건강 상태를 알려주는 집사였다.

"아직도 계셨습니까?"

"동욱 씬 저녁 먹었나요? 다 먹었나요?"

차마 동욱이 들어오라고 했는지는 물어볼 수가 없어 그의 식사를 챙겼다.

"예. 드셨습니다. 이런, 완전히 얼어서……."

"난 괜찮아요. 오늘 동욱 씨 기분은 어땠어요?"

"기분은 늘……."

오늘도 동욱은 여전히 화가 나 있는 모양이었다.

"잠깐 기다리세요. 모셔다 드리겠습니다."

"아뇨. 아니에요. 집사님 귀찮게 하면 동욱 씨 기분 나빠질 테니까 우산 하나만 빌려주세요."

"비가 이렇게 오는데 어떻게 가시려고요. 모셔다 드리겠습니다."

"아뇨. 정말 괜찮아요. 동욱 씨 신경 건드리고 싶지 않으니까 우산만 빌려주세요. 내일 갖다 드릴게요."

"하지만……."

"부탁드려요."

수안이 고집을 피우자 집사는 하는 수 없이 우산을 들고 나와 수안에게 건넸다.

"가실 수 있겠습니까?"

"그럼요. 20분만 걸어가면 버스 탈 수 있는걸요."

"조심해서 가십시오."

"동욱 씨 잘 부탁드려요."

"예……."

수안은 집사에게 인사를 한 후 문이 닫히기 전에 코트 깃을 세우고 동욱의 집을 떠나왔다.

동욱은 2층 창문으로 우산을 받치고 떠나는 수안을 몰래 지켜보고 있었다. 빗줄기가 거셌고 바람도 많이 불어 틀림없이 몹시 추운 날이었다. 비가 오는데, 바람이 부는데 이렇게 추운 날 수안이 우산 하나에 의지한 채 떠나는 모습을 보자 가슴이 아파 미어지는 것 같았다.

당장 창문을 열어 수안의 이름을 소리쳐 부르고 싶었지만 그럴 수 없었다.

최동욱이라는 남자 때문에 얼마나 모진 고통을 당한 사람인데, 최동욱이라는 남자 때문에 얼마나 잔인한 상처를 입은 사람인데 또다시 상처를 줄 수는 없었다. 이 몸으로 이 꼴로 수안을 다시 만난다고 한들 무슨 소용이 있을까.

가슴이 찢어질 듯 아팠지만 온 가슴이 무너지도록 아팠지만 이를 악물고 참아야 했다. 고통은 여기서 끝내야만 했기 때문이다.

동욱이 수안이 떠난 지 한참이 지나도록 창가에서 떠나지 못하고 있는데 노크 소리와 함께 집사가 들어왔다.

"약 드실 시간입니다."

"수안이 데려다 주지 그랬어요?"

"도련님 더 화나게 할 것 같다고…….'

"비가 많이 오는데…….'

"죄송합니다, 도련님. 지금이라도 가보겠습니다."

"다 젖었을 거예요. 담요 덮어주세요."

동욱이 무릎에 덮고 있던 담요를 집사에게 건넸다.

집사가 동욱의 담요를 갖고 허둥지둥 수안을 쫓아갔지만 버스 정류장에 도착했을 때 수안은 이미 떠났는지 보이지 않았다. 하는 수 없이 수안이 머물고 있는 모텔로 달려간 집사는 수안이 무사히 모텔로 들어가는 것을 본 후에야 동욱이 기다리는 집으로 돌아왔다.

"버스 정류장에 갔을 때는 이미 떠나고 안 계셔서 모텔까지 다녀왔습니다. 무사히 도착하는 걸 보고 왔습니다."

"괜찮던가요?"

"예. 담요는…… 못 전해 드렸습니다."

집사가 동욱의 무릎에 다시 담요를 덮어주었다.

"수고하셨어요."

"……만나주시지 그러십니까, 도련님."

"……"

"벌써 이십 일인데…… 날이 점점 추워지고 있습니다."

"흔들릴 것 같아서요."

"예?"

"나 때문에…… 죽을 뻔했거든요."

"무슨……."

"내가 그날 수안이를 붙잡지 않았다면…… 나도 수안이도 무사했을 거예요. 내가 그 여자를…… 죽일 뻔했어요. 이제야 재기했는데 다시 무너뜨릴 수는 없어요."

"살아계신 걸 알았는데…… 포기하시겠습니까?"

"……포기하게 만들어야죠."

"도련님은요?"

집사의 물음에 동욱이 고개를 돌려 집사를 쳐다봤다.

"아가씨가 문 앞에 있는 동안에는 창가에서 떠나지 못하시지 않습니까."

"……."

"저러다 병나실까 걱정입니다."

"돌려보내야죠. 어떻게 해서든."

집사는 괴로운 표정의 동욱을 바라보다가 조용히 방을 나갔다.

동욱은 천천히 휠체어를 움직여 책상으로 간 후 서랍에서 작은 상자를 꺼냈다.

상자를 쓰다듬던 동욱은 조심스럽게 뚜껑을 열어 상자 안에 들어 있던 카드를 꺼내 펼쳤다.

오늘이 우리가 만난 지 2400일. 알고 있죠?

2400일을 날짜로 따져 보니까 6년 하고 210일이에요.

햇수로는 7년인데 정확하게는 6년 210일이에요.

그런데 6년 210일, 어쩐지 멋없지 않아요? 그래서 그냥 2400일로 했어요.

딱 떨어지고 좋잖아요. 엄청 오래 만난 것 같기도 하고.

2400일을 시간으로 따지면 얼마나 될까 생각하다가 시계로 골랐어요.

정말 기발하고 뜻깊지 않아요?

몇 시간, 몇 분, 몇 초인지 동욱 씨가 계산해서 알려줘요.

그리고 그 시계로 우리의 3천 일은 언제쯤인지도 알려줘요.

축하해요.

당신과 나의 2400일.

동욱은 수안과 자신의 3000일은 이미 오래전에 지났다는 것을 알고 있었다. 하지만 이상하게도 2400일이 되던 그날 모든 것이 멈춰 버린 것 같은 기분이었다. 예전이나 지금이나 그대로 2400일째에 머물러 있는 듯한 기분 말이다.

카드를 쥔 채 비 오는 창밖을 바라보던 동욱이 수화기를 들고 어디론가 전화를 걸었다. 가슴이 갑갑해서 숨이 막힐 것 같은데 혼자서는 도저히 이 갑갑한 속을 풀지 못할 것 같았기 때문이다.

[여보세요?]

"엄마……."

엄마는 해답을 알려줄 것 같았다.

동욱이 걸을 수 없다는 청천벽력 같은 진단을 받았을 때 세상이 끝난 것은 절대 아니라고 이대로 무너지는 것은 사나이가 할 짓이 아니라고 그리고 무슨 짓을 해서라도 다시 걷게 만들어놓겠다며 영국으로 데려온 사람이 어머니였으니까. 어머니라면 이 갑갑한 가슴을 풀어줄 것 같았다.

[동욱아, 무슨 일 있니?]

"수안이가 왔어요."

[누구? 누가 왔다고?]

"수안이요. 수안이⋯⋯."

[수안이가⋯⋯ 어떻게 수안이가?]

"알게 됐대요. 데려다 주지 않으면 죽을 때까지 영국을 샅샅이 뒤져서라도 날 찾아내겠다고 떼를 써서 영욱이가 데리고 왔어요."

동욱의 말에 어머니가 믿을 수 없다는 듯 세상에⋯⋯ 하고 중얼거렸다.

[지금 어딨니?]

"내쫓았어요⋯⋯ 내쫓았어요. 엄마⋯⋯ 나 잘한 거죠?"

[내쫓았어?]

"내쫓았어요. 잘한 거죠? 잘했다고 해주세요."

동욱이 응원을 구했지만 어머니의 입에서 잘했다는 말이 쉽게 나오지 않았다.

[언제 왔니?]

"벌써 스무 날인데⋯⋯ 문을 안 열어줘도 매일 와요. 매일 와서 문 열어주길 기다려요. 이젠 문을 두드리지도 않고 열어줄 때까지 기다리다가 밤에 가요."

동욱이 수안에게 못할 짓을 한 것이 가슴 아파 떨리는 목소리로 말하자 동욱 대신 어머니가 깊은 한숨을 내쉬었다.

[우리 아들⋯⋯ 마음이 많이 아프구나.]

어머니는 동욱이 문을 열어주지 않고 수안을 매일 쫓으면서도 정작 마음은 아프게 타고 있다는 것을 단번에 알아차렸다.

쫓을 수밖에 없으면서도 가슴 아파한다는 것을 어머니는 알아차린 것이다.

"그 바보 같은 자식이…… 그렇게 모질게 구는데도 안 가요. 한 번도 문을 열어주지 않는데 계속 와요."

동욱의 목소리가 금방이라도 울음이 터질 듯 심하게 흔들렸다.

"오늘은 비가 이렇게 쏟아지는데 비 맞고 갔어요. 너무 마음이 아파서 집사한테 태워주라고 시켰더니 벌써 갔더래요."

[우리 아들이…… 정말 마음이 많이 아프구나.]

"네…… 가슴이 아파 죽겠어요, 엄마."

동욱이 솔직한 심정을 드러내며 흐득흐득 흐느끼기 시작했다.

"받아들이지 못하지만…… 받아들여서는 안 된다는 걸 알면서도 자꾸 흔들려요. 자꾸 흔들리고 가슴이 너무 아파요……."

[그래…… 그래, 알겠어. 네 마음이 어떤지 알겠어, 동욱아.]

어머니가 안타까운 목소리로 동욱을 달랬다.

"보내야 하는데…… 수안이가 떠나는 생각만 해도 가슴이 찢어지는 것 같아요. 보내야 한다는 걸 알면서도……."

[그렇게 가슴이 아픈데…… 한 번은 만나지 그러니.]

"만나면…… 수안일 보면…… 못 보낼 것 같아요."

[…….]

"꽉 붙잡고 절대 못 놔줄 것 같아요."

한 번이라도 수안을 만나면, 수안의 얼굴을 보고 수안의 목소리를 들으면 절대 보내지 못할 것 같았다. 보내기 싫어질 것 같았다. 어떻게든 붙잡고 놓아주지 않을 것 같았다.

[엄마 생각엔…… 수안이가 여기까지 널 찾아왔을 땐…… 네가 놔주지 말길 기대하면서 왔을 거야. 그랬을 것 같아.]

"내가 붙잡고 있을 수가 없잖아요. 수안이한테 아무것도 해줄 수가 없는데…… 그 자식을 붙잡고 있으면 안 되잖아요."

그래서 더 가슴이 아팠다. 수안을 붙잡고 있을 수가 없다는 것이. 붙잡으면 안 된다는 것이 동욱의 가슴을 더 아프게 했다.

[그래…… 착한 내 아들…… 그렇게 수안일 못 잊었으면서도 수안일 걱정하는구나.]

"어떻게 하죠? 어떻게 하면 수안일 보낼까요? 어떻게 하면 수안이가 날 떠날까요?"

[동욱아.]

"네."

[네가 원하는 게…… 정말 수안이가 떠나는 거야?]

어머니의 물음에 동욱은 차마 그렇다고 대답할 수가 없었다.

다른 사람은 다 속여도, 다른 사람에겐 거짓말을 할 수 있어도 엄마는 속일 수 없었고 엄마한테는 거짓말할 수 없었기 때문이었다.

[수안이가 떠나는 게 정말 네가 원하는 거니? 그런 거야?]

"아뇨…… 아니에요."

[네가 수안이 아끼는 마음도 이해하고 문 열어주지 않는데도 열어줄 때까지 기다리는 수안이의 마음도 이해하고…… 너무 마음이 아프다, 동욱아.]

"보내야겠죠? 엄마, 수안이 보내야겠죠?"

[……엄마가 수안일 만나봐도 되겠니?]

"엄마가요?"

[네가 원하면…… 떠나라고 설득해 볼게.]

"……."

[싫어?]

"아니에요……."

동욱이 기운없는 목소리로 대답했다.

[동욱아.]

"네."

[사랑은…… 머리가 시키는 대로 하는 게 아니야. 마음이 시키는 대로 하는 게…… 그게 사랑이야.]

"……."

[수안이가 끝내 널 원한다면…… 아마도 수안인 네 곁에 있겠지. 수안이는 마음이 시키는 대로 할 테니까.]

동욱은 어머니와의 통화를 끝낸 후 어머니가 한 말을 몇십 번이나 곱씹어 생각했다. 사랑은 머리가 시키는 대로 하는 것이 아니라 마음이 시키는 대로 한다는 것. 수안의 마음이 동욱을 원하는 거라면 수안은 결국 자신의 곁에 있을 것이라는 말.

동욱은 아무에게도 말할 수 없지만 자신이 원하는 것이 무엇인지 알고 있었다. 멀쩡한 여자 망가뜨린 것으로도 부족해 평생 병수발이나 들게 한다고 욕을 먹고 벌을 받더라도 자신의 마음이 시키는 것이 무엇인지 누구보다 잘 알고 있었다.

동욱은 수안이 비를 맞고 떠난 날 끝내 잠들지 못했다.

동욱은 다시 한 번 시간을 확인했다. 아침 10시.

아침 여섯 시 눈을 뜨자마자 창가로 와서 내내 수안을 기다렸지만 10시가 되도록 수안의 모습이 보이지 않았다. 이십 일 동안 하루도 빼놓지 않고 아침 7시면 저기 저 끝에서 수안이 나타났는데 오늘은 아무리 기다려도 수안이 나타나지 않았다.

"도련님?"

"수안이가 안 와요."

"······."

"포기했나 봐요. 이제 안 올 건가 봐요. 비 오는데도 문 열어주지 않아서 이제 그만뒀나 봐요."

동욱이 풀이 죽은 얼굴로 말했다.

"기다리고 계셨습니까?"

"······아뇨. 아니에요."

동욱은 억지로 부인하면서도 다시 창밖으로 시선을 돌렸다.

낮 1시가 되자 걱정과 초조함이 극에 달한 동욱이 집사를 외쳐 불렀다.

"수안이한테 가보세요."

"예?"

"비를 많이 맞아서 아픈 건지도 몰라요. 가서 보고 오세요. 아픈지…… 떠났는지."

"예."

"혹시 떠났으면…… 다행이고…… 아프면 약을 먹여주세요. 내가 보냈다는 말은 절대 하지 말고."

"예, 도련님."

집사가 동욱에게 걱정 말라는 미소를 지어 보인 후 즉시 수안이 머물고 있는 모텔로 달려갔다.

비를 많이 맞아서 아픈 건지도 모르겠다던 동욱의 예상대로 수안은 고열에 시달리고 있었다. 감기가 들어도 백번은 들 날씨에 바보처럼 버텼으니 어떻게 멀쩡할 수 있을까. 이십 일 동안 하루에 열네 시간을 문 앞에 쪼그리고 앉아 떨었는데 아프지 않은 것이 더 이상한 일이었다.

"동욱 씨가 가보라 했나요?"

열 때문에 얼굴이 빨개진 수안이 기대하는 표정으로 물었다.

"아뇨…… 식료품점에 다니러 가는 길에 잠깐 들렀습니다. 오늘은 안 오셔서요……."

"네…… 동욱 씬 괜찮죠?"

"예."

"혹시…… 내가 왜 안 오는지 궁금해하진 않았나요?"

"......"

집사가 아무 대답을 하지 않자 수안이 실망한 듯 힘없이 미소 지었다.

"......감기가 들었나 봐요."

"병원에 가시죠. 모시고 가겠습니다."

"아니에요. 푹 자면 괜찮아질 거예요."

"약이라도 사오겠습니다."

"한국에서 올 때 비상약으로 해열제 챙겨온 게 있어서 먹었어 요. 하루 이틀 약 먹으면 괜찮을 거예요. 난 괜찮으니까 어서 동 욱 씨한테 가세요. 동욱 씨 돌봐주세요."

"하지만......"

"어서 가세요. 여기 온 것 알면 화낼 텐데."

"......예."

"집사님."

모텔 방을 나서려는 집사를 수안이 급히 불렀다.

"예, 아가씨."

"여기 오신 거 말하지 마세요. 절대 나 아프다는 소리 하지 마 세요. 절대."

"......"

"아프다고 하면 더 화낼 거예요. 당장 서울로 쫓아 보내려고 할 거예요. 혹시라도 물으면...... 그냥 다른 볼일 보느라고 안 온 모양이라고 그렇게 둘러 말해주세요. 절대 아프다는 말 하지 마세요. 부탁드려요."

"……예."

수안이 열에 들뜬 얼굴로 미소 지었고 집사는 안타까운 얼굴로 수안을 바라보다가 동욱이 기다리는 집으로 돌아갔다.

"떠났던가요?"

동욱이 긴장한 얼굴로 물었다.

"아뇨. 모텔에 계십니다."

"그래요?"

동욱의 얼굴이 밝아졌다.

"내가 보냈다는 말은 안 했죠?"

"식료품점에 가는 길에 들렀다고 했습니다."

"잘하셨어요. 그런데 왜…… 왜…… 바쁜 일이 있던가요?"

"아프십니다."

"아파요?"

동욱의 얼굴이 굳어졌다.

"얼마나요?"

"감기로…… 열이 나서…… 아프다는 얘기 절대 하지 말라고 하셨는데……. 도련님 아프다는 얘기 들으면 더 화내실 거라고……."

"약은요?"

"한국에서 챙겨온 약이 있다고 하셨습니다."

"병원에 가야 되지 않을까요?"

"저녁에 다시 가보겠습니다."

"뭘 좀 먹었던가요?"

"제대로 못 드시는 것 같아 혹시 몰라서 가져갔던 음식을 두고 왔습니다."

"……따뜻한 걸 먹여야 하는데."

동욱이 걱정스러운 표정으로 중얼거렸다.

"병원에도 데려가고 약도 먹이고 따뜻한 걸 먹여야 하는데……."

동욱이 초조하게 중얼거렸다.

"저녁에 따뜻한 걸 챙겨다 드리겠습니다. 더 안 좋아지셨으면 병원에도 모시고 가겠습니다. 걱정 마십시오."

집사가 나가려는데 동욱이 다시 불렀다.

"나…… 원망하지 않던가요?"

"아닙니다."

"모텔에 있다고 했죠?"

"예."

"깨끗하던가요?"

"예. 괜찮은 모텔입니다."

"그래도 모텔은 불편할 텐데…… 집을 하나 구해줘야 하지 않을까요? 아니…… 보내야 하는데 집이라니……."

"아가씨를 만나주시지 그러십니까."

"……아니에요. 보내야죠. 보내야 해요."

동욱이 고개를 저었고 집사는 안타까운 한숨을 내쉰 후 밖으로 나갔다.

동욱은 수안이 오지 못한다는 것을 알면서도 다시 창가로 가서 밖을 내다봤다. 수안이 걸어오는 길을 수안이 걸어가는 길을 바라보며 연신 한숨을 내쉬었다.

하루도 빼놓지 않고 오던 사람이 안 오자 떠났을까 아픈 걸까 초조해서 견딜 수가 없었는데 떠나지 않았다는 말에 와락 기쁘면서도 아프다는 말에는 와락 겁이 났다.

수안도 다쳤는데 자신만큼이나 많이 다쳤다가 가까스로 회복된 사람인데 그런 사람을 스무 날 동안 밖에 세워두었으니 얼마나 힘들고 피곤했으면 병이 났을까 하는 생각에 가슴이 아파 견딜 수가 없었다. 그냥 서 있는 것도 힘든데 비까지 맞혔으니 자신을 얼마나 원망할지 말하지 않아도 알 수 있었다.

하지만 어쩔 수 없는 선택이었다. 속마음은 당장이라도 수안을 받아들여 함께 있어달라고 애원하고 싶지만 그럴 수는 없었다. 그것은 수안에게 너무나 가혹한 요구였기 때문이다.

가장 아름답던 시절을, 가장 아름답고 싱싱하던 시절을 유학 떠난 동욱을 기다리느라 흘려보낸 사람이었다. 새로운 사랑을 세 번은 너끈하게 했을 시간을 오직 동욱만을 기다리며 동욱만을 해바라기하며 흘려보낸 사람이었다. 정말 놀랍도록 의리있게 흔들리지 않고 기다려 준 사람이었다.

친구들이 하나둘씩 결혼을 하고 또 아이를 낳는 동안 빨리 결혼해 달라고 단 한 번도 보채지 않고 동욱만 믿고 기다려 준 사람. 가슴이 아파도 아프다는 말 한 번 하지 않고 치사해도 치사하다는 말 한 번 없이 묵묵히 이 악물고 기다려 준 사람. 그런 사람에게 동욱은 아픔만 주었던 것이다.

세상에서 제일 행복한 여자로 만들어주려고 했는데, 세상 그 누구보다 행복하고 사랑받는 여자로 만들어주려고 했는데 결국 세상에서 제일 불행한 여자, 세상에서 제일 사랑받지 못하는 여자로 만들어 버린 것이다.

영욱이 찾아와서 수안을 데리고 왔다는 말을 했을 때 동욱은 심장이 멎어버리는 것만 같았다. 믿을 수가 없어서 정말 왔을까 봐, 거짓말일까 봐, 수안에게 휠체어에 앉아 있는 모습을 들킬까 봐, 거짓말일까 봐 극한의 기쁨과 극한의 공포가 뒤섞이며 동욱을 뒤흔들었다.

기쁨과 슬픔과 고통이 엉킨 격정적인 감정에 사로잡힌 채 어떻게 해야 할지 몰라서, 아니, 수안을 만나기 위해 수안을 안아주기 위해 단번에 뛰어 내려갈 수 없는 자신의 처지가 너무나 초라하고 비참해서 왜 데리고 왔냐고 어째서 살아 있다는 것을 알렸냐며 영욱에게 폭풍처럼 화를 내며 쫓아버리고 말았다.

그러나 그 긴 세월 동욱을 수백 번 울게 했던 그리움은 결국 커튼을 걷어 대문 앞에 있는 수안을 보게 만들었다. 그리고 수안의 야윈 모습을 보는 그 순간 동욱은 긴 세월 동안 단 한 뼘도 끊어내지 못한 사랑 때문에 흑득흑득 흐느껴 울고 말았다.

수안이 가까스로 회복했다는 소식을 들었을 때와는 비할 수 없는 기쁨이자 고통이었다. 수안이 비로소 재기에 성공해 라디오 방송을 시작했다는 소식을 들었을 때와도 비할 수 없는 행복이자 아픔이었다.

틀어쥔 주먹이 떨리도록 흐느껴 울게 했던 그리움의 그 사람이 바로 아래층에 있는데, 걷지 못하는 병신이라도 좋으니 함께 있겠다며 날아와 준 고마움의 그 사람이 바로 아래층에 있는데 차마 미안해서, 차마 송구해서 손을 잡아줄 수 없음에 고통스럽게 흐느꼈었다.

그 손을 잡으면 이젠 영영 놓아줄 수 없을 것 같아서, 놓아주지 못할 것 같아서 또다시 치유할 수 없는 상처를 줄 것 같아서.

동욱은 그렇게 할 수밖에 없음이 너무도 서러워서 수안을 보내야만 수안이 행복할 수 있음이 서러워서 하염없이 눈물을 흘리고 있었다.

저녁이 될 때까지 기다릴 수 없었던 동욱은 집사를 다그쳐 일찌감치 수안이 있는 모텔로 보냈고 집사가 돌아올 때까지 현관문 앞에까지 나와 집사를 기다렸다.

"병원에 가지 않으려고 해서 의사 선생님을 모셔다가 진찰을 받게 했습니다."

"뭐라고 하던가요?"

"감기인데 열이 너무 심해서 해열제 주사를 놓아주고 약을 처방해 주고 가셨습니다."

"……뭘 좀 먹였습니까?"

"예. 목이 너무 부어서 삼키는 것이 힘들긴 하셨지만 제가 가지고 간 죽은 다 드셨습니다."

"수안이 호박 수프 좋아해요. 내일 그것 좀 만들어다 주세요."

"예."

"내일도 못 오겠죠?"

"의사 선생님께서 이삼 일 쉬셔야 한다고 했습니다."

"난 신경 쓰지 말고 수안이 돌봐주세요."

"예, 그렇게 하겠습니다."

집사가 인사를 하고 나가려는데 동욱이 정 집사 하고 불렀다.

"예."

"물리치료사하고 마사지사들 다시 불러주세요."

"재활치료 다시 시작하시겠습니까?"

"예."

"예, 알겠습니다."

집사가 기쁘게 웃으며 방을 나갔다.

반년 전쯤 갑자기 시작된 극심한 통증에 한밤중에 응급실로 실려갔던 동욱은 뜻밖에 신경이 살아났다는 진단을 받았었다.

통증을 느끼는 것은 신경이 살아났다는 뜻이었고 어쩌면 다시 걸을 수 있을지도 모른다는 희망을 품게 된 동욱은 물리치료와 재활치료에 더 열심히 매달렸지만 호전되는 듯하던 몸은 어느 순간 정체된 채 그대로였다.

한쪽 다리는 여전히 내 몸이 아닌 나무토막을 붙여놓은 것 같았고 신경이 살아났다던 남은 한쪽 다리로도 여전히 혼자 일어서는 것은 불가능했다.

희망을 걸고 매달렸던 치료가 지지부진하자 결국 동욱은 포기해 버렸고 그래서 한 달 넘게 물리치료도 재활치료도 거부한 채 휠체어에 앉아 있었다. 그런데 문득 갑자기 다시 시작해야겠다는, 지금부터라도 다시 시작하면 한쪽 다리로라도 일어설 수 있을지 모른다는 희망이 생겨났다. 아니 무슨 짓을 해서라도 일어서고 싶었다. 한쪽 다리로도 일어선다면, 일어설 수 있다면, 목발에 의지해서라도 걸을 수 있다면 수안에게 조금이라도 당당한 남자가 될 수 있지 않을까 하는 생각이 들었기 때문이었다.

욕심이라는 것을 알고 있었지만 못된 욕심이라는 것을 알고 있었지만 하늘이 허락해 준다면 수안을 곁에 두고 싶었다.

이 악물고 노력해서 한쪽 다리라도 살려낸다면 그땐 하늘이 수안과 함께 있는 것을 허락해 주지 않을까 하는 소망이 생긴 것이다.

다음날 동욱은 지체하지 않고 물리치료와 재활치료를 시작했다. 물리치료와 재활치료가 끝나면 따뜻한 물에 몸을 담가 근육을 풀어주고 다시 마사지사에게 몸을 맡겨 구석구석 뭉치고 잠든 근육들이 깨어나길 기대하며 마사지를 받았다.

수안은 문 두드리는 소리에 잠에서 깨 겨우겨우 침대에서 내려와 문을 열었다.

문 앞에는 굉장히 우아한 중년 부인이 서 있었다. 영국에 있다는 것을 문득 잊었을 만큼 중년 부인은 한국 사람이었다.

"수안?"

"네…… 누구세요?"

"반가워요. 나 동욱이 엄마예요."

동욱의 엄마…….

수안은 너무 당황하고 뜻밖인 나머지 멍한 얼굴로 바라보기만 했다.

"놀랐지?"

"아…… 네…… 어머니."

"놀랐을 거야. 내가 찾아올 거라고는 생각 못했을 테니까."

"네……."

"들어가도 될까?"

"네……."

수안이 문을 열어주자 동욱의 어머니가 모텔 방으로 들어왔다.

"어떻게 알고 오셨어요?"

"동욱이한테 듣고. 아프다는 얘기도 들었고."

"······어머니."

"응?"

"저 보내려고 오신 거예요?"

"······."

수안의 물음에 어머니는 아니다 그렇다라는 대답없이 희미하게 미소만 지었다.

"저 보내려고······ 가라고 하실까 봐 겁나요."

수안이 긴장된 얼굴로 말한 후 소리없이 한숨을 내쉬었다.

"일단······ 앉아요. 우리 잠깐만 얘기해. 아픈 거 아니까 오래 힘들게 하지 않을게."

"말씀하세요. 저 괜찮아요."

"앉아. 같이 앉자구."

수안은 동욱의 어머니가 티 테이블 의자에 앉은 것을 본 다음 침대에 걸터앉았다.

"아픈데 와서 미안해. 많이 미안해요."

"아니에요. 전 괜찮아요······. 긴장돼서 아픈 줄도 모르겠어요."

수안이 자다가 동욱의 어머니를 맞이한 통에 얼굴이 엉망일 것 같아 민망한 얼굴로 흐트러진 머리카락을 매만지는데 깊은 눈길로 수안을 바라보던 동욱의 어머니가 다정하게 미소를 지으며 고개를 저었다.

"왜······ 그러세요?"

"우리 동욱이…… 여자 보는 눈 상당히 높네."

"네?"

"두 사람 연애할 때부터 동욱이한테 수안이 얘기 들어서 알고 있었어요."

"그러셨어요?"

"동욱이하고 나…… 어떻게 헤어졌다가 만났는지 들었죠?"

"네."

"자식이…… 극적으로 만난 엄마는 뒷전이고 만날 때마다 수안이 얘기밖에 없는 거야. 얼마나 대단한 여잔데 자식이 저렇게 빠져서 정신을 못 차리나 샘도 나고. 어디 두고 보자. 호박댕이 뭉개놓게 생긴 여자면 약 올라 펄쩍 뛰게 골려줘야지 했는데…… 우리 아들이 여자 보는 눈이 보통 높은 게 아니네. 어쩜…… 이렇게 예쁘고 사랑스러우니 정신을 못 차렸지."

동욱 어머니의 칭찬에 수안은 빨개진 얼굴로 수줍게 웃었다.

"……죽은 줄 알았는데 살아 있어서 놀랐죠?"

어머니가 조심스레 얘기를 시작했다.

"네…… 많이요."

"그랬을 거야. 사기당했다는 생각도 들었을 테고…… 온갖 생각이 다 들었겠지."

"……"

"다시는 못 걷는다는 게 동욱이한테는 엄청난 충격이었어요. 나도 마찬가지고. 어떻게 충격적이지 않을 수 있었겠어. 어제까지 걷던 녀석이…… 갑자기 하루아침에 못 걷는다는데. 하늘이 무너지는 것 같더라고……."

어머니가 걷지 못할 것이라는 진단을 받았을 때가 생각나는 듯 어두워진 표정으로 낮게 한숨을 내쉬었고 수안 역시 그때의 절망적인 기분이 고스란히 느껴져 아픈 시선으로 어머니를 바라봤다.

"동욱이 사고나고 열흘 후에야 소식을 듣고 갔더니 애가 정말 죽은 사람처럼 한 번도 깨지 않고 종일 자는 거야. 살아 있다고 했는데…… 잠만 자니까 얼마나 섬뜩하고 무서웠는지 몰라. 죽은 건 아닐까, 숨을 안 쉬는 아닐까……. 온갖 방정맞은 생각에 가슴에 몇 번이나 귀를 대보고……. 살면서 그때처럼 두렵고 무서웠던 적은 없었어."

그랬을 것이다. 얼마나 두렵고 무서웠을까. 이미 다 지나간 얘기 듣고 있는 수안조차도 순간순간 가슴이 내려앉는데 바로 곁에서 지켜본 어머니는 오죽했을까.

"그러다 최명복 씨…… 최명복 씨 알죠? 수안 씨 죽자고 괴롭힌 사람."

"네……."

"최명복 씨가 나타났는데 정말…… 죽이고 싶더라고. 사람이 아니라 마귀를 보는 것 같은 기분이 드는데…… 얼굴이 찢어지도록 때렸어. 새끼 잡아먹은 놈이라고 욕하면서……."

동욱 어머니의 눈시울이 붉어지는가 싶더니 눈물방울이 맺혔다.

"결국 다시는 못 걷는다는 진단을 받고…… 아…… 얼마나 기가 막히던지."

어머니가 복받쳐 오르는 감정을 억누르려는 듯 아랫입술을 꽉 깨물었다.

"어떻게 내 아들한테 이런 일이 있을 수 있나…… 이렇게 착한 녀석한테 어쩌면 이렇게나 가혹할까……. 나 유성그룹 회장실 쫓아가서 뒤엎고 왔어. 온몸으로 몸부림치며 악을 쓰고 때리고……."

어머니가 다시 한 번 아랫입술을 깨물었다. 분노가 어린 눈을 찌푸리며.

"뉴스에 안 났나 몰라. 최명복 회장 전 부인이 최명복 죽이려고 했다는 뉴스 말이야."

어머니가 눈물을 얼른 훔쳐 내며 억지로 우스갯소리를 했다.

수안이 어머니를 금방이라도 울 듯한 표정으로 안타깝게 바라보자 어머니가 쓰디쓴 약을 삼킨 듯 고통스럽게 일그러진 표정으로 아무것도 놓이지 않은 빈 탁자를 오랫동안 바라봤다.

"세상이 끝난 것 같더라고. 얼마 만에 다시 찾은 아들인데 내 아들을 그렇게 만들어놨으니……. 최명복 씨가 두 사람 갈라놓으려 하는 것 때문에 동욱이가 너무나 힘들어했거든. 동욱이가…… 수안이만 달라고 하면서 무릎 꿇고 빌기까지 했다더라고."

동욱 어머니의 말에 수안이 충격받은 얼굴로 멍하게 쳐다보자 동욱 어머니가 고개를 끄덕였다.

"울면서 빌었대. 수안이만 달라고. 그럼 아버지 시키는 대로 다 하겠다고. 제발 수안이만 달라고. 아들이…… 그렇게까지 했는데도 그걸 하나 들어주지 않아 애를 저 지경으로 만들었으니……. 나쁜 사람."

동욱 어머니가 울지 않으려고 이를 악물었다.

"동욱이를 봐서라면…… 난 어떻게든 수안이 동욱이 곁에 두고 싶어. 동욱이 곁에 있겠다면 난…… 모른 척하고 싶어. 그게 어미의 심정이야."

동욱 어머니의 눈에 금방이라도 굴러 떨어질 듯 눈물이 한가득 고였다.

"곁에 있을 거예요. 곁에 있고 싶어요."

수안의 눈에도 동욱 어머니와 같은 눈물이 한가득 고였다.

"하지만……."

한참 동안 수안을 아픔과 고마움이 섞인 눈길로 바라보던 어머니가 수안의 곁으로 다가와 수안 앞에 가만히 무릎을 꿇고 앉더니 수안의 손을 꼭 잡았다. 수안이 너무나 놀라고 황송해 일어나려고 했지만 동욱의 어머니는 수안의 손을 더욱 틀어잡으며 고개를 저었다. 그대로 있으라고. 그대로 내 말만 들어달라고.

"하지만 여자로서…… 나도 여자잖아. 여자로서는 곁에 있으라는 말 못해. 이렇게 예쁘고 사랑스러운데 다른 사람 만나면 사랑만 흠뻑 받으며 행복하게 살 수 있다는 것 아는데…… 어떻게 내 아들 생각만 해. 그렇게 못해. 그렇게는 못해."

결국 동욱 어머니의 눈에서 눈물이 흘러내렸다.

"미련을 떨칠 수 있을 때 떨치고 가서…… 새로운 사랑해요. 하루라도 빨리 떨치고 가. 그냥…… 없는 사람이라고 생각하고 가."

어머니가 진심으로 부탁했지만 수안은 고개를 저었다.

"다른 사람 만나…… 사랑만 흠뻑 받으며 사는 거…… 싫어요. 다른 사람 사랑은 싫어요. 동욱 씨 사랑이 필요해요……. 동욱 씨만큼 사랑해 줄 사람 없어요. 저한테 사랑만 흠뻑 줄 사람…… 동욱 씨밖에 없어요, 어머니. 그래서 전 못 가요……. 못 가요. 그러니까…… 가라고 하지 마세요……. 전 못 가요."

수안이 흐느끼며 애원하듯 말했다. 제발 가라고 하지 말아달라고…… 못 간다고.

"그 사람이 문 열어주지 않아도 괜찮아요. 가라고만 하지 마세요. 문 열어줄 때까지 기다리면 돼요. 기다릴 수 있어요."

"수안아……."

"제 옆에 아무도 없을 때…… 정말 너무 외롭고 힘들 때 옆에 있어준 사람이에요. 이젠 내가 할 차례예요. 할 거예요."

수안은 숨이 끊어지지 않는 이상 그를 떠나지 않겠다고 다짐하듯 말했고 어머니는 수안의 진심이 무엇인지 절절하게 느낄 수 있었다.

"동욱이…… 잘 부탁해."

어머니가 할 수 있는 말은 그 말밖엔 없었다.

수안은 사흘째 다시 동욱을 찾아왔다.

문을 열어주지 않을 것이라는 생각에 초인종도 누르지 않고 마당 벤치에 앉아 2층 동욱의 방 창문을 올려다보고 있었다.

수안이 감기에서 회복돼 동욱의 집을 찾은 지 일주일째, 수안이 저 멀리에 모습을 드러냈을 때부터 잔뜩 들뜬 동욱은 몰래 수안을 훔쳐보다가 이젠 더 이상 밖에 세워둘 수 없다고 생각해 휠체어를 밀고 밖으로 나갔다.

"수안이 아침 먹여주세요."

동욱의 말에 집사가 놀란 얼굴로 동욱을 쳐다봤다.

"들어오시게 해도 되겠습니까?"

"날이 많이 추워졌어요. 저러다가 또 아프면 안 되니까 아침 먹여서 보내세요. 내가 시켰다는 말은 하지 마시고요."

"예, 도련님."

"아침만 먹이고 바로 보내세요."

"예."

동욱이 휠체어를 밀고 방으로 들어가자 집사는 얼른 대문을 열고 밖으로 나왔다.

"아가씨."

"안녕하세요, 집사님."

"들어오세요."

"네?"

벤치에 앉아 있던 수안이 벌떡 일어났다.

"들어와서 아침 드세요."

"저 들어오라고 해요? 동욱 씨가 들어오라고 해요?"

수안의 물음에 집사가 뭐라고 말해야 할지 몰라 난처한 얼굴로 수안을 쳐다보다가 재차 들어오라고만 말했다.

"동욱 씨 몰래 들어가면 화낼 텐데요."

"아침만 드시고 가세요. 어서 들어오세요."

집사가 수안을 끌어당겼고 수안은 걱정스럽게 집사를 바라보다가 조심스레 집 안으로 들어갔다.

"동욱 씨는요?"

혹시 크게 말했다가 동욱에게 들킬까 수안이 속삭이듯 물었다.

"방에 계십니다."

"들키면 어떻게 해요? 집사님만 괜히 싫은 소리 들으시면……."

"전 걱정하지 마시고 식사하세요."

집사는 식탁에 수안이 먹을 아침을 차려주었다.

"날이 많이 추워졌습니다. 아침 드시고 그만 가세요."

"……괜찮아요, 저."

"제가 신경이 쓰여서 말입니다."

"신경 쓰게 해드려서 죄송한데…… 저 이렇게 가면 동욱 씨가 영영 문 안 열어줄 거예요. 동욱 씨 고집 꺾으려고 오는 건데 가라고 하지 마세요."

"그러다 또 아프시면 어쩌려고요?"

"든든하게 입었어요. 안 아플 거예요."

집사는 난처한 얼굴로 수안을 바라보다가 조용히 나갔고 수안은 이렇게라도 집 안에 들어오게 된 것을 기쁘게 생각하며 아침을 먹기 시작했다.

아침을 다 먹고 깨끗하게 그릇을 닦아놓은 후 거실로 나오던 수안은 문득 구석방으로 휠체어를 밀고 들어가는 동욱의 뒷모습을 보게 됐다. 불과 단 몇 초였지만 뒷모습이었지만 분명히 동욱이었다.

휠체어에 탄 동욱의 뒷모습을 보게 되자 수안은 가슴이 토막 나는 듯 아프기 시작했다. 찌르고 할퀴는 듯 아프면서도 금방이라도 멎을 듯 두근거리는 기쁨 때문에 동욱 씨 하고 소리쳐 부를 뻔했다.

아픔과 기쁨으로 소용돌이치는 가슴을 누르며 동욱이 들어간 방문을 한참이나 쳐다보던 수안은 어느새 자신도 모르게 동욱이 들어간 방문 앞에 서 있었다.

한 달 만에 집에 들어오게 됐는데 3년 만에, 아니, 거의 4년 만에 보게 된 동욱의 뒷모습인데 이렇게 포기할 수 없었다. 이

대로 물러설 수 없었다.

수안은 불벼락이 떨어지는 한이 있더라도 동욱을 보고 싶었
고 동욱만 볼 수 있다면 그깟 불벼락 얼마든지 맞을 각오가 되
어 있었다.

두 손을 모은 채 초조한 얼굴로 문 앞에 서 있던 수안은 드디
어 용기를 내서 노크를 했다.

똑똑.

"들어와요."

동욱의 목소리가 들렸다. 분명히 동욱의 목소리였다.

수안은 결심한 듯 어금니를 꽉 틀어 물고 문을 열었다.

문을 열었을 때 동욱의 뒷모습이 보였다. 휠체어에 앉은 동욱
의 뒷모습. 책상에서 무엇인가 긁적거리고 있는 동욱의 뒷모습.

수안은 아무 말도 못하고 얼어붙은 채 동욱의 뒷모습을 바라
보고 있었다.

내 사랑…… 내 사랑하는 사람…….

"무슨 일입니까?"

문은 열렸는데 아무 말도 없자 이상했던지 동욱이 물었다.

하지만 수안은 아무 말도 할 수가 없었다. 목이 메어 한마디
라도 하면 흐느낌이 터져 나올 것 같아 아무 말도 못하고 그렁
그렁 눈물이 고인 눈으로 동욱의 뒷모습을 바라보고 있었다.

그때였다. 동욱이 고개를 돌려 수안을 바라봤고 찰나와 같은
짧은 순간 눈물에 젖은 수안의 눈과 동욱의 눈이 부딪혔다.

당황한 동욱이 재빨리 고개를 돌려 버렸다.

"동욱 씨……."

"나가."

동욱이 낮지만 거역할 수 없는 억양으로 명령했다.

"동욱 씨."

"나가!"

동욱이 고함을 내질렀다.

"나가, 나가, 나가!"

동욱의 불처럼 격한 고함 소리에 수안은 주춤 뒷걸음질치고 말았다.

"당장 나가! 문 닫아!"

동욱이 당장 불태워 버릴 듯 격하게 고함을 질렀고 수안이 주춤주춤 물러서는데 동욱의 고함 소리를 들은 집사와 집사의 부인이 달려와 부랴부랴 문을 닫았다.

"당장 내쫓아! 당장 내쫓으라고!"

동욱의 고함 소리는 계속해서 터져 나왔고 수안은 도망치듯 동욱의 집을 나오고 말았다.

수안은 뒤돌아보지 않고 걸었다. 아프고 서러운 눈물이 눈앞을 가렸지만 눈물을 닦지도 못하고 계속 걸었다.

한 달 만에야 비로소 만난 사람인데, 한 달을 기다린 끝에 가까스로 만난 사람인데 끝내 동욱은 수안을 거부한 것이다.

수안은 차가운 겨울바람을 맞으며 하염없이 울면서 동욱의 집을 떠났다.

"아가씨 가셨습니다."

집사가 착잡한 목소리로 말했다.

"……다신 안 오겠죠?"

"……."

"잘됐어요. 잘된 거예요."

"……."

집사는 축 처진 동욱의 어깨를 안타까운 눈길로 바라보다가
조용히 방을 나갔다.

동욱의 눈에서는 수안이 흘리는 눈물만큼이나 아픈 눈물이
흐르고 있었다.

행복은 당신 2

대문 두드리는 소리를 제일 먼저 들은 사람은 동욱이었다.

그 어느 때보다 굳은 얼굴로 아침을 께적거리던 동욱은 대문 두드리는 소리에 눈빛을 빛내기 시작했다.

"제가 나가볼게요."

집사 부인이 부리나케 밖으로 나갔다가 상기된 얼굴로 식당으로 돌아왔다.

"도련님, 아가씨가 왔어요."

"수안이가요?"

"네. 어떻게 할까요?"

어떻게 해야 하는지 묻는 집사 부인에게 동욱은 아무 말도 못했다.

어제 그토록 심하게 화를 냈는데 그래서 분명 떠날 것이라고 생각했는데 수안이 찾아왔다고 하자 갑자기 감격의 눈물이 터질 것처럼 기쁘면서도 어떻게 해야 할지 몰라 당황스럽기만 했다.

"도련님, 식사는 방으로 옮겨 드리겠습니다."

"예? 예."

동욱이 고개를 끄덕이자 집사가 아내에게 눈짓을 한 후 재빨리 동욱의 휠체어를 밀어 방으로 옮겨주었다.

"오늘 무척 추운 날인데…… 아가씨는 들어오시게 하겠습니다."

"……."

동욱이 아무 대답도 못하자 집사는 대답을 기다렸던 것은 아니라는 듯 미소 지어 보인 후 밖으로 나갔고 잠시 후 동욱의 아침을 다시 차려 방으로 가져왔다.

"수안인요?"

"안으로 모셨습니다."

"얼굴 괜찮던가요? 나 원망하지 않던가요?"

"아닙니다. 서울에서 김치가 도착했다고…… 도련님 드실 음식을 만드신다고 하시네요."

"……그래요?"

동욱의 입가에 미소가 감돌았다가 재빨리 지워졌다.

"수안이 아침……."

"챙겨 드리겠습니다."

집사가 유달리 밝게 웃어 보인 후 동욱의 방을 나와 주방으로 갔다.

"아침 드셔야죠, 아가씨."

"먹고 왔어요. 걱정 마세요."

수안이 챙겨온 김치를 냄비에 덜어내며 밝은 표정으로 말했다.

"김치찜만 만들어놓고 갈게요. 점심 때 동욱 씨 먹여주세요. 제가 했다고 하지 마시구요. 제가 했다고 하면 안 먹을지도 몰라요."

수안의 말에 집사는 소리없이 웃었다. 동욱에게 수안이 김치를 가져왔다는 말을 이미 했는데 수안은 그것도 모르고 참 순진하게 굴었기 때문이다.

"제가 다른 건 몰라도 김치찜은 엄청 맛있게 하거든요. 동욱 씨 김치찜 굉장히 좋아해요."

수안이 신이 나서 떠들었다.

"죄송한데 냄비 하나만 더 주실래요? 등갈비 한번 삶아내야 하거든요."

"물론이죠."

집사의 부인이 얼른 냄비를 찾아다 주었다.

두 시간에 걸쳐 김치찜을 완성시킨 수안이 미련없이 외투를 걸쳐 입었다.

"점심 때 동욱 씨 먹여주세요. 부탁드려요."

"가시게요?"

"제가 있으면 동욱 씨 안 먹을 거예요. 오늘은 일찍 퇴근할게요."

수안이 주방을 나와 동욱의 방을 잠깐 바라보다가 곧장 대문을 열고 밖으로 나갔다.

"그냥 가시게 해서 마음이 불편합니다."

"아니에요. 저 지금 마사지하는 거 배우러 가요."

"예?"

"동욱 씨 재활치료 받고 있다면서요. 여기 날마다 오는 재활치료사한테 들었어요. 마사지사하고도 인사 나누고."

"그러셨어요?"

"제가 배워둬야 할 것 같아서요. 앞으로 한동안은 일찍 퇴근할 거예요."

수안의 말에 집사가 감동받은 표정으로 고개를 끄덕였다.

"내일 봬요."

"예, 아가씨."

수안은 집사에게 손을 흔든 후 씩씩하게 떠났다.

동욱은 수안이 만들어놓은 김치찜을 바라보며 픽 웃고 말았다. 갑자기 수안이 처음으로 김치찜을 해줬던 때가 생각났기 때문이다.

오래전 동욱이 미국에서 유학 중일 때 밤마다 수안이 생각나서 수안을 안고 싶은 나머지 불면증에 걸렸다며 푸념하는 메일을 보냈었고 수안은 동욱의 불면증을 치료해 주기 위해 동욱의 생일에 맞춰 미국으로 달려왔었다.

수안의 빨간색 여행 가방에 들어 있던 것은 속옷 몇 개와 갈아입을 옷 한 벌 나머지는 전부 김치였다.

수안은 둘이 먹다가 다섯이 죽어도 모를 만큼 맛난 김치찜을 만들어주겠다며 큰소리쳤고 둘이 먹다가 아무도 죽지 않았지만 동욱은 그때 수안이 만들어준 김치찜을 세상에서 제일 맛있는 음식이라 생각하며 정신없이 먹었었다.

김치찜에 있던 등갈비를 발라먹는 수안의 입이 너무나 섹시해서 김치찜을 먹다 말고 수안을 안았었는데…… 그 바람에 수안의 온몸에 기름 밴 김칫 국물이 잔뜩 묻었었는데…… 그래도 수안은 더럽다는 말 한 번 없이 깔깔거리고 웃었었는데…… 그렇게 모든 것을 받아주고 모든 것을 참아주었던 여자였는데…….

"도련님? 식습니다."

"예…… 먹을게요."

잘 물러서 부드러우면서도 고소하게 씹히는 김치찜을 먹던 동욱은 울컥 고마움이 치밀어 올라 목이 멨다.

어제 그토록 모질게 고함을 치며 쫓아냈는데도 수안은 결코 최동욱이라는 남자를 포기하지 않은 것이다.

세상에 그런 여자가 또 있을까. 세상에 윤수안만큼 최동욱을 사랑해 주는 여자가 또 있을까.

"아가씨…… 마사지 배우러 다니신답니다."

집사가 넌지시 알려주었다.

"한동안은 일찍 퇴근하신다고 하네요."

집사는 일부러 자리를 피해주었고 동욱은 결국 고마움의 눈물을 수안이 만든 김치찜과 함께 먹었다.

"나 왔어요."

수안이 동욱의 방문 앞에서 조용히 말했다.

대답을 들을 수 없는 인사였지만 한 달째 수안은 꼬박꼬박 동욱의 방문 앞에서 출퇴근 도장을 찍었다.

동욱이 대답해 주지 않아도 괜찮았다. 동욱의 집에 들어올 수 있게 된 것만으로도 커다란 발전이었기 때문에 언젠가는 동욱이 자신의 받아줄 것이라는 기대에 수안은 억지로라도 씩씩한 척했다.

동욱과 마주하는 시간은 생각보다 빨리 왔다.

기대하지 않던 어느 날 동욱과 마주하게 된 것이다.

"아가씨, 급하게 외출을 해야 할 것 같은데 도련님 방 시트를 좀 갈아주시겠습니까?"

"동욱 씨 방에 제가 들어가도 될까요?"

"도련님은 지금 목욕하고 계시니까 모르실 겁니다. 시트는 방에 두었으니 갈아주시기만 하면 됩니다."

"네. 그럴게요. 그런데 금방 오실 거죠? 동욱 씨가 찾을지도 몰라서요."

"금방 올 겁니다. 마사지사가 시간 맞춰 올 테니…… 10분 내로 마사지사가 도착할 테니까 걱정 마세요."

집사는 수안을 안심시킨 후 웬일로 부인과 함께 외출해 버렸다.

집사가 돌아올 때까지 동욱이 집사를 찾지 말았으면 좋겠다고 생각하며 동욱의 방으로 들어와 부리나케 시트를 갈아 끼운 수안이 세탁해야 할 헌 시트를 뭉쳐 재빨리 방을 나오려고 하는데 어디선가 동욱의 목소리가 들렸다. 방에 붙은 욕실에서 들려오는 소리였다.

분명 집사를 부르는 소리였는데 시트를 갈아 끼우는 사람이 수안이 아니라 집사라고 생각한 모양이었다. 분명히 욕실에서 데리고 나가달라고 집사를 부르는 것일 텐데 어떻게 해야 할지 몰라 당황스러웠다.

"집사!"

동욱의 소리에 움찔 놀라서 멈춰 선 수안은 모른 척하고 그냥 나갈까 하다가 가만히 생각해 보니 시간 맞춰 도착할 거라던 마사지사도 도착하지 않은 상황이었다. 저대로 계속 욕실에 내버려 둘 수도 없고 어찌해야 할지 몰라 욕실 문 앞에서 발만 동동 구르던 수안은 동욱의 부르는 소리가 점점 커지자 어쩔 수 없이 시트 뭉치를 내려놓고 조심스레 욕실 문을 열었다.

"왜 이렇게 늦게 와요? 나가야겠어요."

수안인 줄도 모르고 툴툴거리던 동욱이 집사가 아니라 수안이라는 것을 확인하자마자 매정하게 고개를 돌려 버렸다.

"나가."

동욱이 차가운 어조로 명령했다.

"……."

"안 들려?"

"……들려요. 내가 도와줄게요."

수안이 침착한 목소리로 말했다.

"필요없어. 집사 불러!"

"외출했어요. 나밖에 없어요."

"나가."

"도와줄게요. 같이 나가요."

"나가라니까."

"못 나가요!"

수안이 자신도 모르게 버럭 화를 내버렸다.

얼마 만에 온 기회인데, 기다리고 또 기다린 끝에 동욱과 마주할 수 있는 기회가 왔는데 맥없이 놓칠 수는 없었다. 동욱이 무슨 소리를 하건 꿋꿋하게 맞서야만 했다. 이대로 물러나면 또 언제 이런 기회가 올지 알 수 없었기 때문이다.

"마사지사가 온다고 했는데 안 왔어요. 아무도 없어요."

"나가라고 했잖아."

"못 나간다구요! 싫어도 할 수 없어요. 지금 동욱 씰 도울 사람은 나밖에 없으니까."

수안이 덩달아 화를 내자 동욱이 두 눈을 부릅뜨고 수안을 노려봤다. 하지만 수안은 이를 악물고 동욱에게 다가갔다.

"내 몸에 손대지 마."

수안이 동욱을 부축하려는데 동욱이 수안의 손을 거칠게 쳐냈다.

동욱의 거친 거부에 한순간 마음이 상했지만 이마저도 참아야 했다. 자신의 못난 모습을 보이고 싶지 않은 마음에서 한 행동이니까. 다치지만 않았다면 결코 이럴 사람이 아니니까.

"손댈 거예요. 내가 마술사도 아니고 손 안 대고 어떻게 도와줘요?"

수안이 화를 내며 밀어붙이자 동욱이 또 수안을 노려봤다.

"노려봐도 소용없어요. 나밖에 없는데 어떻게 나가려고 그래요? 하루 종일 물 안에 있을 자신 있으면 버티고 퉁퉁 분 물텀벙되기 싫으면 나 잡아요."

수안이 고집스럽게 쏘아붙인 후 동욱이 싫어하든 어쩌든 동욱의 겨드랑이 밑으로 팔을 집어넣어 부축했다.

"잘 모르니까…… 어떻게 하면 되는지 알려줘요."

작은 몸으로 동욱을 부축한 수안이 버거운 내색을 하지 않으려고 애쓰며 말했다.

"……여기 앉혀줘."

수안은 동욱이 시키는 대로 일단 상체를 일으킬 수 있도록 도와준 후 욕조 옆에 동욱이 앉을 수 있도록 설치된 난간에 동욱을 앉혀주었다. 순간 동욱의 가슴에 새겨진 문신을 보게 된 수안은 아직도 그 자리에 여전히 선명하게 남아 있는 SA 두 개의 이니셜에 울컥 눈물이 치솟으려고 하자 억지로 눈물을 삼키며 동욱이 민망해할 것 같아 재빨리 커다란 수건으로 몸을 가려주었다.

"이제 어떻게 해요?"

"다리 이쪽으로……."

동욱이 욕조 밖을 가리키며 말했고 수안은 동욱이 시키는 대로 욕조 안쪽에 있던 다리를 조심스레 밖으로 옮겨주었다.

"닦아줄게요."

동욱이 수안을 외면한 채 몸을 가려준 수건으로 몸을 닦기 시작하자 수안이 재빨리 다른 수건을 가져와 물기를 구석구석 닦아준 다음 목욕 가운을 가져와 입혀주었다.

"이제 뭐 할까요?"

"휠체어."

"아!"

수안은 재빨리 욕실 밖으로 달려나가 욕실 문 옆에 있던 휠체어를 욕실 안으로 밀고 들어갔다.

"내가 부축해 줄게요."

수안이 손을 내밀자 동욱이 굳은 표정으로 수안의 손을 빤히 쳐다봤고 수안이 내 손 잡아요라고 재차 말했을 때 못 이긴 척 수안의 손을 잡았다. 수안은 동욱의 겨드랑이 밑으로 팔을 넣어 단단히 부축한 후에 동욱이 장애 때문에 설치한 기둥을 붙잡아 힘을 분산하자 솜씨 좋게 휠체어에 앉혀주었다.

"어때요? 나 잘하죠?"

"……."

동욱은 돌처럼 굳은 얼굴을 돌려 버렸고 수안은 일부러 심통 피우는 것을 알았기 때문에 아랑곳하지 않았다.

수안은 동욱이 탄 휠체어를 밀고 밖으로 나와 침대로 밀고 갔고 동욱이 침대에 누울 수 있도록 부축해 주었다.

"옷."

"잠깐만요."

서랍을 뒤져 동욱의 속옷과 옷을 챙겨오던 수안이 이상하다는 듯 시계를 쳐다봤다.

"마사지사가 10분 내로 온다고 했는데 왜 아직 안 오죠? 목욕하고 마사지 받는 거 아니에요?"

"오늘 오는 날 아니야."

"아니에요? 집사 아저씨가 온다고 했는데……."

"안 와. 착각했나 봐."

수안은 착각이 아니라 집사가 일부러 집을 비웠다는 것을 눈치 챘다. 동욱의 태도가 워낙 강경했기에 이렇게라도 하지 않으면 안 될 것 같아 일부러 수안에게 동욱을 맡기고 부인과 함께 외출해 버린 것이다.

집사는 정말 고마운 사람이자 센스있는 사람이었다.

"그럼 마사지는…… 내가 해줄게요."

동욱과 조금 더 가까워질 수 있는 기회였기 때문에 수안이 적극적으로 다가섰다.

"안 해도 돼."

"해줄게요. 나 배웠어요. 아주 잘하는 건 아니지만 그럭저럭 괜찮을 거예요."

"필요없다잖아!"

"필요있어요!"

동욱이 화를 내자 수안도 지지 않고 화를 냈다.

"동욱 씨 때문에 배우고 있는데 필요없으면 어떻게 해요?"

수안이 씩씩거리며 덤비자 동욱이 사나운 눈길로 수안을 노려봤다.

"실컷 노려봐요. 그래도 끄떡없으니까."

수안이 고집스럽게 말한 후 바디로션을 가져와 침대에 걸터앉았다.

"엎드려요."

"됐어."

"엎드려요!"

수안이 버럭 소리친 후 동욱을 강제로 엎드리게 했다.

"하지 말라고!"

"할 거예요!"

수안이 동욱과 똑같이 소리친 후 동욱이 입고 있는 가운을 벗겨내려고 하자 동욱이 수안의 손을 거칠게 쳐냈다.

"하지 말라고 했잖아."

"반항하지 말아요!"

수안은 기를 쓰고 덤볐고 마침내 동욱의 가운을 벗겨내는 데 성공했다.

"어휴, 힘들어. 어차피 할 건데 뭐 하러 반항해서 힘을 빼요?"

"그러니까 하지 말라고 했잖아."

"한다고 했잖아요."

수안이 한마디도 지지 않고 대꾸한 후 손에 로션을 짜 동욱의 등에 부드럽게 바르기 시작했다.

"좋으면서."

"누가 좋대!"

"노인 손길보다 젊은 여자 손길이 백번은 좋죠!"

"웃기네."

"하나도 안 웃겨요."

수안은 끝없이 툴툴거리고 괜스레 야박하게 비꼬는 동욱에게 심통맞게 대꾸했다.

"겨울이라 피부가 많이 건조해요. 보습이 필요해요."

"……."

"마사지하고 한숨 푹 자요."

"……."

수안은 동욱의 넓은 등에 로션을 바르며 안도의 한숨을 내쉬었다.

동욱과 얘기를 하고 동욱의 몸에 로션을 바르다니.

언젠가는 이렇게 되길 바랐지만 이런 날이 이렇게 빨리 올 줄은 몰랐는데. 동욱은 수안의 도움을 받고 싶지 않아 화를 내고 툴툴거렸지만 지금 그의 몸을 만지고 있다는 것이 믿어지지 않을 만큼 감격스러워 눈시울마저 붉어졌다.

"그게 무슨 마사지야? 로션 바르는 거지."

동욱이 거친 어조로 툴툴거렸다.

"언젠가는 뚝뚝 뼈 꺾이는 소리가 날 지경으로 해줄 테니까 기다려요."

수안이 동욱과 똑같이 툴툴거리며 말했지만 목소리에 묻어나는 물기는 숨길 수가 없었다.

수안이 동욱의 등에 꼼꼼하게 로션을 발라주고 아래쪽에 바르기 위해 가운을 더 걷어내려는데 동욱이 가운 자락을 단단히 붙잡았다.

"하지 마."

"다 발라야지 하다가 말아요?"

"하지 마."

"새삼스럽게 부끄러워하긴."

수안이 놀리자 동욱이 씩씩거리며 가운을 입으려고 했고 수안은 확 잡아 끌어내렸다.

"하지 말라고!"

"7년 동안 공짜로 실컷 구경한 엉덩인데 갑자기 왜 비싼 척이에요!"

수안은 동욱의 손을 억지로 떼어내고 로션을 덜어내 엉덩이에 손을 대는데 동욱이 또다시 수안의 손을 치워냈다.

"너 어디 손대는 거야?"

동욱이 버럭 소리쳤다.

"엉덩이만 빼놔요? 반항 그만 해요. 엉덩이 구경 다 했는데 뭘."

수안이 입술을 비죽거리며 핀잔을 준 후 동욱이 화를 내건 말건 악착같이 엉덩이에 로션을 발랐다.

"손 치워."

"못 치워요."

"치워."

"다 발랐어요."

수안은 동욱이 몇 번씩이나 버럭버럭 화를 내는데도 아랑곳하지 않고 온몸 구석구석 로션을 발랐다.

"왜 왔어? 사고 위자료로 받은 돈 부족했어?"

동욱이 안 해도 될 말로 수안의 가슴을 후벼 팠다.

순간 수안은 울컥 화가 치밀었지만 어금니를 틀어 물며 꾹 참았다.

"돈 다 써버려서 돈 받으려고 영국까지 기를 쓰고 온 거야?"

돈 때문에 동욱의 옆에 있냐는 말 때문에 가슴을 다쳤던 수안인데 동욱은 일부러 멍든 자리 누르듯 아프게 눌러댔다.

"그래요. 다 써버렸어요."

수안이 차가운 목소리로 대꾸했다. 차갑게 굴지 않으려고 했는데 자신도 모르게 냉랭해져 버렸다.

"수술하고 치료받느라 다 써버려서 빈털터리됐어요."

"얼마 주면 갈래?"

"한두 푼 가지곤 어림도 없어요. 멀쩡한 내 인생 요 모양 요 꼴로 만들어놓고 푼돈으로 해결될 줄 알았어요?"

"너 처음부터 멀쩡한 인생 아니었어. 너 파란만장 골치 아픈 인생이었어."

동욱이 비꼬듯 말했고 마음이 많이 상해 버린 수안의 눈에 눈물이 고였다.

나쁜 사람. 어쩌면 이렇게나 밉게 말할까.

"그래요. 파란만장 골치 아팠어요. 골치 아픈 인생 쫙쫙 펴줄 것처럼 큰소리치더니 결국 더 엉망으로 망쳐 놨잖아요."

수안이 냉정하게 쏘아붙였다.

"푼돈 쥐어주고 먹고 떨어지라고 죽은 척했어요? 동욱 씨도 결국 날 싸구려로 본 거네요."

"필요한 돈이나 말해. 줄 테니까 당장 돌아가. 나 너 보기 싫어."

동욱이 사납게 말했고 수안의 눈에서 결국 눈물이 또르르 흘러내렸다.

푼수 같은 눈물은 왜 이렇게 잘 나는지. 울기 싫은데, 우는 것도 이제 지겨운데.

"내일 당장 돌아가. 네 인생 망친 값 쳐줄 테니까 당장 돌아가라고."

동욱이 내려져 있던 가운을 끌어 올려 걸쳐 입으며 소리쳤다.

수안은 묵묵히 돌아눕는 동욱을 도와준 후 얼른 눈물을 닦아내며 우는 모습을 보이지 않기 위해 일어섰다.

"내일 당장 돌아가."

"마음에 없는 소리 하지 말아요. 티나니까."

"당장 가라고!"

"못 가요."

수안이 동욱에게 등을 보인 채 말했다. 우는 내색을 하지 않으려고 애를 썼는데 그만 우는 목소리로 말하고 말았다.

"성한 데가 하나도 없는 몸뚱이로 만들어놨으니까 죽을 때까지 동욱 씨가 책임져요. 소리를 지르든 욕을 하든 동욱 씨 옆에 빌붙어 있을 테니까 마음대로 하라구요. 날 기어이 떼어내려면 날 죽이던지…… 동욱 씨가 죽던지 해요."

수안은 여전히 동욱에게 등을 보인 채 하염없이 눈물을 흘리며 고집스럽게 말한 후 동욱의 방을 나오려는데 동욱이 버럭 고함을 내질렀다.

"이런 몸으로 어떻게 널 책임져! 내 몸도 책임 못 지는데 널 어떻게 책임지냐고!"

동욱의 고함 소리에 수안이 고개를 돌려 동욱을 바라봤다.

수안의 얼굴은 눈물에 젖어 있었고 동욱은 굵은 눈물이 흐르는 수안의 얼굴을 일그러진 표정으로 바라보고 있었다.

"내가 책임지면 되잖아요……."

수안의 말에 동욱이 괴로운 듯 고개를 돌려 버렸다.

"동욱 씨."

"……."

"보고 싶었어요."

"……."

"반가워요, 너무너무……."

수안은 비록 고개를 돌려 얼굴을 보여주지 않지만 동욱도 분명 같은 생각일 것이라고 생각하며 동욱을 바라보다가 밖으로 나왔다.

온몸이 땀에 젖고 얼굴은 아직도 멈추지 않고 흐르는 눈물에 젖어 있었지만 기분만큼은 그 어느 때보다 행복했다. 동욱을 만났으니까 동욱과 대화를 나누었으니까. 그것만으로 충분했다.

낮부터 빗줄기가 심상치 않다고 생각했는데 저녁이 되자 천둥과 번개까지 동반돼 하늘에서는 번개 쇼가 연출되고 있었다. 하늘을 가를 듯 번쩍하는 불꽃도 심상치 않았지만 어마어마한 천둥소리에 불안한 눈길로 창밖을 쳐다보던 동욱이 집사를 불렀다.

　"예, 도련님."

　"수안이 집에서 재우세요."

　"그럴까요?"

　"폭우가 쏟아져서 마음이 안 편해요."

　"예, 알겠습니다."

　"잠자리 좀 봐주세요."

　"예, 걱정 마세요."

　집사가 흐뭇하게 웃으며 밖으로 나와 천둥번개 때문에 일찌감치 떠날 차비를 하고 있는 수안에게 다가왔다.

　"주무시고 가세요."

　"여기서요?"

　수안이 놀란 얼굴로 물었다.

　"예. 잠자리 봐드리겠습니다."

　"동욱 씨가 자고 가도 된대요?"

　"예."

　집사의 예 대답에 수안의 입에 함박웃음이 걸렸다.

　"정말 저 자고 가도 된대요?"

"예, 아가씨."

"자게 해줘서 고맙다고 얘기하면 동욱 씨 심통 내겠죠?"

"글쎄요."

"그냥 말없이 잘래요. 괜히 신경 건드려서 쫓겨나기 싫어요."

"그러세요."

집사가 푸근하게 미소 지으며 수안이 묵을 방을 정해주었다.

"집사님."

"예."

"폭우가 계속 왔으면 좋겠어요. 여기서 며칠 더 있게요."

수안의 말에 집사가 낮게 웃었다.

"도련님이 많이 변하신 듯합니다."

"어떻게요?"

"훨씬 여유롭고 편해지셨어요."

"정말요? 저한테는 계속 화만 내는걸요."

"일부러 그러시는 거겠죠. 아가씨한테 미안해서 말입니다."

"나한테 미안해하는 게 더 속상해요."

수안이 정말 많이 속상한 얼굴로 말했다.

"나한테는 조금도 미안해할 필요 없는데…… 미안해하지 말 았으면 좋겠는데."

"몸이 안 좋으시니 미안하신 거겠죠."

"몸이 안 좋은 게 뭐가 문제라고…… 몸 아픈 건 아무것도 아 닌데……."

수안이 낮게 한숨을 내쉬었다.

"예전엔 저렇게 고집스러운 사람이 아니었어요……. 동욱 씬 나한테 화를 내거나 소리친 적도 없었어요. 그래서 어떨 땐 막 속상해요. 동욱 씨가 일부러 그러는 줄 알면서도 너무 속상하고 서운해요."

"정말…… 도련님 곁에 계실 겁니까?"

"네."

수안이 무슨 일이 있어도 동욱을 떠나는 일은 없을 것이라는 듯 눈빛을 빛내며 대답했다.

"그럼 도련님 마음도 돌아설 겁니다."

"그렇겠죠? 꼭 그렇게 됐으면 좋겠어요."

수안이 간절한 표정으로 말했고 집사는 꼭 그렇게 될 것이라는 듯 수안이 그토록 원하는데 원하는 대로 될 것이라는 듯 고개를 끄덕여 주었다.

천둥이 치는 것과는 상관없이 번개가 치는 것과는 상관없이 동욱과 한집에 있다는 사실만으로도 수안을 잠들지 못하게 했다.

그는 그의 방에 수안은 손님방에 있었지만 그의 집에서 머물 수 있는 것만으로도 행복하고 들떠서 수안은 밤이 깊도록 잠들지 못하고 있었다.

잘 자라는 인사를 하기 위해 그의 방에 들렀을 때 동욱은 여전히 냉랭하게 굴었지만 그래서 잘 자라는 인사도 듣지 못했지만 그래도 행복하다. 그와 함께 있으니까 그의 집에 함께 있으니까.

수안이 정말 이 폭우가 오래오래 왔으면 좋겠다고 생각하며 굵은 빗줄기가 거칠게 부딪히는 창문을 바라보고 있는데 노크 소리도 없이 스르륵 문이 열렸다.

수안이 고개를 돌리자 휠체어에 앉은 동욱이 어둑한 그림자처럼 방으로 들어왔다. 수안이 아니라 동욱이 먼저 찾아온 것이다. 처음이었다. 처음.

"동욱 씨?"

수안이 와락 기쁨을 느끼며 몸을 일으켰다.

"안 잤어요?"

동욱은 아무 대답도 없이 수안을 바라보다가 힘들게 입을 열었다.

"……어떻게 할 거니?"

동욱의 목소리는 그 어느 때보다 무거웠다.

"뭘요?"

"계속…… 버틸 거야?"

"가라는 말 하려고 왔어요? 난 잘 자라는 말 하려고 온 줄 알았더니……."

수안이 서운한 목소리로 말했다.

"수안아."

"가라고 하지 말아요. 나 안 가요. 절대 안 가요."

"내 말 들어."

"가라는 말 할 거면 안 들어요. 안 들을 거예요."

수안은 더 듣지 않겠다는 듯 이불을 덮고 누워버렸다.

동욱의 낮은 한숨 소리가 들려왔고 수안은 그의 한숨이 너무 아프게 와 닿아 가슴이 아팠다.

"난 더 이상 너한테 해줄 수 있는 게 없어."

동욱이 더는 가라앉을 수 없을 만큼 가라앉은 목소리로 말했다.

"너한테 해줄 수 있는 게 아무것도 없어."

"해줄 필요 없어요. 나한테 뭐 해달라고 온 거 아니에요."

"나 같은 놈 옆에서 뭐 하러. 걷지도 못하는 놈 옆에서 뭐 하러 있으려고 해?"

동욱의 한없이 비참한 어조에 수안이 이불을 걷고 일어나 동욱을 똑바로 쳐다봤다.

"걷지만 못하는 거잖아요. 말도 할 수 있고 내 손을 잡아줄 수도 있고 날 안아줄 수도 있잖아요. 난 그거면 돼요. 난 그거면 충분하다고요."

"너 못 안아. 안아줄 수 없어."

동욱이 차마 수안을 바라보지 못한 채 말했다.

"왜…… 팔이 고장난 것도 아닌데 왜요?"

"난!"

동욱의 목소리가 격해졌다.

"난······ 사내 구실을 할 수가 없어······ 사내가 아니라고."

동욱이 이를 악물고 마치 치를 떨 듯 말했다.

"죽을 때까지 남자로 널 안을 수가 없어. 내 옆에서 있으면 넌 여자가 아니야. 내 옆에 있으면 넌 평생······ 여자가 아니라고."

"······동욱 씨."

"그러니까 가. 날 더 비참하게 만들지 말고 가."

"동욱 씨."

"네가 있으면!"

동욱이 어금니를 틀어 물었다.

"내가 더 비참해져. 내가 더······ 비참해진다고."

동욱이 참담한 어조로 내뱉은 후 그대로 휠체어를 돌려 나가 버렸다.

닫혀 버린 문을 바라보던 수안은 한숨을 내쉰 후 이불을 뒤집 어쓰고 누웠다.

그만 울려고 했는데 자꾸 눈물이 났다. 우는 건 진짜 싫은데, 우는 건 이제 정말 지긋지긋한데.

구멍이 나버렸나 시도 때도 없이 흐르는 눈물을 짜증스레 닦 아낸 수안은 눈을 감으며 속삭였다.

"바보 같은 사람······ 바보······."

폭우 덕분에 하룻밤 동욱의 집에서 묵게 됐던 수안은 다음날 모텔에 있던 짐을 모두 싸서 동욱의 집으로 아주 들어앉아 버렸다.

들어와도 된다는 허락을 받지 못했지만 그렇게 해서라도 동욱의 입에서 두 번 다시는 가라는 말이 나오지 못하게 해야만 했기 때문이다.

이젠 가라는 말을 하지 않을 때도 됐다고 생각했지만 동욱은 틈만 나면 쫓아버리려고 성을 내고 아픈 말도 수시로 내뱉었기 때문에 수안으로서는 더 굳세게 버틸 수밖에 없었다.

처음 수안이 짐을 싸 들고 들어왔을 때 동욱은 누구 마음대로 들어왔냐며 나가라고 화를 냈지만 꼭 하루 눈 딱 감고 버티자 동욱도 더는 쫓아내려고 하지 않았다.

그렇게 하나씩 포기하게 만들면 언젠가는 완전히 포기해서 자신을 받아들여 줄 것이라는 희망을 품고 수안은 씩씩하게 동욱의 곁을 맴돌았다.

그렇게 두 달.

천덕꾸러기 비슷하게 동욱의 곁을 맴돌던 수안은 동욱에게 아침 식사를 차려준 후 식당을 나오다가 동욱을 향해 돌아섰다.

늘 혼자 식사를 하고 수안이 바로 옆에 있는데도 없는 사람 취급하는 동욱이지만 아무래도 인사는 하고 떠나야 할 것 같았기 때문이다.

"나…… 서울 가요."

수안의 말에 동욱의 어깨가 움찔했다.

"두 시간 뒤 비행기로."

다시 동욱의 어깨가 움찔했고 수안은 분명히 동욱이 놀라고 충격받은 것이라 생각하며 동욱의 미세한 움직임까지도 놓치지 않으려는 듯 뚫어져라 동욱을 바라봤다.

"말은 하고 가야 할 것 같아서요."

"……."

동욱은 아무런 대꾸가 없었지만 수안은 대답이 없는 것은 마음 아파하는 신호라고 생각하며 조심스레 다시 입을 열었다.

"그동안…… 참아주느라 고생했어요."

"……."

"치료 잘 받고 잘 먹고…… 잘 지내요."

동욱은 끝내 말이 없었다.

틀림없이 놀라고 당황한 것 같았는데 그래서 붙잡을 줄 알았는데 착각한 모양이었다. 수안이 끝까지 가지 말라는 말도 잘 가라는 인사조차 하지 않는 동욱을 서운한 눈길로 바라보다가 돌아서는데 드디어 동욱이 입을 열었다.

"언제 와?"

동욱의 물음에 수안이 깜짝 놀란 얼굴로, 아니, 믿을 수 없다는 표정으로 동욱을 돌아본다.

"언제 오냐고 묻잖아."

"뭐…… 한 달이나 어쩌면 두 달……."

수안이 더듬더듬 대답했다.

"뭐 하는데 그렇게 오래 걸려?"

동욱이 퉁명스럽게 말하는 순간 수안은 가슴 안쪽에서 따뜻한 감격이 번져 나오는 것을 느끼며 한 걸음 동욱에게 다가갔다.

"돈도 떨어지고 옷도 없고 정리할 것도 있고……."

"누가 너한테 돈 걱정하래? 옷 여기서 사면 되잖아."

동욱의 목소리는 여전히 퉁명스럽기 짝이 없었지만 그 퉁명함 속에 말로는 표현할 수 없는 사랑이 담겨 있다는 것을 알아차렸기에 수안의 눈에 고마움의 눈물이 고였다.

"옷 여기서 사."

"……정현이 은주 셋째 돌잔치라 거기도 가야 하고……."

"일주일만 있다가 와."

"노력할게요."

"일주일이야. 노력 같은 거 필요없어. 더 늦게 오면 못 들어올 줄 알아."

동욱이 협박하듯 엄포를 놓았다.

"……알았어요."

수안은 그렁그렁 눈물이 매달린 눈으로 동욱을 바라보며 다시 한 번 깨달았다.

저 사람이라는 것을…….

완벽한 안식처는 바로 저 사람이라는 것을…….

수안은 동욱의 등을 바라보다가 한 걸음 더 다가갔다.

"눈도 한 번 안 맞춰줘요?"

수안이 목이 메어 울먹울먹 물었다.

"밥 먹잖아!"

쓸데없이 퉁명은.

"뭐…… 필요한 거 없어요? 서울 갔다가 사올게요."

"여기도 다 있어. 너나 와."

괜히…… 퉁명은.

"가요, 나."

"가."

"정말 가요."

"가라고!"

동욱이 호통을 쳤고 수안은 동욱의 뒤통수를 향해 눈을 흘기다가 픽 웃었다.

"원래…… 아주 가려던 건 아니에요. 비자 때문에 연장하러 잠깐 갔다가 오려고 했지."

수안의 말에 동욱이 천천히 고개를 돌리더니 험악한 표정으로 수안을 노려봤다.

"속았죠?"

"너 진짜!"

"갔다 올게요!"

수안이 활짝 웃어 보인 후 주방을 나가 짐을 챙기러 방으로 들어갔다.

“집사.”

동욱의 부름에 집사가 얼른 식당으로 들어왔다.

“예.”

“수안이 공항에 태워다 주세요.”

“그럴 겁니다.”

“일주일 후 날짜로 티켓 끊어서 주세요.”

“예.”

“일주일 후예요.”

“알겠습니다.”

집사는 일부러 웃는 내색을 하지 않으려고 애쓰며 식당을 나갔다.

동욱은 거실 창가에서 집사의 차에 짐을 싣고 있는 수안을 바라보고 있었다.

수안이 서울에 간다는 말을 했을 때 심장이 발밑으로 쿵 하고 떨어지는 듯한 충격을 받았었다. 떠나지 않을 것이라고 생각했는데 그토록 심통을 부려도 꿋꿋했던 수안이었기에 절대 떠나지 않을 줄 알았는데 막상 떠난다는 소리를 하자 순간적으로 현기증이 느껴질 만큼 충격이 컸었다.

언제 올 거냐는 물음은 솔직히 자신도 모르게 내뱉은 말이었다. 이대로 보내면 안 된다고 생각하면서도 어떻게 붙잡아야 할지 몰라 눈앞이 캄캄한데 자신도 모르게 그렇게 말이 나와 버렸고 결과적으로 수안을 돌아오게 만들었기에 얼마나 감사하며 안도했는지 모른다.

지금도 가슴이 떨렸다. 서울에 간다는 수안의 말을 들었을 때를 생각하면.

동욱이 만약 수안이 돌아오지 않으면…… 일주일 후에 돌아오라는 동욱의 말을 저버리고 돌아오지 않으면 어떻게 할까 불안한 눈길로 짐을 싣는 수안을 바라보고 있던 그때 마치 동욱의 불안함이 수안의 가슴에 닿은 듯 수안이 동욱을 돌아봤다.

창문을 사이에 두고 두 사람의 시선이 부딪혔고 수안은 한동안 말없이 동욱을 바라보고 있었다.

'돌아와…… 꼭 돌아와…… 기다리고 있을게.'

동욱이 자신을 바라보고 있는 수안을 향해 그렇게 간절한 바람을 전했을 때 갑자기 수안이 동욱을 향해 달려왔다.

동욱이 놀란 눈으로 달려오는 수안을 바라보는데 수안이 대문을 활짝 열고 달려 들어오더니 무릎을 꿇고 와락 동욱을 끌어당겨 안았다.

"갔다 올게요."

동욱의 목을 꽉 끌어안은 수안이 동욱의 귀에 속삭였다.

걱정 말라고…… 꼭 돌아온다고…….

수안은 활짝 웃으며 동욱을 놓아주었고 차에 오르기 직전 다시 한 번 활짝 웃으며 손을 흔들어주었다.

동욱은 그제야 다시 한 번 깨달았다.

저 여자라는 것을…….

운명의 여자는 저 사람이라는 것을…….

내 행복은 바로 당신이라는 것을.

행복은 당신 3🐾

수안이 동욱의 집에 도착했을 때는 한밤중이었다.

일주일보다 늦게 오면 못 들어올 줄 알라는 동욱의 으름장 때문에 무리해서 밤길을 달려온 것이다. 자정이 넘은 시간이었지만 동욱은 용서해 줄 것 같았다.

"늦어서 죄송해요."

수안이 밤늦게 깨워 문을 열게 한 집사에게 미안해하자 집사는 노여움은커녕 활짝 웃었다.

"기다렸습니다, 아가씨."

"정말요?"

"저 말고 도련님께서 훨씬 더 많이 기다렸습니다."

"그래요? 지금 잠들었죠?"

"아닐걸요? 들어가 보세요."

집사는 수안에게 방을 치워놓았다는 말도 하지 않고 거실 불마저 모두 꺼버리고 들어가 버렸다.

수안은 거실에 여행 가방을 내려놓은 채 조심스레 동욱의 방으로 가서 문을 두드렸다. 대답이 없었다. 집사가 잠들지 않았을 거라고 했는데 대답이 없었다.

수안은 망설이다가 조용히 문을 열었다.

당연히 방 불은 꺼져 있었다.

수안은 천천히 조심조심 침대로 다가가 동욱을 바라봤다.

"나 왔어요."

"……."

"동욱 씨…… 나 왔어요."

"늦었어."

동욱이 퉁명스럽게 대꾸했다.

"네…… 2시간 늦었어요."

수안이 씩 웃으며 대답했다.

"문 열어주지 말라고 했는데."

동욱이 툴툴거렸고 수안은 미소만 지었다.

"내일 아침에 오면 문 안 열어줄 것 같아서 일부러 막 달려왔어요. 잘했죠?"

"뭘 잘해. 일찍 다녔어야지."

또 심통. 심술보!

"잘 자요. 내일 아침에 봐요. 선물도 사왔어요."

수안이 일부러 애교 피우듯 말하고는 나가려고 하는데 동욱이 팔을 뻗어 수안의 손을 붙잡는다.

손을 잡아준 것은 다시 만나고 처음이었다.

"왜…… 요?"

"이리 와."

동욱이 수안의 손을 꽉 틀어잡은 채 말했고 수안은 갑작스러운 수줍음과 기쁨에 우물쭈물 동욱을 바라보다가 동욱이 다시 한 번 이리 와 하고 말하자 살며시 침대로 들어가 동욱의 곁에 누웠다.

"나…… 여기서 자라구요?"

"음."

"코 골면 어쩌죠? 엄청 피곤한데……."

"괜찮아."

"정말…… 여기서 자요?"

"음."

수안은 너무 기뻐서 깔깔거리고 웃고 싶었지만 웃으면 동욱이 시끄럽다고 당장 쫓아낼 것 같아 억지로 웃음을 참았다.

"가까이 와. 팔베개 해줄게."

동욱이 수안을 끌어당겼고 수안은 꼼지락거리며 동욱에게 다가가 그의 팔을 베고 누웠다.

"피곤하지?"

"지금은 안 피곤해요."

"피곤해서 코 골 것 같다며."

"동욱 씨가 팔베개 해주니까 갑자기 안 피곤해요."

수안의 말에 동욱이 픽 웃었다.

"오고 싶지 않았지?"

동욱이 수안의 얼굴을 쓰다듬으며 묻자 수안이 고개를 저었다.

"더 빨리 오고 싶었는데…… 미안해요."

"오느라 힘들었지?"

"아뇨."

수안이 손을 뻗어 동욱의 얼굴을 쓰다듬으며 대답했다.

가만히 수안의 얼굴을 바라보던 동욱이 자신의 얼굴을 쓰다듬는 수안의 손을 꼭 잡더니 입을 맞추었다.

"서울에 자주 갔다 와야 할 것 같아요."

"왜?"

동욱의 목소리에 대번에 화가 실렸다.

"서울 갔다 오니까 옆에서 자게 해주고 팔베개도 해주고 손에 입도 맞춰주니까. 자주 갔다 와야겠어요."

"쓸데없는 소리. 가긴 어딜 가."

동욱이 눈을 부라리자 수안이 활짝 웃었다.

"수안아."

"네?"

"안아줄까?"

동욱의 물음에 수안이 고개를 끄덕이자 동욱이 수안을 끌어당겨 가슴에 꼭 껴안았다.

"무슨 생각해?"

"아무 생각 안 해요."

"그런데 말이 없어?"

"그냥 좋아서…… 너무 좋아서……."

수안이 동욱의 품 안으로 더 파고들며 속삭였다.

"나 오늘 온 게 아니라 내일 왔다고 해주면 안 돼요?"

"왜?"

"내일 왔다고 해주고 나 내일 여기서 또 재워줘요."

수안의 말에 동욱이 낮게 웃음을 터뜨렸다.

"바보야…… 뭐 하러 돌아왔어."

동욱이 수안의 등을 쓰다듬으며 그리고 수안의 머리에 끊임없이 입을 맞추며 속삭였다.

"기다리니까…… 동욱 씨가 기다리고 있으니까요."

"돌아오지 않았더라도…… 너 원망 못할 텐데."

"울 거잖아요. 나 안 오면 울 거잖아요."

수안이 동욱을 꼭 끌어안은 채 말했다.

"내 옆에 있으면…… 여자로 못 살 텐데…… 그래도 괜찮아?"

"괜찮아요. 난 괜찮아요. 동욱 씨만 있으면."

수안이 진심으로 말했다.

그러다 갑자기 수안이 짓궂게 웃기 시작했다.

"왜 웃어?"

"걱정 말아요."

"뭘?"

"난 여자로 살 수 있어요."

"어떻게?"

동욱의 물음에 수안이 동욱의 귀에 대고 뭐라고 작게 속삭였다. 그리고 다시 짓궂게 웃기 시작했다.

"뭐!"

동욱이 경악해서 소리쳤다.

"걱정 말라니까요."

"너, 정말!"

"내가 뭘."

"너 가방 가져와 봐. 가방 검사해야 해."

"일단 오늘은 자자구요."

"빨리 가방 안 가져와?"

"내일 보자니까."

"너 정말…… 이게 발랑 까져 가지고. 너 혼나!"

동욱이 버럭버럭 화를 냈지만 수안은 계속 깔깔거리고 웃기만 했다.

"내일 가방 검사해서 당장 갖다 버릴 줄 알아."

"하하하하, 지금 기계한테 질투하는 거예요?"

"까불지 마."

"꽤 쓸 만하더라고요."

"너 진짜!"

동욱은 밤새도록 가방 가져오라고 화를 냈고 수안은 밤새도록 동욱의 품에 안겨 깔깔거리고 웃었다.

다음날 집사가 동욱을 깨우기 위해 방에 들어갔을 때 동욱은 수안을 꼭 껴안은 채 잠들어 있었고 수안은 동욱의 품에 꼭 안긴 채 잠들어 있었다.

집사는 두 사람이 푹 잘 수 있도록 깨우지 않고 조용히 방을 나갔다.

수안과 동욱의 결혼식

동욱이 마사지를 받고 나른함을 느끼며 눈을 감고 누워 있는데 동욱 씨 하고 부르는 수안의 목소리가 들렸다.

"응."

눈을 뜬 동욱은 깜짝 놀랐다. 수안이 동욱의 머리맡에서 거꾸로 고개를 숙이고 동욱을 내려다보고 있었기 때문이다.

"깜짝이야."

"물어볼 게 있어서요."

"뭐?"

"혼인신고 언제 해요?"

"혼인신고? 결혼식도 안 올리고 혼인신고를 해?"

"그러니까 내 말이."

수안의 대꾸에 동욱이 픽 웃었다.

"결혼하자는 말이었어?"

"에둘러 말하면 알아들을 줄 알았죠."

"결혼하면…… 너 정말 나한테 코 꿰는 거야."

"내 코가 왜 꿰요? 동욱 씨 코가 꿰는 거지."

"……정말 하고 싶어?"

"마흔 전에 면사포 씌워준다고 약속했었잖아요."

"……미안해서."

"미안하면 결혼해 줘요."

수안이 애원하는 듯이 말하자 동욱이 미안한 미소를 지으며 손을 올려 수안의 얼굴을 쓰다듬었다.

"후회 안 할 거야?"

"한 달 내로 결혼 안 해주면 정말 후회하게 만들어줄 거예요."

"협박하는 거야?"

"공갈 협박."

"알았어. 면사포 씌워줄게."

"야호!"

수안이 활짝 웃으며 고개를 들려고 하자 동욱이 수안의 얼굴을 두 손으로 감쌌다.

"놔줘요. 피 쏠려서 얼굴이 쏟아질 것 같아요."

"사랑해."

동욱이 속삭인 후 수안의 입술에 입을 맞췄다.

"사랑해요."

이번엔 수안이 동욱의 얼굴을 감싼 후 입을 맞췄다.

꼭 한 달 후 수안과 동욱은 동욱의 집 앞마당에서 결혼식을 올렸다.

결혼식에는 동욱과 수안을 돌봐주는 집사 부부와 물리치료사 그리고 마사지사가 초대됐고 동욱의 친어머니와 어머니의 남자 친구와 영욱도 초대됐다. 또 두 사람의 결혼식을 축하하기 위해 서울에서 은주와 정현이 세 아이들을 데리고 먼 길을 마다 않고 달려왔으며 철호와 현준도 기꺼이 참석했다.

현준에게는 미안한 마음에 일부러 초대장을 보내지 않았는데 수안의 결혼 소식을 철호에게 전해 들은 현준이 사심없이 진심 으로 축하할 마음이 100% 충전되어 있다며 그 먼 곳까지 찾아 와 주었다.

결혼식이 끝나고 피로연 때에야 현준이 어째서 사심없이 진 심으로 축하할 마음이 100% 충전되어 있다고 했는지 알게 됐 다. 드디어 현준에게 다른 사랑이 찾아왔던 것이다. 정말 다행 이고 정말 축복할 일이었다.

수안과 동욱은 간소한 결혼식을 치르는 것에 두말없이 동의 했고 그래서 보통의 결혼식 절차를 따지지 않고 자유롭고 편안 하게 치르기로 했다.

"신부 납시오."

정현의 목소리에 동욱을 비롯한 사람들의 시선이 일제히 문을 열고 나오는 수안에게 집중됐다.

수안은 눈처럼 하얀 웨딩드레스를 입고 동화에서 나오는 공주님처럼 아름다운 모습으로 정현의 손을 잡고 동욱을 향해 조심스레 걸어오고 있었다.

"철호야."

"응."

"너 저렇게 예쁜 신부 본 적 있냐?"

동욱이 완전히 홀린 듯한 얼굴로 수안을 바라보며 물었다.

"응. 많이 봤어."

철호의 눈치없는 대꾸에 동욱이 험악하게 노려보자 철호가 끝까지 눈치없이 진짜 많이 봤어 하고 우겼다.

"이 피디님은요?"

동욱이 이번엔 현준에게 물었다.

"두 달 후에 볼 예정입니다. 두 달 후에 결혼하거든요."

현준도 그다지 눈치가 있다고 할 수 없었다.

"영욱아, 넌?"

"난 처음 봐."

"진짜 예쁘지 않냐?"

"예뻐, 예뻐."

"얼마나?"

"훔쳐서 도망가고 싶을 만큼."

영욱이 동욱의 비위를 맞추기 위해 나름대로 고민 끝에 한 대답인데 그 대답도 동욱의 신경을 긁었다.

"죽고 싶구나?"

"취소. 그냥 진짜 예뻐."

영욱이 재빨리 정정했다.

동욱이 단 1초도 수안에게서 눈을 떼지 못한 채 감격한 눈길로 바라보고 있는데 드디어 수안이 동욱 앞에 섰다.

"나 어때요?"

수안의 물음에 신랑인 동욱이 아니라 철호가 나섰다.

"진짜 예쁘다, 수안아. 이렇게 예쁜 신부는 처음 본다. 진짜야."

철호가 헤벌쭉 웃으며 말하자 동욱과 영욱, 현준이 뭐 이런 자식이 다 있냐는 얼굴로 철호를 쳐다봤다.

"나도 처음 봐요. 두 달 후엔 달라지겠지만."

그나마 현준은 양심이 있었다.

"예뻐요, 형수님."

영욱이 정말 반한 듯한 얼굴로 말했다.

"동욱 씬요?"

"예뻐. 예뻐."

동욱이 넋이 나간 얼굴로 말했다.

"얼마나 예뻐요?"

"훔쳐서 도망가고 싶을 만큼."

동욱의 대답에 이번엔 영욱이 뭐 이런 경우가 다 있냐는 얼굴로 동욱을 노려봤다.

"우리 빨리 결혼해요."

수안이 들뜬 얼굴로 말한 후 동욱이 앉아 있는 휠체어를 주례를 자청한 어머니의 남자친구를 향해 돌려세웠다.

"준비됐죠? 입장해요."

"잠깐만!"

동욱이 수안의 팔을 잡았다.

"왜요?"

"잠깐만, 잠깐만."

동욱이 영욱에게 손을 내밀자 영욱이 일부러 뒷짐을 지고 숨기고 있던 지팡이를 동욱의 손에 건네주었다.

동욱은 지팡이 끝을 바닥에 고정시키고 단단히 붙잡은 후 어금니를 꾹 틀어 물고 천천히 조심스럽게 휠체어에서 일어났다. 아니, 일어섰다. 일어선 것이다. 동욱이 두 다리로 땅을 짚고 일어선 것이다.

수안이 멍하게 넋이 나간 얼굴로 동욱을 올려다봤다.

동욱이 살아 있다는 것을 알게 된 후 동욱을 찾아 영국으로 와서 조금 전까지 늘 수안이 동욱을 내려다봐야만 했었는데 동욱의 서재에 허락도 받지 않고 들어갔다가 쫓겨났던 날 그날로부터 2년 만에 동욱을 올려다보게 된 것이다.

수안은 이 믿을 수 없는 광경이, 이 거짓말 같은 광경이 꿈을

꾸는 것만 같아서 눈이라도 깜빡하면 그 순간 꿈에서 깨어날 것 같아 잠시도 눈을 떼지 않고 동욱을 올려다보고 있었다.

놀라고 감격한 것은 수안만이 아니었다. 동욱의 어머니도, 은주도, 정현도, 철호도, 현준도, 영욱도 놀라고 감격해서 마치 얼어버린 얼굴로 동욱을 바라보고 있었다.

"수안아, 입장해야지."

동욱의 말에 수안이 아무 대답도 못하고 손을 뻗어 더듬더듬 동욱의 가슴을 만지고 동욱의 다리를 만졌다.

"일어섰어요."

"음."

"지금 일어섰어요."

"알아."

"알아요?"

수안의 눈에 눈물이 고였다.

"놀라게 해주려고 숨겼어."

"왜요?"

수안의 눈에서 눈물이 흘러내렸다.

"네 손 잡고 입장하고 싶어서. 결혼 선물로 주고 싶어서."

동욱이 수안의 눈물을 닦아주며 말했다.

"울지 마. 이렇게 예쁘게 화장하고 울면 미워지잖아. 정현이가 그랬잖아. 울면 개코원숭이 된다고."

동욱이 수안의 눈물을 닦아주었지만 수안은 눈물을 멈출 수가 없었다.

"고마워요. 일어서 줘서."

"내가 고마워. 일어서게 해줘서."

동욱이 지팡이를 짚지 않은 팔로 수안을 끌어안아 주었다.

수안은 알았다.

이 사람이라는 것을⋯⋯.

처음부터 지금까지 변함없이 내 운명의 사람이라는 것을⋯⋯.

내 행복은 바로 당신이라는 것을.

동욱은 비록 한 손으로는 지팡이를 짚어야 했지만 남은 한 손
으로 수안의 손을 꼭 잡은 채 두 다리로 걸어서 입장했다. 주례
인 어머니의 남자친구가 있는 곳까지 제법 긴 거리를 동욱은 한
번의 흔들림도 없이 굳건하게 걸어갔다.

수안을 신부로 맞이한 동욱은 세상에서 제일 행복한 신랑이
됐고 동욱을 신랑으로 맞이한 수안은 세상에서 제일 행복한 신
부가 됐다.

그리고 1년 7개월 후 수안과 동욱의 첫 아이가 태어났다.

『행복은 당신』 END

작 가 후 기

이번 겨울은 참 유난스럽게도 춥습니다.

영하 10도 아래로 뚝 떨어지는 날이 많아 몸도 꽁꽁 얼고 세상도 꽁꽁 얼었습니다.

폭설도 오셨어요. 103년 만의 폭설이라네요.

서울에 살면서 이런 폭설은 처음이다 했더니 과연 그렇습니다. 103년 만에 찾아오셨으니 그 기세가 무서울 만큼 당당합니다.

더울 때 시작한 글을 너무 추워 몸이 떨릴 때 끝을 냈으니 꽤 오래 걸렸습니다.

글이 잘 풀리지 않아서 중단했다가 다른 일이 끼어들어서 잠깐 중단했다가… 그러다 보니 감정을 잡기가 무척 힘들었는데 다행히 감정이 잡힌 후부터는 글이 잘 풀려 마무리가 됐습니다.

'행복은 당신'은 오래전에 출간했던 책을 다시 손질하고 단장한 글입니다.

원본이 미국에서 911 테러가 났던 해에 출간됐었으니까… 햇수로 9년이나 된 묵은 글입니다.

9년 전에 슬프게 끝맺음했던 책을 후에 전자책으로 출간을 했고 5년 전엔가 행복하게 끝맺음하는 글로 바꾸고 싶다는 소망을 가졌었는데 5년 만에야 그 소망을 풀었습니다.

동욱이, 수안이라는 이름을 보고 어디선가 읽은 것 같다는 생각이 드신다면 아마도 전자책으로 읽으신 '10월 둘째 주 수요일 새벽 두 시' 때문일 것입니다.

전자책에서도 여전히 슬프게 끝맺음했었죠.

이번에 행복한 끝맺음을 준비하면서 주인공 이름과 그들이 가진 배경을 제외하고 나머지 80에서 90%는 새롭게 썼습니다.

굵은 줄기 10%만 남겨두고 새로운 옷을 입혔다고 보시면 되겠습니다.

처음 새롭게 고쳐 보자고 마음먹었을 때는 반드시 '단권'이다, 라고 마음먹었는데 고치고 꾸미다 보니 두 권이 되어버렸습니다.

혹시나 지루하게 늘어진 것은 아닐까 전전긍긍하며 중간중간 가지치기도 많이 했는데 결국은 두 권으로 마무리가 됐습니다.

동욱이와 수안이의 사랑스러우면서도 치열한 사랑을 얘기하면서 동욱이가 됐다가 수안이가 됐다가… 그들의 감정을 잠시라도 놓치지 않기 위해 부지런히 따라가고 쫓아 글을 쓰며… 까칠한 행동과 말투를 입에 붙이고 손에 붙이기 위해 써놓은 대사를 수십 번 반복해서 읽어보고 상황상황 몸으로 직접 연기도 해보고 웃고… 화내고… 그러다 어느 순간엔 참 많이도 울었습니다.

　어떻게 하면 저절로 씨익 미소가 지어지게 예쁘게 사랑할까… 어떤 메일들을 주고받아야 정말 사랑하는 사람들의 메일이 될까… 어떤 에피소드가 수안에 대한 동욱의 진실된 사랑을 보여줄까… 어떻게 하면 감동적인 사랑이 될까…….

　정말 '머리 싸매고'라는 말이 과장이 아닐 정도로 치열하게 고민하고 또 고민했습니다.

　두 사람의 사랑이 치열해지는 순간부터 글 쓰는 사람이 아프지 않으면 읽는 사람도 아플 수 없다고, 막바지에 이르렀을 때에는 글 쓰는 사람이 울지 않으면 읽는 사람도 울지 않는다는 생각에 명치끝이 쑤시도록 아파하면서 쓰고 참 많이도 울고 또 울면서 썼습니다.

　굉장히 수월하게 진행될 줄 알았던 새드엔딩 해피엔딩으로 탈바꿈시키기가 이렇게 힘들 줄은 몰랐다고… 아이쿠 소리가 절로 나오더군요.

　비로소 끝을 내고 나니 행복합니다.

행복합니다.

긴 글 읽어주신 여러분께 진심으로 감사드린다는 말씀을 드립니다.

고맙습니다. 고맙습니다.

여자 주인공에게 생동감을 불어넣기 위해 적절하면서도 가장 포인트가 된 지적을 해주신, 그래서 더욱 윤기나는 글로 만들어주신 청어람 유경화 팀장님께도 감사의 인사를 전합니다.

더 좋은 글, 더욱 따뜻하고 고소하고 행복한 글로 인사드리겠습니다.

2010년, 〈행복은 당신〉을 읽으신 모든 분들께 행운과 축복의 한 해가 되시길 간절히, 강력하게 기원하면서…….

2010년 1월 15일
늘 행복한 김랑.